U0021446

小說的八百萬種寫法

勞倫斯·卜洛克 ———— 著

傅凱羚、新新 ———— 譯

目錄

寫小説沒有正確的方法——初版序

　　本書的目的是幫助你寫小説。它包含了我二十年來作為小説家的經驗精華，此外還有一大部分是我從其他創作者身上學到的事。我打算寫出一本我自己開始寫第一本小説時，可能會覺得有用的那種書。

　　不過這件事無法擔保。就因為你買了這本書，就因為你勤奮地研究了這本書，完全不代表你將來一定會以小説家的身分獲得成功。你可能連小説的第一段都永遠沒寫出來。你可能開始寫一本書，卻無法完成它。或者，你可能長久辛勤地耕耘一本書，努力完成大綱、初稿與最後的潤飾，結果卻發現自己將相當大量的紙變成無法進入市場、藝術面也站不住腳的某種東西。

　　就是會有這種事。它們經常發生在創作新手身上，不足為奇。另一件事倒可能比較令人驚奇，那就是老練的小説家也會發生這些狀況。

　　甚至我也會發生這種事。就最新統計，我多年來以本名出版過二十本小説，此外以不同的筆名發表的作品，數量可能五倍於此。你以為這些大量的出版品都來自於我的學識，以為我雖然可能不曉得綁鞋帶或過馬路的方法，對小説的寫作技巧卻絕對已經爛熟於胸。

可是在過去的兩、三年裡，我沒進展到第一章之後的點子，或許就有六個。我有三本小說在寫完一百頁之後就死了，此時正長眠在我的櫃子裡，像高速公路上沒油的車，等著誰來再次發動它們。我不太認為會有完稿的一天。

不僅如此。就在同個時期，我完成了兩本小說，結果只成功製造出沒人想出版的書。而我漸漸認為這個結果有其充分的理由，我可能一開始就不該企圖寫這兩本書，經歷這些失敗之後所學到的經驗，一定會有助於未來的寫作。雖然花在這兩本書上的時間彌足珍貴，但我也不能就這樣斷言自己徹底浪費了那段時間。

可是一位專業人士怎麼可能寫出一本無法出版的書？如果他連續寫了一打、兩打或五打能夠出版的作品，你不認為他應該已經完全掌握了那套公式嗎？

答案當然是沒有所謂的公式。作家嘗試反覆寫同一本書的確是很罕見的例子，但除此之外，每一本小說都是一趟全新的經歷。

在《我教學時的某些念頭》（*Some Thoughts I Have in Mind When I Teach*），身兼教職的作家溫德爾·貝利（Wendell Berry）提出了這樣的主張：

> 從來沒有一本好書是照著公式寫出來的。每一本好書都有相當程度是獨特的發現，所以你有充分理由可以說沒人知道「寫作的方法」。絕對沒有人知道其他人該怎麼做比較好。就我自己來說，雖然我認為自己知道如何寫出我已經寫出的著作——雖然我有個該死的念頭，那就是我現在可以把

它們寫得比以前好，但我仍因為自知不懂怎麼寫出尚未寫成的那些書而感到不安。這份不安帶來了一股刺激，最棒的某種快樂正是必須要有這種刺激當前提。

我寫的書有一部分出現同樣的人物。例如我有三本書在寫雅賊柏尼‧羅登拔[1]。在每本書中，他都因為自己的盜竊行動，成為一宗謀殺案的頭號嫌疑犯，然後為了擺脫牢獄之災，他必須親自破案。這三本書都明顯出現結構面的相似性，在倉促瀏覽之下，看起來可能也像自有一套公式。

可是這三本書的情節有相當大的差異，而且我向各位保證，它們都表現出自己特有的問題。你可能認為這些書會變得越來越容易寫，而就在我寫這幾行字的時候，第三本書才完成沒多久，中肯說來，它是這三本中最難寫的一本。

英文的「Novel」，作為一個名詞，代表一本書長度的散文體故事；作為一個形容詞，則代表「新的種類或新的性質」。這兩個定義當然都有其歷史淵源，來自小說是一個嶄新虛構形式的時代。儘管如此，**每一本小說都是新奇的**，我將這件事看成是一個幸福的巧合。

我會假設本書的多數讀者都還沒寫過一本書長度的小說。第一本小說為作者和出版社同樣帶來特殊的問題，大家很常聽說這種事。可是廣義說來，每一本小說都是第一本小說，會帶來無止盡的特有問題，有巨大的風險，也提供很棒的刺激和其他犒賞。

如果你還沒準備好要冒這些風險，你或許會想重新思考寫小

1　編注：「雅賊系列」迄今為止已計有十一部作品。

說這整件事。如果你不打算接受失敗的可能性，或許你寫日常清單、寫信給編輯，都會覺得比較自在。

如果你真的想寫小說，那就堅持下去。

本書初版以來我又添了許多作品。老實說已經不太清楚自己出過幾本書，不過肯定多了五十來本。雅賊柏尼‧羅登拔系列從三本進展到十一本，馬修‧史卡德系列則是從三本變成十八本。朋友幾年前說，依照他和我的資歷，我們應該停筆，放過那些樹，但我還在寫，害得更多樹木無法安享天年。

一九七八年之後我就沒再寫過失敗的開頭，也沒有棄而不用的草稿——要是我能這麼告訴各位就太好了。雖然我認為棄稿的量明顯較少，不過可能電腦時代的棄稿比較無形，才會有這種感覺。那些不幸的產物沒能印到紙上，所以也看不到整箱整袋的失敗作品。它們以電子檔案的形式存在硬碟裡，而後隨著軟體更新，漸漸成了我開不了的檔案。

感覺沒有任何損失……

不過你在本書找不到一樣東西，那就是解釋**何謂寫小說的正確方法**。

因為我不相信有這種東西。就像每一本小說都獨特，每個小說家也是。我對於別人寫作方法的研究，使我相信每個同行都窮盡一生尋找最適合自己的方法，隨著自己的進化而逐年改變它，以及反覆修正來切合不同書的特殊需求。對某個人有用的方法，對別人不一定會有用；對某本書有用的方法，也不必然能作用於另一本書上。

有的小說家會寫簡短的大綱，有的會寫得極其詳盡，還有一些小說家會打造完備的長版大綱（treatment），寫到書本定稿的一半長度。其他小說家則完全不寫大綱。我們有些人會一邊寫一邊校訂，有些人會做分散的草稿。有些人會寫凌亂的第一稿，最後裁剪到僅剩骨架；有些人則總共很少刪到三個段落以上。

　　在寫第一本小說的幾個月前——後來還有其他的第一本小說——我讀了一本聲稱在講小說寫作方法的書。作者在美國的某間一流大學教寫作，寫過幾本接受度良好的歷史小說，此外也向希望當小說家的大量觀眾講述依樣畫葫蘆的方法。

　　他的方法極好。就我的了解，如果你想寫小說，你要做的事就是快速走向最近的文具店，買幾包3×5的檔案卡，然後拿著這些卡片、一盒削尖的鉛筆在桌旁坐下來，開始幹活。

　　你首先要寫人物卡。為每個人物寫一張到多張卡片，從幾個主要人物寫到分量最小的人物，書中出現的每個人物都要寫到。對於主要的人物，你可以用好幾張卡片來寫，一張專門描述那個人物的外表，另一張寫他的背景，再取一張寫他的個人癖好，第四張甚至可以用他的出生時間從占星觀點切入。

　　然後準備場景卡。你先用一些其他卡片來大略描繪情節，然後開始為書中會出現的每個場景各寫一張檔案卡。如果一個人物會在第三百八十四頁左右去某個地方買報紙，你就要寫一張場景卡來說明場景呈現的方式，主要人物會對賣報的人說什麼話，以及那時的天氣狀況。

　　我記得這個方法還不僅於此。等到你準備好寫書的時候，你已經會有數不盡的鞋盒，裡面裝滿3×5的卡片，你只需要將它們變成一本書就行了——而我現在想到這件事，覺得它聽起來比

起雕朽木，或是把回收金屬變黃金更具挑戰性。

　　我把這本書從頭看到尾，隨著一章章過去只覺得越來越絕望。有兩件事非常明確，首先，這個人懂小說的寫作方法，而且他的方法是對的。其次，我不可能用這個方法寫作。

　　我看完那本書，嘆一口氣，沉浸在無法勝任此事的感覺裡。我決定暫時繼續寫短篇故事，或是永遠就寫短篇故事。也許我哪天整個人會變得夠有組織、夠有紀律……等，我就可以弄這些檔案卡來，開始埋頭工作。也許不行。

　　幾個月後的某天早上，我起床之後，坐下來寫了一本小說的兩頁大綱。又過了一個月後，我拿著那兩頁大綱，準備好大量白色高級文件紙，坐到打字機旁。我因為沒有滿滿一盒檔案卡而覺得有點愧疚，可是就像熊蜂對物理定律一無所知，也能快樂飛翔著，我固執於自己的愚行，然後在幾週後完成了這本書。

　　這代表那個作家真是混蛋，對吧？錯了，這代表沒有那種東西。他說的那個非常精密的方法，雖然在我眼中就跟切腹一樣不吸引人，但顯然像魔法一樣好用。**對他而言是如此。**

　　或許作者也這樣說過。或許他曾經解釋過他的方法不是寫小說的唯一方法，而是他自己的方式。我讀他的書已經是很久以前的事了，要我重讀也會是很久以後的事，所以我沒法信任自己對這件事的記憶。可是我的確知道自己對那本書有一個清楚的印象，那就是他的方法正確，其他的方法都是錯的；我自己找寫小說的方法，就是在冒後果自負的風險。他不太可能使用如此強烈的態度，而我著手寫一本書長度的小說，既緊張又沒安全感，恐怕這也嚴重影響我對一本書的判斷。

　　儘管如此，我不願讓任何人留下某種印象，以為這本書將會

告訴你小說寫作方法的一切。我只會做一件事,我真的能做的只有一件事,那就是分享我自己的經驗。別的不說,這份經驗廣闊到足以讓我開始感受到自己的無知。經歷二十年與一百本書之後,**我至少了解到:我不懂寫小說的方法,沒有人知道,而且事實上就是沒有寫小說的正確方法。不管什麼方法,只要行得通,對你而言、對我而言,或對坐在椅子上敲打字機鍵盤的任何一個人而言,那就是正確的方法。**

＊　　＊

前文提到的那本書是康洛甫‧麥紐爾(Manuel Komroff)的《長篇小說作法研究》(*How to Write a Novel*)[2],麥紐爾教授任教於哥倫比亞大學,著有許多虛構及非虛構作品。該書出版於一九五〇年,二手書店售價大約美金十到二十五元。

2　*How to Write a Novel*:《長篇小說作法研究》,陳森譯,幼獅文化,一九九三年出版。

小說家不變的任務──新版序

《小說的八百萬種寫法》上市那年，美國前總統卡特（Jimmy Carter）的四年任期已經過了一半。前第一夫人瑪米・艾森豪（Mamie Eisenhower）和尼爾遜・洛克菲勒（Nelson Rockefeller）仍然健在。約翰・韋恩（John Wayne）與瑪麗・畢克馥（Mary Pickford）這兩位電影明星也一樣。

我當時四十歲。至於各位親愛的讀者，你們可能甚至還沒出生。

一九七八年至今世界變了很多，眾所周知其實不用由我一一列舉。正如同這廣大世界，出版小天地也變化的幅度也同樣劇烈。如果現代同樣出現睡了三十七年的李伯，他醒來也會心想，到底怎麼回事？大型出版社只剩下五、六間，而不是五、六十間？電子書？電子書店？自出版（Self-publishing）？塞在襯衫上衣口袋的手機？在手機上就能讀完整本書？

天啊！還有電腦！如果想寫下自己的見聞，李伯會需要一台打字機。不過想找打字機的話，他現在只能去古董店。

你懂了吧？現在要當個作家跟過去非常不同。這麼說來，這本書出版於一九七八年，而且還是討論小說寫作，今天的讀者們能從中得到什麼呢？

重點是：小說家的任務說到底一如往昔。無論你是拿著針筆在陶板上刻寫，或是透過語音辨識軟體產出文字，寫作的要點完全相同，永遠都是將正確的字眼安置到正確的順序。你必須述說自己的故事，先知道要寫些什麼，接著才是考慮該怎麼寫。

　　從文藝復興時期莎士比亞的年代，甚至更早之前喬叟活躍的中世紀開始，故事要說得好、角色要栩栩如生，要素從未改變。

　　從最開始的精裝版到後來的平裝版，作家期刊出版社（Writer's Digest Books）持續銷售《小說的八百萬種寫法》。等到幾年前出版社終於決定停止再版，我請開路整合傳播公司（Open Road Integrated Media）製作並發行電子書。這本書出版以來，我一直收到作家來信（近來是電子郵件），告訴我這本書帶給他們多大的幫助。

　　我能不能花點時間回顧一下這本書是怎麼來的呢？

　　一九七六年的春天，我賣了一篇文章給《作家期刊》，一本為作家發行的月刊。我當時人在洛杉磯，無聲見證社會評論家亨利‧路易士‧孟肯（H. L. Mencken）的話──神的手從緬因州抓住美國，舉起來，於是所有鬆散的玩意都掉到了南加州。我賣文章給他們，並回覆那個常見的問題：「你的點子是哪裡來的？」他們接受這篇文章之後，我立刻就有了一個新點子。

　　我的新點子是讓他們雇我當專欄作家。他們有幾個專欄作家，但沒以小說為寫作主題，可是小說是該期刊絕大多數讀者的主要興趣所在，因此需求似乎是現成的。我沒有寫信提案，打算等到有機會可以面對面說服他們。我的女兒七月飛來跟我一起過暑假，我們那個月就待在洛杉磯，整個八月悠閒地開車回紐約，

她們和母親一起住在紐約——我也住過那裡，在神的手讓我團團轉之前。

我周詳擬定我們在東部的路線，以便安排在辛辛那提跟約翰·布萊迪共進午餐，然後跟《作家期刊》的編輯也來一頓。他已經買了我的文章；吃午餐的時候，他對小說專欄的點子也買單了。我們約好一年六篇，跟漫畫專欄輪流刊出。我回到紐約後，寄出第一篇專欄文章。等到寫完第三篇之後，他們開除了那個漫畫家。之後我那名為「小說」的專欄每個月都出現在那本雜誌上，長達十四年。

我的專欄連載一年後沒多久，布萊迪聯絡我，表示他們的書系需要一本講小說寫作方法的書，他們喜歡我談寫作的文章風格，所以想要我為他們寫這本書。

我又住回紐約，就在格林威治街的公寓裡（那裡距離我在三十三年後的目前居處，走路只要兩分鐘，但我中間住過很多地方）。我寫好書之後寄到辛辛那提，出版社的人滿喜歡它的，提議了一個書名：「Writing the Novel from Plot to Print」（直譯：小說寫作：從情節到出版）。

我當時不喜歡這個名字，覺得它讓整個過程聽起來比我認為的更機械化，而且我在書裡還特別注意別對讀者說「就是要用這個方法」。就我看來，方法的數量，至少跟作家一樣多，而且可能就跟書籍一樣多。不過他們非常喜歡這個書名，我就採用了，而且我得說，我現在覺得這個書名挺好。

畢竟這本書賣得很好。我猜這個書名對銷量沒帶來任何損害。

二十年前，作家期刊出版社想要我修訂《小說的八百萬種寫法》。他們覺得它過時了。舉例說來：我在書裡討論了哥德小說[3]，雖然可能會繼續有人書寫閱讀符合該模式的書，那個類型的名稱已經不存在很久了。如果我可以仔細檢查並重新修訂這本書，那他們就可以重出「最新增訂版」，相應地增加銷量。

　　我思考這件事，最終決定不要這樣做。讀者似乎認為這本書有用，而關於技巧、原則的討論，我認為本質上是永恆的，在一九九五年就跟在一九七八年一樣中肯。而且修訂一本書的整個想法反正就是讓我很煩。我認識的某位作家修訂過一本小說，或說他嘗試過；那本小說在十五到二十後重新發行，他逐頁檢查過，將打一通電話的費用從五分錢改成一角美金（這是幾年前的價格），人物看過的電影，他將片中明星從威廉・鮑威爾（William Powell）和瑪娜・洛伊（Myrna Loy）改成威廉・荷頓（William Holden）與瓊・哈瓦克（June Havoc）（是的，這也是一陣子以前的事了），其他方面也修改了這本書的時間設定。

　　嗯，結果沒用。無論如何，那本書的每個字都連結著它的成書年代。它有特定的完整性，修改它是在冒險。

　　《小說的八百萬種寫法》不是一本小說，所以可能不需要以同樣的標準來看待，儘管如此，它仍屬於自己成書年代的產物，我沒有動它的意思。再者，我盡量避免做多餘的工作，這件事對我來說，就是沒有意義的工作。

　　現在距離我決定這本書沒壞，我不需要修理它的時候，又過

3　譯注：Gothic novel，哥德小說，十八世紀開始的一種小說流派，多關注黑暗與恐怖等主題。

了二十年，它實際上老了二十歲，也繼續過時了二十年。不過它仍然沒壞，我在網路上持續讀到的熱情部落格文章讓我明白了這件事，而且我仍然不想工作，所以我不打算重新整理它。

儘管書的內容不需要翻新，但也不用看起來一副過時的樣子。我不想坐下來重新寫過，把威廉‧鮑威爾和瑪娜‧洛伊改成當紅的麥可‧賽拉（Michael Cera）和艾倫‧佩吉（Ellen Page）[4]，或者把史密斯科羅納打字機改成麥金塔電腦，或者把大英百科全書改成維基百科網站，或者──你懂我的意思。只是總該有個方法，既可以保留原有精神，又能將本書帶入當今的出版時空？

為達成上述的目標，以下是我的作法：保留《小說的八百萬種小法》的原始內容，僅針對少數不適用的詞語進行調整。

而新增的內容有些是關於電子書、自出版，這類新題材反映出世界的轉變。有些部分則是對一些主題進行更深入的探討，畢竟我自己同樣有所改變。如果我看待世界的角度多年來完全相同，好像也是件怪事。

這說到底不過是一本書。我只能祈求這本書能給你這類寫作書籍能提供的幫助。希望我的文字無論新舊，幫助你說出自己的聲音，規畫自己的路線，找到寫成你自己那本書的方式。

在我們開始之前……

近年來有些用字遣詞的方式被認為有性別歧視之嫌，但我不會就此進行修正。需要第三人稱單數的狀況下，我向來使用男性

4　譯注：艾倫‧佩吉，於二○二○年十二月二日於社群平台出櫃自己為跨性別者，改名為艾略特（Elliot Page）。

代名詞，也就是說，本書中的「他」等於他或她、「他的」等於他的或她的。

也就是說：「每個人都有權擁有他自己的意見。」

大概也擁有他自己的用字習慣。我無法接受將上一段句子代換成「每個人都有權擁有他們自己的意見」，在我看來這句話文法有誤，至於「每個人都有權擁有他或她自己的意見」則顯得笨重呆傻。

如果你因此感到困擾，試著不要將男性人稱代名詞視為具有哲學意涵的表態，只是用起來很方便也很習慣，不是基於性別，而是寫作習慣。

時代在變，語言隨之流動，有些句子我現在肯定不會這麼寫。不過寫下這些已經是將近四十年前，對我來說要從頭改寫這麼多年前的句子非常不智，不亞於修訂《哈克歷險記》，並將與哈克一同搭乘木筏的朋友改成非裔美國人吉姆[5]。

還有一點，後面討論到有人認為電腦讓作家把書越寫越長。比方我手上的書從六萬六千字變成九萬三千字，但我不認為這件事該算在蘋果電腦頭上。

真的有太多重要的新題材。而且我也像其他人那樣，年紀越大就越嘮叨。

甚至連書名都變長了！

書名又再加了幾個字。畢竟在現今出版業中，印刷已經不是

5　譯注：《哈克歷險記》使用當時通用的俚語「黑鬼」（nigger）來稱呼吉姆，此詞帶有貶義，「非裔美國人」為目前較常使用的稱呼。

最後的關卡，那為什麼要讓書名結束在印刷呢[6]？

    Writing the Novel from Plot to Print to Pixel。（直譯：小說寫作：從情節到出版到像素）就算你就跟作者本人一樣，不是非常確定「像素」是什麼意思。

---

6   譯注：原文書名為《Writing the Novel from Plot to Print》，增訂版書名為《Writing the Novel from Plot to Print to Pixel》（見下段）。

1 為什麼要寫長篇小說？
Why Write a Novel

就我所見，短篇故事作家是短跑選手，只要他的故事有其價值，他就值得受到讚賞。可是長篇小說家是長距離的跑者，你不必為了受到群眾喝采，而在馬拉松比賽中得第一名。光是靠自己的雙腳完成，就已經足夠。

短篇小說 vs 長篇小說

　　如果你想寫小說，你能做到最棒的事，就是吞兩顆阿斯匹靈，躺在一個黑暗的房間裡，等待感覺到來。

　　如果那感覺持續不走，你可能就該寫一本長篇小說。有趣的是，大部分未出頭的小說作家都遲早會接受自己應該寫長篇小說的念頭。你很容易就能看出短篇小說的世界裡機會有限。在商業面與藝術面，短篇小說作家都受到相當嚴格的限制。

　　狀況不是始終如此。半個世紀前，雜誌上的故事前所未有地重要。二〇年代的時候，一位傑出的作家賣一個短篇故事給頂尖的雜誌，一般可賺得幾千美元。派對、社交聚會上往往有人談起這些故事，一個作家可能因此在社交界建立起聲譽，有助他最終可能出版的長篇小說獲得關注。

　　那個時代之後的種種轉變，影響甚巨。幾乎在所有地區，短篇小說市場的規模和重要性都縮小了。發表短篇小說的雜誌變少了，而且發表量還逐年下降。市場上付的酬勞比五、六十年前少，但五、六十年前的幣值還相對穩定得多。過去市場發表短篇小說的雜誌多達數百本，但現在廉價雜誌（pulp magazine）幾乎在市場上消失，剩下的只有少量的懺悔雜誌[7]與數量更貧乏的推理及科幻小說雜誌。大眾小說的各個種類已然消失；西部故事、體育故事、輕羅曼史（light romance），這些類型的出版量一度相當可觀，每本雜誌會有十二篇或十五篇，但現在它們就像渡渡

7　編注：懺悔雜誌（confession magazine）刊登告白、懺悔等故事，情節多為行為脫軌的女子自白其經驗。

鳥和旅鴿一樣絕種了。

剩下的廉價雜誌幾乎不值得讓人為其寫作。就拿偵探小說家的困境來舉例：二十年前，該領域某兩本指標型雜誌，稿酬為一字五分錢，受他們拒絕的作品相當容易就能在較小的市場售出。現在這個時代，過去要價五分錢的糖果棒變成要二角五分錢了，那兩本雜誌的稿酬還是一字五分錢——只有一字一分錢的刊物能像舀去鍋中浮沫一樣地接收他們拒絕的故事。

對於優質小說的作家來說，前景也不是多麼有希望。發表有著卓越文學性的故事，且為此殊榮付出體面酬勞的雜誌，數量非常少。一篇作品在《紐約客》、《大西洋》（*Atlantic*）、《哈潑》（*Harper's*）和其他幾本雜誌轉過一輪之後，作者會退而求其次地將它投給小型的文學雜誌，這些雜誌給投稿者的酬勞是當期雜誌，最多就是象徵性付款。在這種狀態中，要養活自己不只是不可能，要負擔一年份的郵寄開銷，都已經接近辦不到了。

另一方面來說，你卻可以靠寫長篇小說謀生。

我不打算討論最近某些作家收入的天文數字讓你流口水。暢銷作家最主要的利潤是來自改編電影和平裝書的版權，這和一般作家較無關係，無論新手還是老手。作家詹姆斯・米奇納（James Michener）曾經說在美國，作家可以賺大錢，卻無法謀生。換句話說，少數成功作家變得富裕的同時，我們其他人則連勉強度日都有問題。這句話在某方面是對的，成功與生存之間的空隙，分裂得並不健康。但這話也有其誇大之處，因為一個作家真的可以在美國謀生，如果他是頗具生產力的長篇小說家，他是可以藉此過上還不錯的日子。

撇開財務考量不談，我一直認為長篇小說帶來的滿足感，在

較短篇的小說裡找不到。我一開始是短篇小說家，寫作及發表短篇小說是我格外自豪的成績。可是就我來說，純文學的成就在於可以親自拿著封面有自己名字的書。順道一提，我在拿過相當多自己寫的書之後，才第一次拿到上面印有我名字的作品。

就我所見，短篇故事的寫作值得受尊敬，你必須具備技術與靈巧才能寫短篇小說。可是寫長篇小說是在完成某種實體之物。你可以用一個靈巧的主意，加上少許靈活言詞的幫助，成功寫出一篇短篇故事。當你文思泉湧時，可以在無聊的下午將它自首至尾地寫完。

另一方面，一本長篇小說就需要真功夫。**你得花幾個月在它身上，逐行、逐頁、逐章地在壕溝裡跟它搏鬥。它的情節與人物，必須擁有足夠的深度與複雜度，才能支持六萬或十萬字的結構。它不是一件小趣事，不是手指運動，不是讓輕薄的翅膀載著你飛向月亮。它是一本書。**

就我所見，短篇故事作家是短跑選手，只要故事有其價值，他就值得受到讚賞。可是長篇小說家是長距離的跑者，你不必為了受到群眾喝采，而在馬拉松比賽中得第一名。光是靠自己的雙腳完成，就已經足夠。

你該從長篇小說起跑的四個好理由

上述主張看來全在慫恿作家最終轉向長篇小說。然而我的主張，是虛構寫作的入門者應該立刻將注意力集中在長篇小說上，而不是告訴自己遲早該去做這件事。我認為長篇小說不只是終極目標，也是起跑點。

這個想法一開始聽來會覺得不合常理。我們才剛將短篇小說比喻為短跑，將長篇小說喻為馬拉松，馬拉松跑者不是該逐漸朝長距離慢慢努力嗎？作家不是該先發展短篇故事的寫作能力，然後才嘗試挑戰長篇小說這個更艱難的任務嗎？

　　當然許多作家就是這樣開始的，至少我自己是如此。構成極短篇的適當篇幅，必須要有一千五百字[8]的敘事文字，在我最早的作品中，要負擔這件事就已經極度困難。後來，寫完一篇短篇故事對我而言逐漸變得輕鬆，最後我終於寫了自己的第一本長篇小說。部分作家走過類似的路，但或許也有一樣多的人沒有認真寫過短篇，就直接跳到長篇小說。要成為作家，似乎沒有任何傳統的路可奉行。只要是通往終點的路，對旅人來說就是正確的路。

　　了解這件事之後，那就是條條大路通羅馬了。我認為作家從長篇小說著手是最佳建議，理由如下：

　　1. 需要的技巧較少。這句話可能聽來荒謬。為什麼長篇小說要求的技巧會比短篇小說的少？你以為應該相反才對。

　　要處理長篇小說，你不用成為更強的工匠嗎？我不這麼認為。文體生澀的狀況下，長篇小說家常常可以逃過一劫，短篇卻可能行不通。

　　記得，長篇小說給作者的益處就是空間。你有空間四處移動，有空間讓你的人物發展、活起來，有空間讓你的故事線自行啟動，並取得勝利。擅長使用文字永遠不是壞事，但它對於長篇

8　編注：作者在本書中提到的字數全以英文為準，僅供參考。

小說的重要性遠遠低過另一種能力，也就是抓住讀者、讓讀者關心接下來事情進展的能力。

　　暢銷榜上的作者，往往稱不上優美散文家。雖然我不介意說出這些人的名字，卻可以立刻想出有半打作家的第一章是進展非常緩慢的。或許我對文筆是過度敏感了——寫作會激進地改變一個讀者的洞察力——我認為他們的對話是機械式的，變化突兀，場景建構得拙劣，描述不精確。可是如果我能讓自己讀完開頭二十頁、三十頁或四十頁的話，我對細節過度的注意就會消失，而開始察覺全景。作者純粹的說故事技巧掌握了我的心，我不會再注意對方文體的瑕疵。

　　在短篇小說中，故事線沒有這種機會去控制狀況。在我停止注意作者的文體前，故事就會自然走完了。

　　同理，有些小說之所以能讓文筆顯得不那麼重要，是因為它們主題的崇高，或是題目的魅力。史詩小說將一國歷史以虛構形式呈現，以浩瀚的規模抓住讀者的心。里昂・尤瑞斯（Leon Uris）的《出埃及記》（*Exodus*）就是這種書的好例子。另一種書傳達龐大的資訊，幾乎連讀者不甚關心的某些產業細節也一併告知，這種小說的好例子是常以大企業為背景的亞瑟・海利（Arthur Hailey）的作品。這並非指這些小說在文筆上表現拙劣，只是要指出文筆在長篇小說裡往往變得更不受重視。

　　2. 點子比較不重要。 我認識許多作家延後寫長篇小說的原因，在於他們自認缺乏夠有力、新鮮或刺激的點子。我可以了解，因為同樣的感覺也曾耽誤我寫自己的第一本長篇小說：因為長篇小說篇幅較長，所以對點子的要求會比短篇小說更多——這

似乎很合乎邏輯。

如果你想不出點子，比起寫短篇故事，你可能更適合經營長篇小說。因為每個短篇故事絕對要具備一個新的點子，或一個用新觀點敘述的舊點子。短篇故事常常是潤飾一個點子就能完成，這個狀況特別可能發生在極短篇上。一般說來，極短篇的字數不會超過一千五百字太多，往往從開場發展至令人驚訝的結尾，只是用單薄的「虛構」外衣裹住一個點子而已。

相形之下，長篇小說說穿了就是較長的創作時間，加上不以點子為中心的書寫方式。舉個例子，我每個月看到的哥德小說新書，絕大多數非常嚴謹地遵守單一主要情節這個原則，這些故事往往是一個年輕女子在陰森的屋子裡碰上生命危險，地點可能在荒郊野外，女子受兩個男人吸引，接著發現其中一個是英雄，另一個是壞蛋。另一個類型則是《愛的溫柔之怒》（*Love's Tender Fury*）那種歷史羅曼史，講述不同時代中的女主角，起先天真無邪，後來被惹得意亂情迷，也從中品嘗到各種樂趣。

典型的西部故事會在五到六種標準故事類型中擇一而行。推理小說與科幻小說的領域也同樣有少量的基本類型。另外，你也可以想想在主流小說世界裡，每年有多少長篇小說以「成長的殘酷」為題材。

這不是說長篇小說就不需要動腦筋。正是創造力的發揮，小說家才得以寫一個常見題材，仍為所有讀者帶來未知的新鮮感。作家寫作的時候，人物活了過來，場景躍然紙上，豐富的原創事件出現，使得這本書與其他主題相同的書籍相較之下，就有了顯著的差別。

當作者坐在打字機前，那些使小說變得獨特的性格描寫與事

件元素，有時就位於他腦中的核心，有時則在他寫作的過程中，從他創意的無意識中漸次浮現。

我本身是很享受寫短篇故事，儘管花時間生產小說，在經濟方面不太可靠，卻提供我相當大的滿足感。我非常享受自己可以帶著腦中完全成形的點子，坐到打字機前，專心花上一整天，將那個點子變成一篇小說完稿。

那份愉悅太濃烈，使我願意更常做這件事，只是每個故事都要有一個適度有力的核心點子，而它本身在幾千字的空間內就會用盡，我就是想不出那麼多如此迷人的點子。

美國短篇推理創作量最豐富的愛德華・霍克（Edward Dentinger Hoch）靠寫作維生，而且只寫短篇故事。他能達成這超人的偉大成就，是因為他似乎有源源不絕能發展短篇故事的點子，並且快速將它們蛻變為小說，使身為作者的他獲得個人滿足。我有時會羨慕他，但我知道自己不可能以他那種方式，每月想出六個可行的短篇故事點子。所以我選擇簡單的解決方法，那就是寫長篇小說。

3. 你可以學更多。寫作與其他大多數技能有一個共通點：最棒的培養方法就是去練習。無論我們寫什麼樣的東西，練習都會幫助我們成為更好的作家。

然而就我的觀察，沒有比寫長篇小說更好的學習寫作方法。我藉著寫短篇故事學到了不少，但我寫第一本長篇小說時，學到的東西更多，而且從那時起，我幾乎每寫一本長篇小說，就又學到新東西。

寫作短篇故事教了我不少能吸引讀者注意的表達方式，我也

學到如何建構場景與處理對話。我以這種方式學到的每一件事，都彌足珍貴。

寫長篇小說時，就像活動著沉重的身軀，可以感覺到完全沒用過的肌肉在伸展。

同時，性格描寫卻是非常不一樣的事。以前我筆下人物的登場，是為了達成某些功能、說某些話。有些人物描寫得好，某些不好，但沒有一個人物的虛構生命凌駕他們在書裡的本分。然而我寫長篇小說時，人物為我活了過來。他們有背景、有家庭，有怪癖、態度，讓他們不只是漫畫式的概略線條。為了讓他們保持長達幾百頁的生命力，我得多認識他們，於是他們就有了更多內容。我不是指自己最早的長篇小說擁有特別好的性格描寫。它們的確沒有。可是我從中學到了無數東西。

我也在長篇小說學到時間處理法。我的短篇故事通常場景單一，鮮少超過三到四個。我寫的長篇小說則似乎都是幾天到幾週的故事，當然就由大量的場景組成。我學會處理許多技術問題，例如觀點轉移、倒敘、內心獨白等等。

4. 你可以一邊學習一邊賺錢。許多作家容易期待立刻就獲得滿足感，這件事很奇妙。我們才剛將一張紙放進打字機，就期待看見自己努力的成果出現在暢銷榜。

在我看來，其他藝術家對實質的成功有耐心多了。哪位畫家會期待賣出自己臨摹的第一張油畫？多半是打算等畫一乾，就立刻在上面作畫蓋過。哪位歌手會在第一次唱到高音之後，就指望卡內基音樂廳排進他的演出？其他藝術領域幾乎都有漫長而嚴酷的研究與見習階段，但偏偏還是有大量作家認為自己應該可以第

一次嘗試就寫出專業作品，並且在墨水還未乾時，就寄出自己的第一個故事。

這種情況一定其來有自。我認為「傳播」本來就是我們工作的一部分，如果沒人閱讀一篇作品，它就會像柏克萊主教的樹一樣，倒在無人能聽聞的地方[9]。如果沒人讀它，那就像我們根本沒寫過這篇作品一樣。

接著，未出版的作品跟未完成的作品一樣攻擊我們。一個畫家可以將畫掛在自己的牆上，一個歌手可以在淋浴間唱歌，但一份稿子在付印前都不能算是完成。

早期作品要獲得金錢與認可的這股欲望，乍看之下是種自以為是的傲慢。然而就我看來，這種欲望最能說明的，就是新手作者內心深處的不安全感。我們渴望將作品付印，是因為假如少了這份認可就無法讓自己滿足，說服自己這部作品有任何價值。

我絕不會建議一個新作家期待以第一本小說獲得任何認可或金錢利益。除非你有充分的心理準備，預定花幾個月寫一本書，並知道自己即將得到的最大收穫就是書寫本身，否則你可能比較適合擺脫打字機，做一點不會讓你那麼重視成績的休閒娛樂。

儘管如此，每年有無數小說處女作出版，這件事無可否認。即使是小說處女作，出版社一般都會抱怨出頭是多麼困難，順口忽略每一季都有幾本小說處女作達到暢銷的成績。沒錯，大部分小說處女作沒有出版。小說處女作大多賣得非常慘淡，這也是事

---

9 譯注：「假設森林裡有一棵樹倒下，而沒人在附近可聽見，那它有沒有發出聲音？」據信衍生自《論人類知識的原則》（*A Treatise Concerning the Principles of Human Knowledge*）書中言論的哲學問題，其著者為愛爾蘭哲學家及主教喬治·柏克萊（George Berkeley）。

實，居然有小說處女作出版，這就已經是一個奇蹟了。

所以想在財富和名聲方面取得若干收益，同時通過經驗獲得那些技巧不無可能。而長篇小說家與短篇故事寫作者相較，往往更容易穩定取得這種有酬的見習。

狀況並非始終如此。書報攤上滿是廉價雜誌的時期，那些雜誌正是新作家謀生的地方，就算是有一餐沒一餐的，他們也藉此培養自己的本領，精煉技巧。至今在非小說的文學創作領域，類似的雜誌見習仍是標準程序；報章雜誌的作家在準備好為有聲望的雜誌寫非小說書籍或文章之前，先藉由寫公司行號的內部刊物（house organ）、業內雜誌（trade journal）來謀生，同時學習。

有些倖存的小說雜誌絕對歡迎新作家。舉例來說，《艾勒里・昆恩推理雜誌》（*Ellery Queen's Mystery Magazine*）特別強調他們會發表作家的處女作，至今也印行了五百篇以上傑出的處女作。然而自從五〇年代廉價雜誌沒落，雜誌小說的市場就缺乏足夠的深度讓作家藉此完成見習。

相較之下，原創小說的實體書市場相當穩固地維持下來，也相當願意接納新手的作品。無論是懸疑、冒險、西部、科幻、哥德、輕羅曼史，不同種類的小說作品生存力交替消長，但永遠會有幾個類型構築健康的市場。

我自己的小說見習是在性愛小說的實體書領域。一九五八年的夏天，我剛完成自己的第一本長篇小說，不曉得接下來要做什麼。我的經紀人在兜售它，我完全不曉得它會暢銷或失敗。

然後經紀人和我聯絡，表示某家新的出版社正要加入性愛小說的戰場，他問我知不知道那是什麼書？我可不可以讀讀看，然後試著也寫一本？

我買了該領域最具代表性的幾部作品，略讀過它們（如果現在要我再跑一遍這套流程，我會多花一點時間去分析這些書。有關這一點，我之後在第三章會詳述）。然後我抱著青春的自信坐到打字機前，趕了三章和一份大綱出來，而它們就是我職業生涯的起點。

我不知道自己在後來幾年寫了幾本性愛小說。我在好長一段時間裡，一邊每月固定寫一本書給某家出版社，一邊不定期寫別的書給其他出版社，同時還寫了一些可以表達個人抱負的作品。我猜自己一定寫了上百本。也許沒有，我真的不確定，幾年前搬家的時候，那些書絕大多數都遺失了。我們就直接當作我寫了很多書，其餘不管了。

我從做這件事學到了無數東西。各位要記得：這些書都是在人心較淳樸的時代寫的，這樣的主題在當時的市場最具煽動性，就當時的標準而言，這些題材幾乎無法歸類成軟調色情小說（soft-core pornography）。書中完全沒有不宜刊印的字眼，卻遮遮掩掩得就像滿是遮點噴霧的老派《花花公子》。

那些書每章都有一個性愛場景，可是不會占滿整章，有大量空間留給事件、人物刻畫、對話、衝突、發展情節，性愛並不會時時打斷故事。沒了性愛，這些書當然沒有存在的道理，一般而言，那些故事沒有強到足以獨力撐起這些書。（雖然我可以想到一、兩個例外，是有某個人物控制全局，躍然紙上，所以性愛的插曲看起來幾乎像是惹人厭的中段。不過這種例子的確很罕見。）

這段經歷對我來說是絕佳的見習。我天生就寫得快，生來就有寫出流暢初稿的能力，所以我寫這些書的速度快到賺得令人滿

足的生活。（這些書的報酬不多，你也無法指望版稅或附帶所得會有多少，這的確就是為廉價雜誌工作的感覺，所有東西都賣個精光。）

　　我學到大量的小說寫作技法，學習的方式無懈可擊，也就是反覆試驗。我能以多重觀點遊走，且加上不同種類的情節結構。事實上，只要我繼續以英文寫作，讓爆點持續誕生，我可以寫自己想寫的任何東西。我擺脫了許多作者的壞習慣，而且就像我之前說的，在學習的同時也賺到了錢。

　　我認識不少作家起步於栽培這片祕密花園。有些人後來沒再做過其他事情，用性愛小說不太費力地賺了一些錢，直到新奇感逐漸消失，但是又缺乏才能與動力的特殊結合，無法建立寫作的職業生涯。我們其餘人則或遲或早向其他的事物前進。我認識的每個人都認為那是一個珍貴的經驗。

　　拿我自己舉例，性愛小說的律動太過手到擒來，持續寫了太久，它已經不能再教我多少，我可能該儘早試著伸展我的文學肌肉。另一方面，我其實在任何一條路上都資淺到令人痛心。我在那個時期沒有能力寫出遠遠比性愛小說更有抱負的作品，而性愛小說讓我有飯吃，給我規律生產與規律出版的滿足感。我幾乎無法後悔自己貢獻了時間在寫它們。

　　現在性愛小說的領域對於新手來說，算是一個好的起跑點嗎？恐怕不是。這個詞在現在的市場裡，代表既呆板又缺乏情節的硬調色情小說，寫得既沒有想像力，也沒有技巧可言，由一個又一個誇大的性愛場景組成。我寫的那些書相當缺乏優點——這一點絕對不要誤會了——可是根據劣幣驅逐良幣的定律，一個確實更糟的產物將它們從市場趕了出去。任何傻瓜有了打字機和夠

髒的想法就能寫得出這些書,所以報酬也低到讓這份工作不值得好好執行。最後,這些書的發行單位就是經營按摩店和偷窺秀的那種人,你搭地鐵都會遇到比他們更高級的人。

不過我們沒有必要緬懷舊時光,抑或回到廉價雜誌或軟調性愛小說的舊時代,作家的見習似永遠都能在某個領域完成。下一章裡,我們會分析如何選擇寫作領域,同時我們可以確定,在不遠的將來,自己就是會寫出某種領域的某類小說。

寫長篇不是比較難嗎?

新手應該由長篇小說家開始當起,這是一個激進的建議。聽到這個建議的人一定是自然而然地立即提出可能的反駁,我們來看看最容易想得到的幾個問題。

寫長篇小說不是比寫短篇故事更難嗎?

不是。長篇小說寫起來不會比較難,只是比較長。

這可能顯而易見,但不代表這個答案不實在。長篇小說的扎實篇幅往往是新手作者覺得嚇人之處。

事實上,這個形式不是只會嚇到新手。我的懸疑小說通常寫了兩百頁左右就停了。我寫的書若預計篇幅有它的二到三倍,好幾次在開頭就遇上很多麻煩。那些計畫龐大無比,讓人失去幹勁。

我想做這件事需要的就是改變態度。寫長篇小說得認清一個事實:你就是不可能吃飽喝足,然後在打字機前坐很久,一口氣寫完。寫書的過程會占據你幾週或幾個月的時間,甚至可能會花

上幾年。

可是每天在打字機前的工作量，其實就是一天的工作量而已。無論你在寫短篇故事，亦或史詩三部曲，這句話一字不假。如果你一天寫三頁、六頁或十頁，在一定的時間內就會完成一定的工作量，無論你寫的是什麼東西。

我記得自己第一本真的很長的書。我坐下來要開始寫它時，心知將要開工的作品，原稿得寫到至少五百頁。我整整寫了一天，最後完成了十四頁。我從打字機前站起來，說：「嗯，只剩四百八十六頁要寫……」然後因為這個念頭而神經衰弱起來。

你要記得一件重要的事，那就是一本長篇小說總有寫完的一天。所有老掉牙的說法真的都適用，一千哩的旅程從邁出一步開始，又慢又穩的確能讓你贏得比賽。

想想這件事：如果你一天寫一頁，你在一年之後，就會生產出一本有分量的長篇小說。年復一年，每年寫出一本書的作家，就會被大家公認相當多產。而且你不覺得你就算哪天狀況不好，也可以寫出少少的一頁嗎？就算在糟透的一天也可以吧？

我若寫一個短篇故事，坐到桌旁時，已經在腦中想好整個作品，精確地知道自己的方向，只要寫下來就行了。可是我對於長篇小說就沒有這種掌握度。

你當然沒有。每個人都一樣。

討論大綱的那一章，就會對這一點提供建議。同時你有兩件事要記住。

首先，承認你對短篇故事的徹底掌握可能大部分都是幻覺。你真正有的東西是自信——因為你開始寫故事的時候，以為自己

對它瞭若指掌。

可是如果你跟我一樣，就會在打字機前持續給自己驚喜。人物會開始過他們自己的生活，堅持說自己會說的話。開頭看起來有必要的場景變得多餘，其他場景逐漸成形，卻沒有成為你預定的樣子。故事寫到一半時，你常常會想到某個方法可改進情節。

這個狀況在長篇小說中發生的程度更是遠超於此，而且本應如此。小說作品應該是有組織的存在。它是活的，而且一邊進展，一邊成長。就算一本長篇小說擬有最精巧的大綱，就算是作者寫的大綱有成書的一半篇幅，如果這些書會為讀者而活，它就一定擁有這種生命。虛構作品的書寫永遠都不會純粹機械化，永遠不會只是填滿空格與敲擊打字機的鍵盤。

你要明白的第二件事，就是自己不需要一次掌握整本書，因為你不會一次就寫完整本書。**長篇小說的寫作就像活著的生物一樣，過一天算一天**。我發現自己為了完成一天的寫作量，而真的必須了解這本書的唯一一點，就是我想在那天的工作中寫出什麼東西。

我一旦開始計畫，就會遇上困難。只要我退後，試著將這本小說想像為一個整體，就可能被嚇得無法動彈。我開始覺得整件事不可行，相信其中有結構上的缺陷，會讓整個計畫注定失敗，不可能有機會順利地成書。可是只要我能每天早上起床，獨獨專心在打字機前的當日工作會寫到什麼事，那我似乎就做得還不錯——而且書也逐頁、逐章地成形。

我寫了很多推理小說。這類型的書會有兩條故事線同時展開：首先是第一頁到最後一頁發生在讀者眼前的事，記錄一個或多個人物觀點所察覺到的活動。潛在這個情節之下，則是推理故

事線本身，也就是正在發生的事（或之前發生的事），在書中高潮出現前都不讓讀者知道。

　　幾年前，我理所當然地認為一個作家在動筆之前，腦袋裡就得有這些故事線的完整發展。之後我才學到一件事，那就是寫一本精密又複雜的推理小說，到了幾乎是結尾的地方，還不知道壞人的身分為何，這個狀況偶爾可行。我寫《別無選擇的賊》時，寫到最後的兩、三章，一個朋友偶然的評語才讓我解決了凶手是誰的問題。為此我得重寫一些部分來處理掉所有細節的問題，可是成書還不錯。

　　我可能花了一年寫一本長篇小說，結果卻賣不出去。如果我不想浪費那麼多時間，堅持寫短篇故事不會比較保險嗎？

　　會比較保險嗎？假設你在寫一本長篇小說的時間內，可以寫出十二個或二十個短篇故事。你為什麼會覺得賣它們比較容易？市場的天性，是你可能比較有機會將一本長篇小說付印，而不是二十個短篇故事的結集。此外，假設你既賣不掉長篇小說，也賣不掉短篇故事，那麼一批賣不掉的短篇故事，跟同樣賣不掉的一本長篇小說相比，你為什麼就覺得前者比較不像在浪費時間呢？

　　儘管如此，浪費時間的恐懼，始終讓很多人避寫長篇小說。然而我不覺得這份恐懼合理，就算結果證明你真的在浪費時間也一樣。

　　所以第一本長篇小說賣不出去怎麼辦？天啊，絕大多數的長篇小說處女作都賣不出去，而且你到底為什麼覺得應該賣得掉啊？

　　第一本長篇小說賣不掉的人，可能會發生幾個狀況。他可能

會在寫那本書的過程中發現自己不是天生適合當長篇小說家，發現自己不喜歡這份工作，或是沒有那份才能。

另一方面，第一本長篇小說無法付印的作者，可能會了解到寫作是自己的專長，對於繼續寫作有股燃燒般的欲望，而且第一本書特別呈現出的弱點與缺陷，必須消失在下一本書裡。成功的作家中，有多少位的第一本書是無可救藥地爛？答案可能會嚇你一跳。他們當時不是在浪費時間，而是在認識自己的職業。

想想賈斯汀・史考特，我幾年前讀過他第一本長篇小說的原稿。它幾乎在每一方面都爛到讓人尷尬，而且絕對不適合出版。可是寫這本書給了他一些好處，他的第二本小說碰巧也無法賣，但比起第一本，有了非常大的改善。

他依然不氣餒。他的第三本長篇小說付印了，是一本推理小說。之後他寫了更多推理小說，然後花了一年多的時間寫《船隻殺手》（*The Ship-killer*），那是一個海上冒險的故事，規模龐大，獲得了六位數的訂金，以漂亮的數字賣出電影版權，而且在店面也賣到足以登上幾個暢銷排行榜。

你認為賈斯汀會後悔自己在第一本小說上「浪費」了那些時間嗎？

我還沒開始寫長篇小說的原因，也許是害怕自己不會寫完。

也許吧。而且你的確可能不會寫完。沒有哪一條法律說你非寫完不可。

請明白一件事：我不是鼓吹大家拋棄寫到一半的長篇小說。我自己就太常發生這個狀況，永遠都不會對此感覺良好。可是如果你就是寫不好那本書，或你就是發現自己不適合寫長篇小說，

那你絕對有充分的理由放棄繼續寫它。

　　就像我們都比較喜歡假裝自己的天命很高貴，你記得另一件事也一樣有益，那就是這可憐的老星球最不需要的就是多一本書。要寫比購物清單更宏大的東西，唯一的理由就是你想寫。如果不是如此，你大可完全不受拘束地去做別的事情。

　　我還是希望你會完成自己的第一本長篇小說，無論它有什麼優點與瑕疵，無論你作為長篇小說家的終極潛力如何。對於寫過長篇小說的人來說，我想寫作過程會是非常珍貴的生命體驗。它是一個非常棒的老師，而我現在指的是它教育你認識自己的能力，而非教育你寫作之事的能力。我認為長篇小說是無可匹敵的自我探尋方式。

　　然而你會不會完成它，都依然是你的選擇。因為害怕自己無法完成，所以無法展開一項任務，這不太有道理吧？

**　　好，你說服我了。我要坐下來寫一本長篇小說。畢竟短篇的作品沒什麼重要性，對吧？**

　　是這樣嗎？誰說的啊？

　　我承認長篇小說特別有商業面的重要性，而且大家會自動認為大部頭的長篇小說比非大部頭的更重要。雖然有少許例外，但我承認短篇故事的作家從文學評論者那邊得不到多少注意。而且我不否認你若跟鄰居說自己在寫長篇小說，他們會更認真地認同你是一位作家。（當然，如果這是你主要關心的事，你就直接去跟他們說你是作家，不用寫任何東西。撒點小謊吧，別擔心——他們不會求你給他們看稿子。）

　　可是就根本上的價值來說，篇幅很難成為一個重要因素。你

可能聽過哪個作家為自己寫了一封長信而道歉，解釋自己沒時間將它寫短一點。你可能很熟悉威廉・福克納的評語，說每個短篇故事的作家都是失敗的詩人，而每個長篇小說家則是失敗的短篇小說家。

你想變得舉足輕重的欲望，對於寫任何東西而言，算不算是一個特別有益的動因，這一點我不確定。可是長篇大論不保證就會有重要性，簡潔也不是微不足道的證明。十四行詩、短篇故事、上千頁的長篇小說，只要你寫的是自己想寫的東西，那就是合適的篇幅。

好，不管有沒有重要性，我想寫的就是長篇小說。可是我應該寫什麼小說？我只有一張書桌、一台打字機、一大疊紙和一顆空蕩蕩的腦袋。現在我要怎麼做，教練？

嗯，想開始的話，何不繼續翻往下一頁？

等等，動作別這麼快。或許你還不該翻往下一頁。

我提到只寫短篇故事的愛德華・霍克。儘管他的確寫了不少長篇小說，但帶給他真正的滿足感，並讓他出名的還是短篇故事。他寫了上千個短篇，三十四年來，每個月都在艾勒里・昆恩的推理雜誌上刊登作品。

一九七〇年代晚期，我和愛德華頂多只是點頭之交，不過後來我們成了朋友，我很榮幸能在美國推理作家（Mystery Writers of America）年度晚宴上頒獎給他大師獎。愛德華・霍克於二〇〇八年過世，七年過去了，出版社還在出版他的短篇小說集。

我也提到不斷進步的小說家賈斯汀・史考特，他以本名和

保羅・蓋里森（Paul Garrison）的名字持續寫作。近來他與克里夫・卡斯勒（Clive Cussler）合寫歷史驚悚系列。

＊　　＊

　　本章的主旨在於論述為什麼應該選擇寫作長篇小說。要先強調，寫這本增訂版時，儘管有些想法改變，我依然堅信這個論點。這幾年來，我多了「文選編輯」這個角色，需要尚未公開發表的短篇故事，也因此有了向點頭之交的作家邀集稿件的經驗。結果驚訝地發現許多作家從未嘗試寫作短篇故事。

　　本章前面提過，我剛開始是寫短篇小說，出版第一本長篇小說前，肯定已經發表過二十幾個短篇故事。還沒練好短篇虛構故事之前，我不敢扛起長篇小說。

　　上個世紀因為短篇故事比較有賺頭，有些作家只寫短篇，比方達蒙・魯尼恩（Damon Runyon）和歐・亨利（O. Henry）。等到我開始寫作，狀況已經大不相同，平裝書搶走小說雜誌的展示架，電視節目削弱了消費者對雜誌的關注度。大家都建議職業作家把目標放在長篇小說。

　　不過短篇小說還是個自然而然的起始點。我們能從中學習如何寫作，享受自己的文字付印成雜誌的快樂，並且還能賺點錢。現在短篇小說的市場越來越少，少數幾間真的會付錢刊登作品，但稿費也不是非常好。如果三十幾年前就聽過類似的建言，建議你寫作長篇小說，這個建議放在今天更是中肯適用。

　　不過說也奇怪，我現在對這個主張比較沒有那麼堅持。作家該不該把寫作短篇故事當成一種學習，之前也有過爭論。

少數愉快的例外發生在我主持的作家工作坊，我要求參加者寫短篇故事，別寫長篇小說。之所以這麼做，因為週復一週地聽著作家朗讀未完結的部分作品，讓我覺得非常無聊。不過他們如果每週都帶篇新的故事過來，我們至少有些東西可以討論。

　　呃，你到底想說什麼？

　　或許正如同小說不只有一種寫法，發展寫作生涯也不會只有一種途徑。有些作家直接投入長篇小說會表現得很好，也有些作家比較適合寫作短篇故事。

　　而各位親愛的讀者，你們至少有閃過寫小說的念頭，否則你們不會打開這本書。

　　好啦，**現在**你可以翻頁了。

2 決定要寫什麼小說

Deciding Which Novel to Write

　　痛苦的經驗讓我學到的事，就是我只在真的一心只想著要寫出傑作的時候，才會寫出傑作。也正是在我這麼做時，偶然達到了評論及經濟上最大的成功。

　　這個事實帶有某種寓意，而我有個直覺，這個寓意並不難看出來。

只有天才是不夠的

你可能不需要這一章。有一定比例的長篇小說家起步時，相當清楚自己想要寫什麼書，而你很可能也是如此。雖然情節的精確形狀與書的結構在你心裡仍然模糊，但你也許已經掌握住這本書的某些細節。例如你知道它是一本長篇小說，而且你知道它在講什麼。

或許你決定要寫的書，源於你自己的生活經驗。也許你深受某樣事物打動，認為它是可拿來寫長篇小說的未加工原料，可能是服兵役的時光、坐牢的日子，或是在大學女生宿舍住四年的經驗。不管是多采多姿還是乏味，只要敏銳地覺察，戲劇化地描繪，任何人的生活都可以變成扣人心弦的小說。

同樣地，讓你著迷的小說點子，可能與自己檯面上的生活經驗毫無關聯。閱讀或幻想刺激你創意發想的方式，可能會讓你堅信自己要寫一本書。或許刺激你的會是兒童十字軍的一位成員，或是某位星際探險家，又或是一位嗜喝白蘭地與收藏東方鼻煙壺的當代私家偵探。或者，你的主要角色可能直接來自與你某個內在層面有共鳴的現代真實人物——一個受虐兒童，一個正從失敗婚姻中重新爬起的前運動員，一個因為崇拜神而喘不過氣的修女……可能性可說是無限多，唯一必備的條件，在於你想創作的大方向上有一名人物、一個衝突或重要情勢讓你想要寫一本關於它的小說。

若是如此，你就有些微優勢，你至少知道自己想寫什麼東西，而知識讓你邁出重要的一步。你想要的話，可以直接跳到下一章。

我念大學的那幾年平淡到煩人。入學的頭一年，一張漫畫在英文系的公告欄上掛了幾個月。我急急離開校園的二十年後，以一個浪子之姿重返校園指導，寫作研究班，就在我走過草地的時候，那張漫畫生動地回到我的腦海中。

　　上面畫了一個不高興的八歲男孩，認真的校長盯得他侷促不安。「當天才是不夠的，阿諾，」校長說：「你得有特定的才能。」

　　我想起自己對阿諾有非常強烈的共鳴。我在念大學的幾年前就知道自己想當作家。可是只是「當作家」似乎不夠。

　　你得確實「成為某方面的作家」。

　　有些人天生就具備所有條件。他們不僅擁有適合寫作的資質，而且似乎天生就知道要寫什麼東西。他們一開始就有要說的故事，只要著手把故事講出來就行了。

　　簡單說來，有些人寫東西很輕鬆。

　　可是有些作家並非如此。我們知道一件事，那就是我們想寫作，可是不知道自己想寫什麼。

　　有一點很激勵人心，那就是這種情形並非少數。大多數作家沉溺於成為作家的念頭時，還不曉得自己可能會寫哪一類小說。對一個想當商業作家的人而言，這種情形很容易接受，但同樣的情況也可能發生在名作家早年的寫作生涯。大部分人自認想當作家的時候，還不知道自己會是哪一種作家，或將寫出什麼樣的東西，無論我們心目中終極的文學作品是《白鯨記》或《拖車屋淫娃》（*Trailer Trollop*），這個情形似乎都一樣適用。

　　（附帶一提，這裡可能適合順便得出一項結論，那就是各類小說作家的共通之處，與他們作品的差異性相比，前者肯定要多

得多。事實上，儘管寫作內容天差地別，寫作本身已然使我們趨向一同。）

該寫自己常讀的小說類型嗎？

讓我們來假設你此時僅知的一件事，也就是你想要寫一本長篇小說。你有這麼奇妙的衝動，原因不大重要，**只要你很想做這件事就夠了**。你之後是否漸漸顯露寫出成功小說的其他必要本領，例如才華、堅毅、好的應變能力……這不是你在這個階段必須知道的事。沒錯，那不是你有能力了解的事。**你該知道的時候，就會知道。**

你怎麼決定自己要寫什麼小說？

在我看來，這個問題的最佳解，就是繼續再問幾個問題。首先，你喜歡讀哪一種小說？我還不至於斷言我們只能寫自己最喜歡讀的那種小說。

我知道太多完全不符合這個狀況案例。舉例來說，我在寫軟調性愛小說時，通常不會把休閒時間花在讀其他人寫的同類小說。我也觀察到許多西部故事的作者，其實非常不喜歡看該類的作品。反之，大部分推理與科幻小說的作者，似乎都很享受各自領域的讀物。

在我剛起步的時候，懺悔雜誌是最樂於接納新作家的市場，酬勞也很不錯。其後它們的數量減少，稿酬也開始下跌，再次說明了短篇故事作者的運氣變得越來越惡劣，不過當時它們確實是新手起步的優良環境。

我讀過很多懺悔雜誌，因此自認了解何謂懺悔小說，我了解

其基本情節結構，以及讓一篇故事變得出色或令人無法接受的原因。我為一個文學經紀人工作的那一年，從一堆無聊又感傷的故事中抽出兩篇懺悔式作品，兩篇都以原稿之姿售出，其中一篇的作者變成該領域的領袖，最終在浪漫小說中樹立了自己的名聲。

嗯，我當時很有膽。當時懺悔式作品的稿酬，是我寫懸疑短篇的好幾倍，所以我幾次去買或借來幾本懺悔雜誌，然後開始一路往下讀。我從來沒真的讀完，我沒辦法在不跳讀的狀況下看完任何一篇該死的作品，沒辦法聚焦於自己正在讀的東西，而且沒辦法動搖自己的一個信念，那就是整本雜誌從封面到封底，包括那些豐胸器材的廣告，全是腐化人心的垃圾。

因此我也無法寫懺悔小說。我腦袋出現的點子，不是平庸到令人麻木，就是與市場的要求有出入。我在將這些點子變成故事的時候，向來只能嘗試寫個幾頁，從來沒真正完成過一篇懺悔小說。這個狀況持續到某個詭異的週末，因為某家出版社有幾個空白版面要補，還有一個截稿日期很快就要到了，所以我寫了三篇懺悔故事。我之所以想辦法寫它們，是因為接了這份工作，而出版社印它們，也是因為不印不行。讓我告訴各位，那可不是我這輩子賺得最輕鬆的一筆錢。

你為了得到在某類小說取得成功的機會，必須多喜歡它？嗯，我們來假設你在某個週末，拿著一疊哥德小說、男性冒險小說、輕羅曼史或任何一類小說，坐了下來。如果你必須用鞭子抽自己，或是強迫自己讓鞭子抽一頓，才有辦法讀它們，另外還要抵抗不時出現的衝動，制止自己將書摔到房間另一頭，或如果你最終的反應是「這東西是垃圾，我恨它」，那我想你應該要更審慎地考慮這件事。

另一方面，如果你覺得這些故事讓你頗為興奮，即使你從來沒忽略自己其實不是在讀《戰爭與和平》，或如果你最後的態度可能類似「這東西是垃圾，好，但不是差勁的垃圾，而且我雖然可能不想別人知道這件事，但我算是喜歡它」，那或許你已經找到起步的地方了。

找到位置、找到認同

你還有其他問題要問自己，例如這一個：用作品來獲得報酬，對你重要到什麼程度？哪種報酬最重要？錢？知名度？還是單純見到自己的作品出版？雖然這三樣東西絕不是不會一起出現，而且絕大多數作家是三樣都想要——大部分，謝謝——但每個人都可能會覺得三者中有一樣最重要。

我十五、十六歲時，有恃無恐地認為自己生在這地球上就是要當作家的，甚至沒想過要猜自己會寫哪一種東西。我那時極度忙於讀本世紀最偉大的長篇小說，由這些人所寫的：約翰·史坦貝克（John Steinbeck）、厄尼斯特·海明威、維吉尼亞·吳爾夫、約翰·多斯·帕索斯（John Dos Passos）、史考特·費茲傑羅以及與他們來往的朋友。我心裡極其清楚，時間一到，我就會寫出屬於自己的「偉大小說」。

不用說，我會先去上大學，然後在那裡可能會多少更清晰地了解「偉大小說」的構成要素。然後我會走進真實的世界，在那裡面「生活」（我不怎麼確定這個放在冒號裡的「生活」將伴隨什麼東西，但我猜其中會有少許汙穢之處，另外還有少量濃醇烈酒和性愛）。這個「生活」終究會將自己蒸餾為「有意義的經

歷」，而我最後會從中創作出許多「有價值的書」。

　　這個路線不必然錯誤。許多重要的小說都是作者以類似這樣的作風創作出來，而且它還有額外的好處：如果你最後什麼也沒寫出來，至少在這條路上，你享受了大量烈酒和性愛。

　　不過，就我自己來說，我迅速了解到，比起作為有潛力的偉大長篇小說家，身為「作家」的自我形象有力多了。我並非真的那麼在意藝術成就，除了做做發財夢以外，也不渴望天文數字的財富。我只是想寫東西出來，看到它出版。我不知道這是否是做任何事最高貴的動機，但這個概念就在我內在最核心的位置。

　　我們來假設一下你自認有同樣的動機。你絕對想寫令你自豪的作品、可能為你贏得重要評價的作品、可能導致股票經紀人和會計師搶著要你上門的作品，然而**你身為作家的根本目標，其實就是出版作品。**

　　因此，**你能獲得的最佳建議，可能就是為自己在類型小說的領域中找個位置。**「類型小說」這個用語涵蓋了長篇小說的廣大團體——通常是指實體書——這些小說很容易被歸類為推理、冒險、浪漫、哥德、科幻、歷史傳奇（historical saga）、西部與其他類型。這些類型會逐年稍微改變，也會變得熱門或冷門，今年的票房明星可能會是明年的票房毒藥。每過一陣子，有哪本小說取得壓倒性的成功之後，模仿者會立刻建構起一個全新的類型。美國作家凱爾‧昂斯托特（Kyle Onstott）寫了一本關於黑奴的小說《曼丁果》（*Mandingo*），結果這本書刷了又刷，其他作家就開始往這個風格寫，時機一到，奴隸小說就自然形成了小說的一個重要類型。狀況相同但速度更快的例子，是史上頭兩本色情的歷史羅曼史——凱瑟琳‧渥迪威斯（Kathleen Woodiwiss）的

《意外的情人》（*The Flame and the Flower*），以及露絲瑪莉‧羅傑斯（Rosemary Rogers）的《狂野的愛》（*Sweet Savage Love*）。它們一上市就立即掀起可觀的購書潮，一夕之間，一個新的類型就這樣誕生。

有些作家多年來毫不費力地穿梭於不同類型，穩定滿足市場需求。哥德小說熱門了，他們就寫哥德小說；出版社打電話來要他們寫戰爭故事或不倫戀，他們就換檔，並維持最高產能。一般說來，這些萬事通在自己處理的每種風格中都可以達到最低門檻，不會真的將自己限定在任何領域。他們永遠很能幹，但從不會啟發人心。

想一想吧，這件事並不令人意外。這種公式化的商業寫作模式底下，又稀少又珍貴的專業才能本就易受忽視。儘管如此，可以用同樣才智自在處理各類小說的作家，也是一個從未專注發展個人獨特道路的作家。雖然你可能正是這種作家，雖然你可能希望自己的寫作範圍能涵蓋廣大的小說類型，但如果確實有某種小說比其他類型更加吸引你的話，我認為你先下決心做出選擇比較好。

我們已討論過，**你打算要寫的小說，必須是你讀得下去的小說類型。不過這個論點顛倒過來未必正確。你能享受某種小說，不完全代表試著寫它會是一個好主意。**

拿我來舉例好了，我讀過大量科幻小說，大部分都很不錯，而且我非常喜愛傑出的科幻作品。不僅如此，我以前常常跟幾個有聲望的科幻小說家廝混。我覺得自己跟那夥人意氣相投，那些傢伙有說不完的俏皮話，他們心思反覆無常，迷人至極。我喜歡他們抓住點子，然後將點子變成故事的方式。

可是我就是寫不了科幻小說。不管讀多少科幻作品，不管多樂在其中，我的腦袋就是無法釋出可行的科幻小說點子。我可以帶著身為書迷的強烈喜悅讀這些故事，但就是沒法處理它們。我甚至無法告訴自己：「我寫得出這個作品，我想得出這個點子，而且我有辦法朝這方向發展它。我甚至可以藉某些做法來改善它。我敢發誓，我寫得出這個故事。」

　　多年來，我愉快地讀過很多歷史小說，就我的記憶所及，我一直深深鍾情於歷史。有幾年的時間，我的休閒時光多半在讀英國文學與愛爾蘭歷史。別人可能以為我結合工作和娛樂，打算將目標轉向歷史類型，從這些書中尋找可供創作參考的主題與背景。

　　事實上我連想都不敢想。讓人不開心的真相數也數不盡，其中一個就是我得面對自己是一個懶得做研究的人。我不喜歡做研究，而且也做得不是非常好。非做不可的時候，我會強迫自己做。近幾年來，我做得比較好了，比較不常因懶散而捏造資料，可是若要有計畫地開始寫一本需要大量學術研究的書，我對這想法可是恨之入骨。

　　除此之外，我並不希望自己寫的故事背景不在當代。我既然不在那個時代，怎能自以為知道當時人們講話的方式？我怎能好好處理他們的交談，或者，比如十八世紀的愛爾蘭，或是文藝復興時期的義大利，即使是最模糊的概念也好，我如何獲得身處其中的感覺？雖然其實沒人真正知道當時人們交談或感受的方式，但這個事實無法讓我比較安心。我必須得相信自己虛構的現實，才有辦法寫好它。

　　這不代表我只願書寫自身經驗。關於十八世紀的愛爾蘭與現

代的南斯拉夫，我對兩者的了解可能一樣多，可是我僅僅做過粗略的研究，就大膽地將幾本書的背景設定在愛爾蘭。我沒殺過任何人，目前還沒，可是我寫過大量凶手。我以專業竊賊的角度寫了一本書，覺得那個代言人非常渾然天成，所以讓那本書變成系列書的第一部。我甚至還以女性觀點寫過幾本書。**我想這可能是認同問題，人有能力將自身投射在某些特定環境與情境裡，某些環境和情境則就是不行。**

更簡單地說，這關乎讀者是否認同作者。好小說的要素之一，就是讓人對人物感到認同。而這個人物之所以能藉著文字獲得讀者認同，其中一大要素可能就來自讀者對作者的認同。

我記得起自己第一次感受到這件事的時候，是在念完大一的夏天。我選了一本平裝的短篇故事集，書名是《叢林之子》（*The Jungle Kids*）。作者是美國作家兼編劇伊凡・杭特（Evan Hunter），近年以反映社會問題的小說《黑板叢林》（*Blackboard Jungle*）出名——講出這本書的名字，就不必提實際銷售了。書中有十二個故事全在講不良少年，每一篇其實原本都是在《獵人》（*Manhunt*）雜誌上發表。引發我共鳴的對象不太是這些故事的人物，反而是向著伊凡・杭特。

我讀到這本書的結尾時由衷興奮。這個人寫作並出版這麼好的故事，讓我可以尊敬跟享受它們，最重要的一點，就是我可以想像自己做他已經完成的事。我覺得這在我的能力範圍內，而且這種情節與人物可以誘使我的創意發想。我也覺得整件事非常值得去做。

最後我成功將自己的第一篇短篇故事賣給《獵人》，但那是另外一件事了。更重要的是，我的長篇小說處女作直接誕生於對

作者的認同。

　　我當時寫作出版犯罪故事已達一年，覺得是時候該來寫長篇小說。我在工作的文學經紀事務所有一位資深同僚，建議我嘗試寫阿瓦隆（Avalon）出版社當時在發行的那種輕羅曼史。因為這種小說的酬勞爛斃了，所以對於新手入行而言，算是一個輕鬆的市場。我讀了一本，又是懺悔故事。我讀不完，心知自己無法想出這樣的點子，更別說去寫一個這樣的作品。

　　我真正想寫的是偵探小說。我讀過上百本偵探小說，非常喜歡這種形式，而且也嘗試寫過幾次屬於自己的作品。可是為了某些理由，我就是無法處理懸疑小說。

　　這段時間裡，我讀了可能多達一打的女同性戀小說。五〇年代時，女同性戀的細膩小說構成一個規模雖小卻相當受歡迎的類型。我讀這些書主要是要獲得資訊與快感。我個人當時不認識任何女同性戀，除了在這些小說裡讀到的東西，或是在格林威治村布里克街上看到她們以外，我對她們的生活一無所知。

　　不管是出於什麼原因，我覺得這些書讀起來的確是有趣到讓人欲罷不能。有天我讀完一本之後，發現自己也寫得出來，或是寫得出非常相像的一本。真的，說不定我寫的還會比剛才讀的那本好一點。

　　我以研究為目的，迅速讀了自己找得到的每一本女同性戀小說。小說元素開始在我的腦內擴張——一個人物、一個場景、一個背景的片段。接著，某天早上我醒來的時候，已經準備好我要寫的情節了。我打了兩、三頁的大綱。然後經過或許長達一個月的醞釀期之後，我坐下來，用整整兩個星期寫完它。

　　它一開始賣給了福西特（Fawcett）出版公司，接著進入這

類書的主要市場，而我就這樣成了一個出版過作品的小說家。我不是一夕成名，也沒有立即將自己定位成女同性戀小說的作家，而且也夠奇妙了，我過了幾年才又寫了一本。可是**就像每個人寫第一本小說的經驗一樣，我因為寫那本書而學到了無數東西，驚訝地了解到自己有辦法做這件事，並且因此繼續走了下去。**

往暢銷書方向前進

對作家這種認同感，對自身寫作能力將寫出哪種類型的辨識，並不局限於小說創作領域中。無論你想成為小說家的原因是什麼，無論你想成為哪一種小說家，我在前文描述的過程只是你找到自己第一本小說的基本出發點。

如果你決定錢是刺激你的動力，你想立刻去爭取發財的機會，而非一路努力上去，那麼廣泛涉獵讓作者發財的書對你會比較好。如果你規律地閱讀暢銷小說，特別是專注於那些穩坐暢銷榜的作者，對於容易大發利市的那些書，你就自然會培養出一種判斷力。

有些書進入暢銷榜是令人開心的巧合。它們可能是類型小說，因為作者的獨特優點獲得越來越廣泛的認可，所以讀者變得極多。約翰・D・麥克唐諾和羅斯・麥克唐諾就是兩個適當的例子；他們寫了幾年的冷硬派懸疑小說，隨著讀者一路增加，漸漸地，只要是他們的作品，就一定會進入暢銷榜。

暢銷榜上的其他書，有些是文學價值可觀的小說，擁有的吸引力廣大到足以讓它們進入暢銷榜。E・L・多克托羅（E. L. Doctorow）的《繁音》（*Ragtime*）就是個好例子，還有約翰・

厄文（John Irving）《蓋普眼中的世界》（*The World According to Garp*），以及瑪莉‧戈登（Mary Gordon）的《尾款》（*Final Payments*）。同樣地，幾個受人尊敬的作者也總是會進入暢銷榜，原因不在於他們所寫的書及類型，而在於他們的聲望，以及他們廣大的擁護者。約翰‧厄普代克（John Updike）就是一個例子，勾爾‧維達（Gore Vidal）和約翰‧奇弗也是。

暢銷榜上其他的書，多半是具備常見暢銷特質的書，這點確實讓我們霧裡看花，因為我覺得暢銷作品不該被看成一個文類來思考。神奇的公式當然不存在，這些書彼此之間也絕對存在著巨大的差異。不過，如果你讓自己熟悉暢銷小說，就會漸漸掌握到它們共同的特質。

更重要的是，你或許會發現自己喜歡某種暢銷小說，而不喜歡其他幾種。朝著這個方向，你就會找到一本或多本暢銷小說，是你對作者能夠產生我們之前提到的共鳴感的。你會發現自己可以寫出一本特別的書，或是寫出許多人喜歡的書。而這意味著，你已經為自己的創作找到了方向，這個方向不但能讓你有望獲得自己尋求的犒賞，還同時依舊與你自身的文學喜好一致。

因為「做自己」而功成名就

最後一點值得離題。

似乎有許多人相信：一個有才華的作家要寫暢銷書的話，只需要付出一個完善的點子，以及執行它的意願。作家自己就常產生這種錯誤想法，而結果可能失敗得驚人。

總能寫出暢銷小說的作家，不是在為讀者而寫作。他們不會

在自己想寫的書與大眾想看的書之間有意識地妥協。相反地，他們準確地生產自己天生適合寫的書，在那些形式的巔峰之上創作，即使他們可能默默希望自己能贏得文學獎，寫出讓人為之書寫博士論文的那種作品。像著名的美國商業插畫家諾曼·洛克威爾（Norman Rockwell）偶爾會對自己沒有畫得像畢卡索而表示遺憾，但**這些人是因為「做自己」而功成名就。**

有些暢銷書是作者以嘲諷態度寫成的。威廉·福克納匆匆寫下《聖殿》（*Sanctuary*）的目的，是寫出會讓他發財的速成品；他在渾然不覺的狀況下，仍是一名藝術家，而即使《聖殿》的確賣得很驚人，它依舊呈現出福克納的精髓。另一方面說來，假設約翰·厄普代克寫《夫婦們》（*Couples*）是出於同等的貪婪，這個假設可能沒什麼問題。《夫婦們》的確賣得非常好，但它絕非厄普代克的傑作，書中處處可見作者與作品的分離感。

我認識的幾個類型小說作家試過要突破，想進入暢銷圈，畢竟身處於成功主要以金錢衡量的世界裡，這是自然會有的抱負。有些作家處理得相當棒，將類型小說的書寫當作見習，有些人的發展則帶他們到達更遼闊的舞台，可以讓他們舒適地工作，總之，他們的書因為某些原因而成功了。其他人則拋開自我，以獲得那些出於不智而渴望的目標。結果通常是這本書讓作者或讀者都不滿意，在金錢和藝術面上都失敗。彼得原理[10]似乎適用於此：我們擴展自己的文學尺度，到最後會超越自己的能力範圍。

我必須很遺憾地說，我知道自己在說什麼，而且這樣的領悟

---

10 譯注：彼得原理（Peter Principle），指員工趨向不斷擢升，直至自己無法勝任的高度。

是吃過苦頭換來的。痛苦的經驗讓我學到的事，就是**我只在真的一心只想著要寫出傑作的時候，才會寫出傑作。也正是在我這麼做時，偶然達到了評論及經濟上最大的成功。**

這個事實帶有某種寓意，而我有個直覺，這個寓意並不難看出來。

假設我不想寫類型小說呢？我想寫一本嚴肅的主流小說。可是我不知道自己想寫什麼東西。我沒有背景、情節或角色。我只知道自己想寫一本嚴肅的小說。我要怎麼開始？

也許你還沒準備好。

給自己時間。我們討論過對作者的共鳴，你就去讀自己喜歡也佩服的那種小說，然後從中找出讓你有過這種共鳴的作品。你可能不希望自己寫的書太像你讀過的作品，可是認同作家的過程，以及從作家角度進行的這種閱讀方式，或許會幫助你潛意識開始為自己的書整理出點子來。

你遲早會獲得好點子。它們來自你的背景與經驗，來自你的想像，來自你心裡某個故事材料的泉源。這個過程會在適當的時機發生。在此之前，你沒有多少事能做。

多年前，我在撞球台邊聽過這樣的建議：「永遠挑簡單的球打。難解的球就留給有錢人家的少爺吧！」

雖然在商業小說的世界，這個原則不像在撞球桌上那麼關鍵，不過的確適用同樣的邏輯。某些書賣起來就是比其他書容易，特定類別不一定比較容易寫出好書，但是某個類型的書可能不需要那麼好就能達標。

出版如果只跟風當下流行，最後常會傷害到自己。約翰・勒卡雷和伊恩・弗萊明（Ian Fleming）的作品非常受到市場歡迎，出版社因此積極尋找其他諜報小說。讀者的確對這個主題很感興趣，其他作家也在這個領域添了不少好作品，受到出版商與讀者的歡迎，其中連・戴頓（Len Deighton）和亞當・霍爾（Adam Hall）兩位作者賣得特別好。

因為市場想看到更多諜報小說，結果沒那麼喜歡諜報主題的作家也開始寫，出版了許多沒那麼好的作品，就連那些跟風而至的讀者都感到厭倦。間諜小說有段時間彷彿是世上最好賣的商品，結果一夜之間完全翻盤。（至於總是非常享受諜報小說的死忠讀者，短暫地被這類小說淹沒後，突然就找不到任何書可看了。）

很顯然，特定類型的小說可能有比較好賣的時期，也有比較難賣的時期。我不會建議你看到最新的潮流就立刻跟風，因為等你寫完，你選擇的類別很可能已經退燒，如此一來，過時的書就更不容易賣掉。

不過挑選容易下手的目標還是有幾分道理。經過年復一年的驗證，某些類型的小說就是比其他好賣，於是對新手作家而言，那些類別自然成了適合進入的切點。五十年前的話，軟調性愛小說（我們現在知道應該要將它們歸類為中世紀色情文學）是個比較容易進入的市場。

我們後續會檢視若以自出版方式，有哪些可負擔的選項，如此就能發現，現在已經不需要再寫有人想出版的書，一本書無論是否引起商業出版的興趣，都有機會找到賞識它的讀者。不過此刻我們先假設你想要有人幫你出書，還會先開張支票給你版稅的

預付款。

　　你必須寫自己想寫的東西，雖然這大概不需要多說，但我會再重複一次。審慎地檢視你在實體或網路書店架上看到的書，這能協助你找到自己寫得很開心，而且有人想出版的那種書。

3 閱讀、研究、分析
Read...Study...Analyze

　　我這幾年來開始緩慢而計畫性地讀書，可以確認這件事與身為作家的發展有直接關聯。我還沒進這一行時，以及入行的頭幾年，讀書都是十萬火急。我越是以一位作家的方式閱讀，讀書的步調就越慎重。

開始寫作之前的再次閱讀

我們來假設你已經鎖定了某一類型的小說，認為自己可以舒舒服服地開始寫。你還不知道你準備開始終生專職寫作的是甜蜜又野蠻的浪漫小說，或是流血槍戰的西部故事，但你覺得其中一種可能值得一試。你可能已找到了自己喜愛閱讀的類型，也能預想自己寫出這類作品，你察覺自己的天分似乎正適合寫這類書籍。

現在你要做什麼？

嗯，你可能已經準備在打字機前坐下開始工作。說不定你要寫的書已經牢牢根植你心，情節、角色及其他部分俱備。如果是這樣的話，你一定要坐下來開始敲鍵盤。這本書可能會成功，也可能不會，端看你準備得如何。但無論如何，你都會從這個經驗中學到非常多。

不過，**你在投入之前多做一個步驟，很可能會比較好。這個步驟就是先詳細分析你挑選的領域，方法是廣泛大量地閱讀，埋首於你手裡的書**。因為有了這段分析的過程，你最終會徹底而深刻地了解該小說類型的成功要素，藉著訓練，讓自己的頭腦有能力去思索、製造及發展這類小說的創意。

我想不到比「市場分析」更適合這個過程的名字了，但一部分的我卻也因這個用語驚嚇不已。一方面這個用語太冷酷，另一方面它似乎暗指寫作暢銷哥德小說適用於哈佛商學院個案研究法。老天爺啊！我們是在討論寫作，在探討創意，我們是藝術家吧？不是嗎？市場分析是華爾街上班族在做的事情，不是格林威治村那些陋室裡的玩意。

更何況我說的過程比較接近創作定位，而非市場定位。我們在此研究的是個人小說，注重的是發掘它成功的原因，不是它吸引某位編輯出版的原因，也不是某個族群購買它的原因。

好，不管你給它取什麼名字，我想做這件事，我該從哪裡下手？

好問題。

就像我剛才說的，你要做的就是閱讀。

你想挑一個類型來寫作時，挑選的標準之一，就是確認閱讀它能夠為你帶來相當程度的愉悅感，因為你得精讀它，所以最好如此。幸運的是閱讀可能原本就是你的習慣，多數想寫作的人的確是如此，尤其是最後取得成功的大多數人。隨時間過去，有些作家讀的小說比較少了，而且許多作家在寫小說的時候，會傾向避開讀別人的小說，然而我幾乎沒遇過哪個作家不是天生就熱愛閱讀。

關於你選的類型，你讀這些書很可能已經有一段時間了。你挑選這領域耕耘自己的小說，但在許久之前，你早已開始閱讀這一類型的作品。舉例來說，我在寫懸疑小說的時候，也有這種閱讀在先的經驗，當時我還沒認真嘗試自己寫懸疑小說。不過，在我有機會寫軟調色情小說之前，卻沒有廣泛閱讀過這個領域的書。很少人大量讀過這類作品，因為這個類型其實才剛出現不久。

這一切都不構成影響。**無論如何，你就是得重新讀書。你不該以一般讀者的標準理解作品，而要以作家獨有的洞察力來閱讀。**

我第一次做這樣的閱讀冒險，是在一開始為犯罪小說雜誌寫故事的時候。不過對於寫短篇和長篇而言，這段過程是差不多的。我的第一篇短篇小說賣給了《獵人》雜誌，正是因為我研究了它與其他每一本犯罪小說雜誌，我精讀的程度不僅前所未見，之後再也沒重現過。該領域的每本雜誌一上架，我就立刻買下。除此之外，我規律地光顧販售過期刊物的商店，在那裡尋找重要雜誌的過刊號，找到多少就買多少。我把這些刊物的名單放在錢包裡帶著，避免重複買進。買了之後，就把那些雜誌運回家，用老派的方式排在書架上。晚上我從辦公室回家之後，就一本接一本地讀，從第一頁看到最後一頁，把每本雜誌都看完。

　　請你務必了解一件事：**我並未學到任何公式。我根本不知道有沒有這種東西存在。我所學到的東西可能很難徹底說清楚，那就是對於犯罪故事各種可行變化的直覺，能知道什麼適用、什麼不適用。**

　　這表示我得讀成千上萬本小說嗎？我會永遠耗在圖書館啊。

　　你讀長篇小說不用像我讀的短篇小說一樣多。反正數年下來，你可能就會讀上好幾百本了。我認為你在你的領域持續閱讀極其重要，即便你已經在該領域樹立作家名聲也一樣。不過，要記得我們稍早提過短篇故事及長篇小說的差異：短篇小說作者得持續提出新點子，反之長篇小說的作者則不需要處理那麼大量的發想，相形之下，必須花更多心思注意這些創意點子的延伸和發展。

　　所以你不用讀那麼多小說。八本、十本、十二本，就夠為你最初的企圖作充分的閱讀背景。可是比起剛起步的短篇故事作家

閱讀該領域範例所須具備的態度，你讀長篇小說必須讀得更加詳盡。單純讀這些書是不夠的。你得拆解它們，審視這些書寫得成功的原因。

怎麼做這件事？

嗯，假設你決定將目標訂在哥德小說，你可能讀了不少才做了這個決定，但也可能不是如此。或許你讀了一本之後，就瞬間明白這是適合你的東西。不管是什麼狀況，你手頭最好有半打歌德小說，以利你的分析計畫。你可能決定在讀過的書中選幾本喜歡的，或是逛一下書報攤來找新的材料。我建議你挑六個不同作家的書，混合閱讀該領域已成名者與新手的作品，但不是非這樣不可。舉例說來，有個作家曾經告訴我，他坐下來細讀桃樂絲·丹尼爾斯（Dorothy Daniels）的哥德小說，把它們當《聖經》一樣來讀。然後他寫了一本書，買下它的編輯描述它是二流丹尼爾斯作品的十足完美範例。二流的丹尼爾斯作品仍然好到可以賣，也的確賣得不錯。

我不會推薦這種途徑。雖然這可能不是世上最爛的出書方法，但對於誘發你心中的作家，卻也幫不上多少忙。我們努力想藉這種市場分析達到的事，不是完全沒有獨創性的仿造，而是綜合。藉由整理一個類型的概要，採納它的特點到你的方法中，讓你能準備在該類型範圍內寫出自己的書。

這是空談。我們來處理實務問題吧。買了半打適合的哥德小說後，我要怎麼做？

對入門者而言，要做的就是讀它們。一本接一本地讀下去，

期間不要讀其他東西。也不要趕著讀完。忘記你上過的任何速讀課程。如果你會略讀，那就破除這個習慣，讓自己慢下來。你想知道的事，多過眼前的進展。你想知道誰是壞蛋，還有那個女生最後有沒有辦法留住那間屋子。你想知道作者在做什麼、怎麼做，而且要完成這個壯舉，你就是只能花大量時間讀這本書。

我這幾年來開始緩慢而計畫性地讀書，可以確認這件事與身為作家的發展有直接關聯。我還沒進這一行時，以及入行的頭幾年，讀書都是十萬火急。我越是以一位作家的方式閱讀，讀書的步調就越慎重。

一旦你以細心的步調讀完這些書，接下來就該來拆解它們，看它們如何作用。首先，試著用幾句話概述每一本書。舉例如下：

　　一個年輕寡婦受雇在得文郡郊外某間屋子裡為古董家具鑑價。兼做打雜的私家司機警告她別來，她知道他有所圖謀。她受到繼承人吸引，他的老婆則在閣樓的臥房裡不斷激烈地咳嗽。結果是那個繼承人一直在賣掉良好的家具，用複製品和垃圾來取代，並且緩慢地毒殺自己的老婆。他發現她知道真相後，就想殺我們的女主角，可是打雜的救了她，而且打雜的私家司機真正身分是多塞特伯爵的次子，此外……

嗯，這樣你就懂了。我自己不寫哥德小說，而且我想自己沒理由要為了示範何謂概要，就浪費創意在寫這個情節。你將所選六本書的每一本都濃縮成一段，篇幅沒有多重要，別人不會讀到

這些東西。這麼做的目的，是簡化一本小說的紛雜支線，變成你能以一百字左右掌握的東西。

拿這個方法分析短篇小說也很好用。短篇故事作家最好為許多短篇故事寫出簡短概要，減去作家在散文、對話、性格描寫的熟練技巧，將每篇故事簡化為基本的情節。至於將要成為長篇小說家的人，則能採取較少範例，但更加縝密地研究它們。

我並不是要你像個古生物學家研究恐龍老骨頭一樣，鉅細靡遺地考察自己準備的情節概要。相反地，你要重讀自己做了概要的書，再將這些書讀一遍，但這一次得逐章寫出大綱，將每章各以幾句話寫下發生的事。回到虛構的哥德小說來，我們可能要看見這樣的東西：

第一章——艾倫抵達葛雷史托克。連恩到火車站接她，跟她說了園丁小倉庫裡的幽靈傳說。海爾伯頓太太會見她，說明了她的工作內容，且帶艾倫去她的房間。艾倫躺在床上，聽到一個女人在樓上咳嗽和啜泣。

第二章——倒敘。咳嗽聲使艾倫想起自己丈夫的死亡。她記起他們的相遇，記起求愛期間的那些溫柔時刻，記起她發現他的病，還有他死前的時光。她回想起自己決心要重新過生活，也想起讓她來到葛雷史托克的那些事情。

第三章——第一天的晚餐。艾倫見到了提雷爾·海爾伯頓，在樓上房間咳嗽的那個女人正是他的妻子。晚餐之後，她到樓上去探望生病的葛拉西亞。葛拉西亞跟她說，死神就要來到葛雷史托克了。「有人很快就會死——你小心別讓自己死掉！」艾倫離開，深信葛拉西亞是預言了自己的死亡……

也許我還是該寫這個故事，因為我不由自主地覺得它開始活起來了。

我想你看出這個方法如何進行了。大綱就照你的意思寫，或許概略，或許廣泛，你為自己的小說準備大綱時，這個規則也適用。**它們就像你為自己作品寫的大綱，可以成為你的工具，你將用它們來掌握「小說」這個概念。**

大綱揭露小說的結構

雖然大綱通常比短篇故事更容易寫，我們已經以足夠篇幅討論過原因，不過長篇小說通常更難控制。長篇小說發生的事遠多於此，你很難看出它們的結構。就像概要用於讓我們清楚看到小說的主題，大綱也會讓我們看到這些小說的結構與成分。小說削減到大綱的形式後，就會像冬天的森林滿是光禿禿的枝幹。你先前只看得到一片綠色，但現在你在原地看得見每一棵樹。

我再重複一次：大綱的詳盡度，你可以自己決定。我建議你寫得盡可能完備，要寫出各場景真正發生的事。這種大綱不需要說明某些事，例如人物的行為動機，或是對這個行為的感覺，你只需要將發生的每件事、出現的每個場景都列進去就行了。

這種方法會讓你對小說培養出一個概念，也就是將一本小說視為一系列場景。天知道你為了寫一本小說有沒有必要這樣做，或甚至有沒有必要了解小說構成的方式，但我認為這個方法會有幫助。

你著手為自己的小說寫大綱時，這個方法對你的助益會更明顯。我們之後在第六章會以更多篇幅來討論這一點，現在我只告

訴你：為自己的書寫大綱，最佳的準備途徑，就是先為別人的書寫大綱。

我有問題！這些閱讀、分析、寫大綱、呆板的廢話，不是在扼殺創造力嗎？我覺得我會去抄既有的作品，而不是寫自己的小說。

不是這樣的，不過這種憂慮很容易理解。我聽過想成為作家的年輕人說明自己想徹底不讀小說，以避免受到既有作品的影響。他們大量用一些說法，像是「自然的創造力」，結果多半不自覺地寫出平庸的故事，因為其閱讀的廣度不足以讓他們知道別人已經寫爛了什麼東西。如果孤立的部落居民自發地在一九八二年發明腳踏車，可能算是展現了無窮的自然創造力，但你不能指望全世界的人因此上門為那輛腳踏車搶破頭。

我在此談論的大綱書寫程序不會扼殺創造力。至少不該如此。我認為某人可以從這裡抄一個人物，從那裡抄一條情節線，再從某個地方抄一個背景設定，混雜在一起，等於將自己讀過的小說剁爛，再用屍塊組合出一本小說。這絕對不是我們想做的事，也不是寫出商業及藝術面成功之作的最佳方法。我們的目標是學習如何在特定小說的框架中丟出自己的故事，刺激自己的無意識去創作適合該類小說的情節與人物，讓腦袋自然以這些角度思考。

我能提供的最好辯詞，就是以下這段談話。這段談話來自一九七八年十二月二十四日的《紐約時報》書評。採訪人是史提夫・歐內伊（Steve Oney），受訪者是非常受人尊敬的作家哈利・克魯斯（Harry Crews），其作品《蛇的盛宴》（*A Feast of*

Snakes）及其他小說，均以想像力、原創性、技巧純熟著稱：

問：如果有些人接觸的文學作品非常少，要怎麼實際學習寫作的方法？

答：我猜我真正學到寫作的方法，是在剛離開大學的時候。當時我幾乎逐字咀嚼格雷安・葛林（Graham Greene）的《愛情的盡頭》（*The End of the Affair*）。我太太和我當時住在一間小拖車屋上⋯⋯就在佛羅里達州的傑克遜維，我在那裡教七年級生⋯⋯我在那年寫了一本小說，方法如下：我拿了《愛情的盡頭》，然後幾乎將它簡化為數字。我找出其中的人物數量，其中的時間軸──這件事很難，因為那本書中不但有現在的時間線，也有過去的時間線。我找出那本書中的城市數量、房間數量，找出故事高潮的位置，以及葛林花了多少篇幅寫到高潮。

我還將其他大量事情簡化為數字。我讀那本書讀到它變舊，然後在我手裡散開。接著我說：「我要給自己寫一本該死的小說，做他做過的每件事。」我知道會花費──但不是浪費──自己一年的時間。我也知道最終成果會是一本機械化、無法好好讀下去的小說，可是我就是要知道你到底怎麼做的。所以我寫了那本小說，而它得有這麼多的空間、這麼多的轉捩點⋯⋯等等。它跟我預料的一樣，是一本糟糕的小說，可是藉由寫這本小說，我更加了解小說寫作、長篇小說寫作，以及時空的重要性──葛林是一個時空的怪胎──我藉此學得的東西，多過自己上過的任何課，或是做過的任何事。我真的、毫不誇張地細細咀嚼了那本書。這就是我學

習寫作的方法。

克魯斯描述的方法，我相信完全就像他說的那麼有幫助。我不曉得自己會不會想用這個方式來寫一本書，或是我能不能自律地完成一本自知無法銷售的書，但我的確認為這個方法的教育潛力很可觀。即使不完全是經由模仿寫出一本小說，作家還是可以藉由遵循克魯斯方法的第一階段，大幅深入了解何謂「小說」，以及小說的運作方式。換句話說，藉由拆解自己欽佩的小說，將它簡化為數字，學習作者處理時間、空間、動作、步調及其他事情的方式。

回到你在幾頁前提出的問題，克魯斯的方法對於他說的那本小說而言，顯然是在扼殺創造力。他的目的不是創意發想，而是改良技術。他想了解一本小說運作的原理，所以他拆解了一本書來調查，然後再試著把它組回去。可是你要研究的不是一本書，而是六本書，那些書可能會有共同的類型特色，但同時也大異其趣。你寫的書則會因而與這幾本書都不同，但可能同樣維持容易讓讀者流暢閱讀的元素。這件事不在扼殺創造力，而是為創造力尋找正確的框架，並且適切地照亮它。

這個大綱寫作程序，聽起來像一個工作項目管理的計畫。我可以預見自己要廣泛閱讀，算是以這種方式來體驗市場的狀況，可是我一想到漫無目標的任務就討厭。我非得做這件事不可嗎？

當然不是。

就我所知，照我前述的方法，**為別人的小說寫大綱，以便認識何謂某個小說類型，以及該類小說運作的方式，都是一個有效**

又便利的方法。可是這不是唯一的途徑，而且絕對不是你寫小說的必要條件。如果你覺得這件事沉悶到似乎會減少創造力，那你當然可以放棄這個方法。

就這樣看來，你甚至不用廣泛閱讀所選領域的書。寫小說非做不可的唯一一件事，就是坐下來寫它。有些人大大受益於我說的那種準備工作。其他人沒這樣做，也是好好的。

不過我不能肯定這種大綱書寫是漫無目標的任務，也不認為它浪費時間。相反地，我倒認為這個方法為大多數執行者省下時間，他們不用再多花時間來修正錯誤、改掉失誤的開頭。如果他們開始寫小說之前，做過恰當的基本準備，這些狀況可能就不會發生。

不過，真想當作家的話，你還是選一個能讓自己感覺良好的途徑吧。這終究是你能力範圍內最重要的一件事。

*　　*

過了這些年，我沒有急著想修正這一章。我依舊認為想要內化小說如何運作，閱讀是最好的方式，如果我把本章的「哥德小說」改成穿越時空的吸血鬼浪漫愛情小說，前述的內容看起來將毫無過時感。

話又說回來，以我自己做過的分析來比對，大概也不會太奇怪。我研究女同志小說，也概略地分析中世紀色情小說，前者讓我以萊斯莉・伊凡斯（Lesley Evans）之名寫出《愛的方式千奇百怪》（*Strange are the Ways of Love*），後者則讓我用薛爾登・洛德（Sheldon Lord）出版《卡拉》（*Carla*）。

《愛的方式千奇百怪》是我頭一本長篇小說，我前面已經描述過自己是怎麼讀遍找到的每本女同志小說，還有瑪麗讓·米克（Marijane Meaker）[11]以安·阿迪契（Ann Aldrich）之名出版的相關非虛構作品。某天起床之後，我提筆寫下每章大綱，憑空擠出了角色與情節。兩、三週後我找到空檔寫作，想辦法在短期內完成這個故事。我把成品交給經紀人，他將書稿寄給福西特出版（Fawcett Publications）旗下的頂峰圖書，那是銷售女同志小說的最佳對象，也是安·班農（Ann Bannon）與瑪麗讓·米克的出版社。（我最近認識了這兩位才華洋溢的女性，聽到安說我們三個是「最後的古典女同志小說家」，我開心得不得了。）

　　《卡拉》的狀況完全不同。《愛的方式千奇百怪》躺在頂峰編輯桌上的同時，經紀人寫了封信給我：「希望你知道什麼是性愛小說，也知道該怎麼寫一本。」他提到待過阿奇漫畫（Archie Comics）的哈利·秀登（Harry Shorten），哈利目前正在籌備米伍德塔圖書這間新的出版社，打算推出類似信號圖書出版的情色小說。

　　奧瑞·海特（Orrie Hitt）定期在信號圖書推出作品，我買了幾本，不過不用精讀就發現自己很清楚要寫什麼，也知道該怎麼寫。我寫了三章和基本大綱寄給經紀人。秀登接受書稿和大綱，雙方也簽約完成，於是我繼續往下寫。

　　十個月後，我替米伍德塔寫了五、六本書，而頂峰那邊才完成《愛的》最終定稿。米伍德塔非常成功，於是另一間出版商

11　瑪麗讓·米克與特雷絲卡·托雷斯（Tereska Torres）共同創立了女同志小說文類。

（威廉哈姆林與床頭櫃圖書）連忙加入這個市場，而且頭一步就是委託我一個月替他們寫一本書。薛爾登・洛德繼續在米伍德推出作品，後來也替信號寫書。安德魯・蕭則是床頭櫃的作者。我將到手的支票一一兌現。

我恰好碰上天時地利，而且這個新興的市場剛好非常適合我。就這樣花了一年的時間，我自學成為職業小說家，而且就此展開小說職涯。

我為了成為薛爾登・洛德和安德魯・蕭做了什麼研究呢？非常之少，你應該也看得出來我頂多讀了奧瑞・海特的作品，而且只為了確定自己至少知道怎麼從零開始。這麼說，閱讀作品與市場分析到底有多重要呢？

還有切入角度的問題。要是我沒讀過那些女同志小說，就寫不出《愛的方式千奇百怪》。透過內化那幾本小說的內容，我大概了解到什麼能成功，什麼不行，並且藉此產出構成書本的情節與角色。要是《愛的》那本書沒能讓我的經紀人印象深刻，你想他會推薦我去替哈利・秀登寫書嗎？他只看過我寫短篇故事，如果沒看見第一本書稿放在他的桌上，他才不會相信我交得出長篇小說。

4 發展情節的點子
Developing Plot Ideas

　　我學到的一件事有時會令我懊惱，那就是點子光好是不夠的。它必須對我來說是好點子。

　　你在這領域騙自己很容易。就因為我想到一個可以寫小說的點子，就因為這個點子能夠發展成一本可成立的書，不代表我就得將它寫成一本書，它可能根本就不是我的創作類型。不過，我若受其商業潛力威嚇，有時就會看不到這個真相。

「你的點子是哪裡來的？」是人們老愛問作家的問題之一。這個問題讓人生氣之處，除了無聊以外，就是問話者暗含一個假設：要成為一個專業作家，唯一真正需要的就是想出一個聰明的點子。至於將那個點子變成一本書——噢，那只是打字的問題吧？

不過當然不是。如果是的話，我就會以每分鐘七十或八十個字的打字速度寫書，而不是每天苦悶地寫四、五頁。

雖然點子的重要性對長篇小說不如短篇，但依然非常重要。

少許作家寫得出沒有明確主題的書，而且寫得成功。舉例來說，《芬尼根守靈夜》（*Finnegan's Wake*）的主題幾乎不重要。對其他作家而言，一個有力的核心點子是小說中的基本要素。我們如何得到這些點子，以及如何能將之發展成有力的情節，可能是作家自己最關心的事。

不用自己找點子

我堅信作家不找點子。它們會自己來找我們，從我們的潛意識裡冒出來，就像某種黑暗又模糊的騷亂。狀態正確的時候，它就會恰好形成一種自然模式，讓作家的想像力自行創造出小說素材。

我不知道自己有沒有辦法好好掌控這個過程。我不是說自己不想控制過程，或甚至我沒試圖控制它。可是我逐漸了解到，你無法拿木板打自己額頭來刺激點子出現。

這不代表作家無法培養點子，接著發展它們。請注意：我主張這個過程自行發生的論據，在於狀態正確的時候。

如果希望點子冒出來，我首先要確認自己的狀態是否正確。接著點子來臨，我不必掌控，只需像撿梅子一樣把它撿起來。

這有一點模糊，你不能講得明確一點嗎？我要怎麼調整狀態？

我可以講得更明確。關於調整狀態，你已經在做了。我們在前一章談論的閱讀、研究、分析，其中一個功用就是發展小說的點子。你藉著埋首書中，徹底了解它們，對它們達到瞭若指掌的程度，想像力就會受到鼓舞，在腦中恣意耍弄對我們可能有用的素材。

我們還有幾件事能做。舉例來說：

1. 留心。

某些事實與態度的小原子，可以結合成點子的分子，而且到處都是。每個人一天下來看見、聽見、讀到的事情，就有許多足以充當點子而儲存下來，前提是我們仔細留意周遭。

六〇年代早期，我曾在某本新聞雜誌偶然讀到一篇關於睡眠的文章。我從文章中學到不少事，但除了其中一件事以外，我很快地就全忘了，那件事是一個美妙的知識材料，據說在醫療文獻裡，似乎有不少人完全不睡覺。他們設法度日，過著終生失眠的人生，但其他方面沒有明顯損耗。

我讀這則新聞時，很幸運地沒有睡著。我思考這件事，存檔下來作為社交聚會的話題，但從來沒想過自己有一天會寫下那麼多有關伊凡・譚納的書。他是一名自由接案的祕密偵探，睡眠中樞在韓戰中受摧毀。

看了那篇失眠文章卻沒有寫書的人，可能有好幾百萬個。反過來說，我也確實遇上幾百萬件真人真事可能激盪出一個人物、一個背景設定或一個情節，但是卻沒有成功。兩者的差別，我認為是自己剛好覺得這件事出奇地刺激，於是無意識地想著這件事，將它加進我提過的模糊騷亂中。我的大腦之所以最後讓譚納成為那樣的人物，非常可能歸因於我的性格特質——我們在另外一章會更仔細研究人物發展過程，同時觀察這一點。我讓譚納參與的情節成為現在的樣子，則歸因於兩件事：第一，我確實地做過嚴格練習，或者可能我天生就容易想出適合懸疑小說的情節。第二，另一個關鍵原則發揮了作用，這個原則如下。

2. 二加二等於五。

這句話指的是通力合作在情節發展的工作過程中非常重要。整體比部分要龐大得多。擁有一則軼事、趣聞、念頭、概念或任何東西的作家，如果突然得到其他顯然無關的素材，可以試著兩手各放一樣材料，將它們自由轉成各種方向，以孩子漫無目標的玩耍態度去看待，試試看兩者會不會相合。

我們再回來講譚納。在那篇新聞雜誌的文章出現整整三年後，某晚我跟一個錢幣學記者在一起，他剛從土耳其回來，在那裡花幾年以非常危險的方法賺錢，走私古錢幣和羅馬玻璃。他說來應酬的故事裡，其中一個是他聽來的傳聞，講土耳其巴勒克埃西爾的某間屋子，門廊裡藏有金幣，可能是一九二二年士麥拿屠殺時，亞美尼亞人藏下的財產。他和一些同伴照一位倖存者的描述，真的找到了那間屋子，他們在深夜入侵，證實了金子的確曾在這裡，不過，唉，他們也證實了有人幾十年前就搶贏了他們。

我並非刻意帶著筆下失眠的人物到我大腦的最中心，等著情節為他現形。可是我一定在潛意識這樣做，因為跟記者見面的那夜過後，我很快就開始寫一本書，內容在講睡眠中樞受砲彈碎片摧毀的年輕人，去土耳其尋找難以到手的亞美尼亞黃金。

福西特出版了這本書，命名為《睡不著覺的密探》（*The Thief Who Couldn't Sleep*）。我則決定繼續寫更多關於譚納的書，為此，我一度每次拿起報紙，就無法不尋找是否有適合變成情節材料的東西。譚納熱愛注定失敗的政治行動，以及收復國家領土的行動，而每天的《紐約時報》第一欄，似乎每兩則新聞就會有一則能使我受益。我藉著以這種方式觀看並接收新聞報導，想像自己能夠辦到的處理方式，奉行底下另外一個原則。

3. 記得自己尋找的目標。

幾週前才發生一個例子：我跟一群人在一起，其中一個女人抱怨她跟樓上鄰居發生的問題。那個鄰居顯然是一個酒鬼，所以定期將收音機開到最大音量，接著不是離開公寓，就是完全昏倒在地板上。如果要找他一定失敗，而收音機就吵嚷一整晚，讓那女人一直醒著，幾乎無法平靜下來。

大家提出不同建議，有的叫她報警，有的建議她破門而入，或是告訴房東。「弄把手電筒來，」我跟她說：「然後去地下室，拆掉他家公寓的保險絲。把他整個人關掉就是了，把那個小丑的插頭拔掉。」

我不知道她有沒有這樣做，這是她的問題，不是我的。可是轉移話題之後，就只剩我繼續思考著這個問題，讓思緒隨它遊走。我想到弄保險絲盒的這個手法並不適合我筆下的竊賊。真不

知我有這種想法，是幸還是不幸。我想著這件事，想到我的竊賊英雄柏尼‧羅登拔要是遇上朋友在夜半打電話來，提出那個問題，他絕對會提供相同建議。

接著，因為我已經學到不要輕易拋下這些想法，我便自問：如果出於某個原因，柏尼的朋友無法去拉保險絲，或是無法接近保險絲盒，或有其他任何問題，那柏尼會怎麼做？舉例來說，紐約有些公寓裡的保險絲盒位在各層的屋子裡。假設柏尼的夥伴卡洛琳‧凱瑟因為收音機吵鬧這件事打電話給他，假設柏尼熱心到帶著竊賊工具趕去，做了他最拿手的事，進入那間害人的公寓，只為了關掉收音機，但客廳地毯上卻攤著一具屍體，假設……

我可能會在書中用上這個點子，也可能不會。可是幾分鐘的反芻讓我有了一本小說的開頭。它不是情節，不夠讓我坐下來開始寫作。我現在沒準備好要再寫一本關於柏尼的書，而且在六到八個月內都不會準備好。如果我到時候記得自己是誰，還有自己尋找的目標，那非常可能再拿另一個偶然的真實事件、想法、七零八碎的東西，跟它們嬉戲，試著將它們組合起來，接著如果二加二等於五，我也許就有一本書可以寫了。

4. 保持清醒。

我很早就聽過一個說法，講作家一天二十四小時都在工作，清醒時，腦袋時時刻刻忙於篩選想法和可能性；睡覺時，則以相對不明顯的方式繼續做這件事情。我一開始很喜歡這個說法，因為我一天只在打字機前待兩個小時，或是完全不工作，去氣氛融洽的附近撞球間度過下午，如果當時的老婆對此有意見，這個說法很適合用來向她頂嘴。可是我不確定自己是否真的贊同這個

說法。

我現在是贊同了，不過有一個條件。**我認為作家可以一天二十四小時上工，但作家也可以選擇不這麼做，並且嚴格自律。**

有大量作家喝酒、用藥，表面上藉此刺激自己的創造力。這個做法一開始似乎經常奏效，不尋常化學物質猛烈衝擊，讓思緒受刺激而離開平常軌道，可能就會挖出新的軌道來回應。同樣地，身在職涯早期的某些藝術家，認為宿醉是令人不舒服卻有創造力的時刻。藥效退去的過程，顯然有其刺激的效果。

最後，一般用酒精和藥物來放鬆的這票作家，在一天工作結束之後，也拿酒精和藥物來關掉疾馳的思緒。當然，過程沒有真的放鬆，而是麻木。人到了晚上會有系統地關掉思考與感覺的裝置。對於最終變得依賴藥物或酒精的人而言——作家這一行的人，最後變成上癮者的數量，比例高得令人沮喪——成果棒呆了。一個人進入沒有藥或酒就無法工作的階段，繼之而來的就是不管有沒有用上癮物，他們一樣會寫不出來。酒精與藥物依賴已經過早了結太多成功的事業，奪走無數新手充滿希望的職業生涯。

你很難革命般地建議酗酒的作家不要喝酒，頂多能爭論式地主張糖尿病患者不要狂吃糖。可是即使對於沒有變得酗酒或依賴藥物的作家，我也要進一步提醒一件事，那就是重度飲酒或用藥嚴重有害，我這樣提醒單純是因為它們會讓思緒停擺。

我有幾年在白天工作結束後會喝酒，深信它會幫助我放鬆。它只讓我停止思考工作。這當然是我希望它達到的效果之一，我覺得自己應該要在離開打字機之後，就能夠把工作拋下。

可是說到寫作，特別是長篇小說寫作，這樣是行不通的。寫

長篇小說是一種持續運作的程序，作家無論去哪裡，都得帶著那本書。在一天工作結束後與次日工作開始之間，作家的頭腦會有意無意地持續耍弄那些我們在工作上用得著的創意點子。如果在這些時間裡，我們徹底讓思緒停擺，可能雖然讓大腦休息了，卻會傷害自己的創造力。我們之後會討論每天寫作的價值，它同樣與你日復一日讓自己融入自己書中的重要性有關。寫作期間的長期休息會打斷這個連續性，重度酗酒和用藥所造成的意識、專注或覺察的中斷也一樣。

最近大麻受吹捧為激發創意的東西，有人認為它不會讓人成癮、無害……。先不談它的成癮性和無害性，我發現它刺激創意的潛力大半是幻覺。常見的大麻使用經驗，是感受到前所未有的神奇心理經驗，它跟菸本身一樣難以掌握，第二天早上就會消失。你會恨不得你記得住，恨不得自己可以抓住那些神奇、美好的見識，但是不行……

噢，有人可以。據說有人準備好紙筆，決心要在失去意識前寫下那些精采的見識。他第二天早上醒來，想起自己有過一個神奇的見識，而且這一次他寫了下來。他不確定它是否含有宇宙的絕對祕密，不過他知道它必定不同凡響。

那疊紙就放在他的床頭几上。他看了，紙上寫的字是：「這房間的味道好妙」。

無論是抽菸、喝酒或吃藥，這都是個人的選擇，而你想使用上癮物的程度也一樣。不過我會建議：如果你決定重度喝酒或用藥，那就在長篇小說的寫作期程外使用，不要在寫作時用。而且你要承認，無論你的作品多棒，都不是使用上癮藥物的結果。

5. 持續渴望。

一段時間前，我的朋友跟幾個推理作家一起上電視節目，其中一個作家是米基·史畢蘭（Mickey Spillane）。節目結束後，史畢蘭表示大家忘了討論最重要的主題。「我們完全沒有提到錢。」他說。

他繼續講自己有幾年待在南卡羅來納州某個近海島嶼上。他在那裡所做最繁重的事，差不多就是游泳、做日光浴、在海邊散步長達一小時。「我每過一陣子就會想到，開始寫一本書會很有意思。」他說：「我想我要讓腦袋保持健康，我會很享受寫書這件事。可是我從來沒想出一個能寫故事的點子。我坐了又坐，走了幾哩路，就是一個點子都想不出來。

「然後某天我的會計打電話來說，錢開始不夠用了。狀況一點也不嚴重，但我應該開始思考怎麼賺點錢來。天啊，我就這樣想出幾個寫書的點子了！」

有錢能使鬼推磨，雖然我們可能比較喜歡將動力想成是純粹的創造力，但動力經常來自金錢。我一點也不相信金錢上的不穩固對於作家的想像力不可或缺。拿我自己來說，非常嚴重的金錢問題，有時會讓我只能思考這個狀況本身的絕望，因此陷入瀕臨寫作瓶頸的惡性循環。錢不必成為動力，不然我們這一行十足有錢的人就不會繼續大量寫作出色的作品。詹姆斯·米奇納總是將自己寫暢銷小說賺來的錢捐出大部分，像他那樣的人，絕不會受金錢的欲望驅策。

可是有別的東西鼓勵著他。我們所有的創意工作，歸根究柢都有關一股渴望，無論是渴望錢、認同、成就感，抑或某種有形的證據，證明我們終歸不是無用的人類。回到較早的比喻，我們

可以將這股渴望稱之為刺激，它會激發你無意識的黑暗騷亂。

如果我們可以持續保有這份渴望，熱度就會繼續存在，吸引我們的點子就會持續浮上檯面。

我想補充一點，**其他人如果能接受你的點子，將有助其未來發展。**

已故的唐諾・E・威斯雷克（Donald E. Westlake），我的老朋友兼老同事就是一例，他在一九六〇年代中期想到了好幾個愛情短篇。（或許他自己那段期間的感情狀況不太穩定也有關係，不過先不討論這個。）唐納一連寫了三、四個故事，經紀人收到之後大為讚賞，並將稿件交給《紅皮書》（*Redbook*）、《柯夢波丹》（*Cosmopolitan*）、《花花公子》（*Playboy*）以及《週六晚郵報》（*Saturday Evening Post*）。收到稿子的雜誌編輯都稱讚了一番，但沒有半個人喜歡到願意花錢刊登，於是這些短篇從來沒能發表。

阿唐沒再繼續這類題材。他不後悔寫過這幾個短篇故事，即便不保證能成功，他也非常願意繼續寫下去，不過他潛意識中的點子工廠想了一下，決定讓這些都見鬼去吧。要是阿唐能賣出一、兩則短篇，一定能想出更多點子。但稿子沒賣掉，他也就沒能寫下去。

華特・莫斯里（Walter Mosley）則是反例。華特在一九九〇年的出道作品犯罪小說《藍衣魔鬼》（*Devil in a Blue Dress*）非常暢銷，作品出版沒多久，費城舉辦推理大會，他現身專家小組聚會，並表示自己大概不屬於這個地方，因為這本書太反常，他覺得自己不太可能繼續創作這個類別的作品。

他確實不是故作姿態，這也的確是肺腑之言。只不過在那之後他又寫了十來本易茲‧羅林斯系列（Easy Rawlins）、三本大無畏瓊斯系列（Fearless Jones）以及五本萊納‧麥吉爾系列（Leonid McGill），其他類型的著作也將近二十本，多半是小說。憤世嫉俗的人可能會說哪邊有錢，華特就往哪裡走，但是我太了解這個人，沒辦法相信對他來說商業利益比寫作本身更重要。

一直都大受歡迎的易茲‧羅林斯系列，勢必會讓他下意識產出一連串續集的點子。這些好點子不但吸引作者本人，也吸引更多的讀者，要是作者不繼續寫下去，才是最不應該的事。

為點子做筆記，找人討論

點子出現時，你絕對不能忘了它。

我建議你把筆記型電腦當作鑰匙或皮夾，隨身攜帶。無論何時出現點子，你都記下來。寫下幾個字的簡單動作，會讓這個點子深植心中，潛意識就可以抓牢它。

晚上睡覺前，你一定要瀏覽一遍筆記。如果你的態度不對，這個程序可以確實讓你對於所有沒發展的小說點子充滿罪惡感。別讓這種事發生，這些筆記的潦草字跡與片段，不是你必須做的事，也絕對不是一定要立刻進行的計畫。筆記是一個工具，用來保證你絕不會忘記可能值得記下的事，並且藉著常常參考筆記，喚回記憶，刺激自己持續無意識地發展點子。

對於某些作家來說，筆記本身就幾乎是終點。他們將筆記當成一種藝術形式在寫，當成一種創意日記在用，在一天告終時，

他們專心花一小時左右深思筆記的內容。我從來沒辦法這樣做，也許是因為如果不可能受到懲罰，我先天就無法持續鑽研一件事。接著，同樣地，我覺得放太多能量在寫筆記的作家，就像過度訓練的運動員，或是將戰鬥力留在健身房的拳擊手。

這只是個人偏見。除此之外，寫作是全然個人的事，你的筆記就該照你想要的樣子寫。什麼有用，什麼就是正確的。

如果你適合反芻的話，只在筆記上做這件事，通常比跟朋友討論你的情節概念要來得好。這種討論有時有幫助，特別是當朋友本身是作家的時候。和同行一起討論情節素材，經過腦力激盪，通常可以釐清強化原先的點子。不過，討論點子也常常會不小心取代書寫，這個狀況特別會發生在你討論的對象不是作家時。我如果長時間太過仔細地討論點子的話，可能就會失去對它的熱情。或許我因此而感到興致缺缺的點子，本來就注定會中途衰敗，但我在這領域的經驗讓我十分迷信，因此我會隱瞞自己作品主題。我現在傾向讓自己像母雞一樣，坐在一窩不錯的點子上，讓它們自然快樂地孵化。

這些還是非常有效，不過上面的說法確實給人一種印象，認為筆記本是我隨身不離的工具，不但出門必備，而且無時不刻都在做筆記。

如果能這麼做，對我來說可能也不是個壞主意。不過事實上我沒有，而且除了一小段時間之外，我從未這麼做。我盡自己所能歡迎點子的到來，並且在點子到來之後珍惜它們，但很少費事寫下來。我的名言是：「如果是個好點子，那麼就會縈繞心頭。要是我忘了，可能打從一開始就沒那麼棒。」

聽起來很不錯吧？唯一的問題在於，我不認為真是如此。我是這樣想，在我腦海中來來去去的無數點子，有些可能非常完美，事實上我卻從來沒有再想起它們。要是我能隨手記下，或許就能在恰當的時間重新看見這些點子，說不定可以發展出些什麼。

而且沒有錯，寫下來這個簡單的動作會讓我的腦袋更加留意，整個概念比較有好好發展的可能性。

我在《為自己的生命而寫》（*Write for Your Life*）一書中說明自動導航書寫的程序，這是我為了同名的研討會發展出來的。要點是，在五或十分鐘內持續不斷地寫，不要管前後文或語法，只要你的筆還在動就對了。非常多作家喜歡各種形式的筆記也是類似概念，茉莉亞・卡麥隆（Julia Cameron）靠著傳授自己特殊的方式開創一番事業。我非常鼓勵各位研究一下各種筆記方式，同時也不要忘記，我個人對做筆記一直沒什麼興趣。除非我已經假設最後會出版成書，否則就不會想寫下來。

點子光好是不夠的

我學到的一件事有時會令我懊惱，那就是點子光好是不夠的。它必須對我來說是好點子。

在這領域騙自己很容易。就因為我想到一個可以寫小說的點子，就因為這個點子能夠發展成一本可成立的書，不代表我就得將它寫成一本書，它可能根本就不是我擅長的創作類型。不過，我若受其商業潛力威嚇，有時就會看不到這個真相。

關於這一點，我最近得到一個痛苦的教訓，而且持續了很

久。我幾年前在讀巴巴羅薩行動的資料，講納粹在一九四一年入侵俄羅斯，開啟了希特勒在德國當權的尾聲。我想到一個點子——明確說來，希特勒攻擊俄羅斯的原因，我想成是他受到一個滲透柏林政府的英國間諜操控。我認為這個點子是足以撐起長篇小說的美妙前提，並且跟身為作家兼編劇的朋友布萊恩‧加菲爾德討論，因為我認為這是他擅長的那種書。

這個點子激起了布萊恩的好奇心，但沒讓他著迷到對這個概念動手。時間過去了，那個點子縈繞在我的潛意識裡，兩、三年後，在一班飛往牙買加的飛機上，我突然有了一個點子，將我原本想到的概念結合納粹黨副黨魁魯道夫‧赫斯出於不明原因飛往蘇格蘭的那班飛機[12]。一整串離奇的歷史元素不適合我那渺小小說的文脈，那本書的結果可能正好擁有暢銷小說必備的元素。

其中只有一個問題：它仍然不是我擅長的創作類型。它甚至不是我很愛讀的那種書，更別說寫了。如果沒有讓自己的判斷力受到純粹又無知的貪婪所蒙蔽，我可能會認清這件事。（此外，我沒有任何東西好寫，也沒有任何點子等著我，可以幫得上忙。）

我跟那本書相處得很糟，第一稿當然也就跟我的那段時光一樣糟。整個計畫結果或許看來不算全軍覆沒，我最後或許是以帳戶獲利這一點來督促著手這本書，可是我希望自己永遠看得清事實，那就是寫這本書是一個錯誤。如果我明白這一點，而這個教

---

12 譯注：魯道夫‧赫斯（Rudolf Hess）於一九四一年五月突然自德國搭機飛往蘇格蘭，並迅速遭到英方囚禁，直至四十多年後在獄中死去。他飛往蘇格蘭的動機始終成謎，希特勒亦稱毫不知情。

訓留了下來，我才能說真正從這次經驗中受益，無論它在財務上的結果是什麼。

關於這一點，作為新手，一定程度的實驗既無可避免，也很理想。你要大量寫作才會有把握地知道自己寫作的能力範圍。此外，寫作職涯之初，任何寫作的經驗本身就很寶貴。不過隨著你對自身的優缺點發展出更確定的概念，在點子之間，你會更有能力決定發展何者、放棄何者，以及徹底忘記某些點子。

前述這本就是二戰小說《戰爭紋章》（*Code of Arms*），編輯的意見讓我意識到自己犯了大錯，於是也不願意繼續浪費時間。我的經紀人找到另一位作家接手，我和哈洛德·金（Harold King）共同掛名作者，書賣得很差，因此沒有賺到任何版稅。這本書在藝術價值方面是否同樣是一場災難還輪不到我來說。我認為應該稱讚哈洛完成了這項任務，不過對我來說寫作這本書的經驗已經很糟，所以決定別再浪費時間讀這該死的故事。

有些點子來自他人。我拿別人的點子來寫書，經驗好壞都有。幾年前，作家兼編劇唐諾·E·威斯雷克想到一個懸疑小說的點子——一個新娘在自己的婚禮夜遭到強暴，於是這對新婚夫婦向壞人正面展開復仇。他寫了一章開頭，發現這個點子似乎沒有什麼好延伸，所以就把它擱到一旁，忘了這回事。

過了一年左右，我打電話給他，問他對於那個點子有沒有任何計畫。他回答沒有之後，我要他准許我偷走這個概念——自從他第一次對我提到這個點子之後，它在我心裡的位置逐漸升高。他寬大地要我儘管去寫，《致命蜜月》（*Deadly Honeymoon*）就

這樣成為我的第一本精裝本小說，實體書的銷售還算成功，最後有一部電影以它為本，片名因為某些我不敢猜的理由，改叫《蜜月噩夢》（*Nightmare Honeymoon*）。

眾經紀人和出版社想出一些點子交給我。有時我會就他們激發的點子寫書，結果還不錯。

另一方面，點子如果來自其他人，結果也可能不適合，或是給了我大量麻煩，又或單純因為某個理由而失敗。

舉例來說，拿出版社的點子來寫作就可能會相當困難。做這件事常伴隨可觀的誘惑，因為你不是憑空而寫，出版社和那個點子通常在你面前晃著合約和訂金，不知為何，合約越是吸引人、訂金金額越高，那個點子看起來就越棒。於是你發現那個點子捆綁著你，事實上這個點子如果是你自己發想的，你可能會立刻棄置不顧。

我有過這樣的經驗。有時出版社對於自己想要的東西，只有一個空泛的點子。為了創造你能高效寫出的書，你得改造這個點子，讓它變成自己的。如果出版社心胸開放，那就沒問題。然而出版社原創的點子，即使模糊卻崇高，如果你的作品跟這個點子不一樣，偶爾會嚇到出版社。如果這本書本身夠好，你遲早會賣出去，但這不是讓大家最開心的一條路。

所以簡而言之，你**真的必須先確定自己喜歡別人的點子，然後才使用它**。記得，你的腦袋會冒出屬於你的點子；而你寫它們的時候，其他想法會繼續冒出來，點子也會進化。你使用別人的點子時，它得讓你能視如己出地熱愛，否則你就無法完全將潛意識集中在這個點子上，點子也無法有系統地發展，充分地發揮它的潛能。

一個點子得發展到多好，我才能開始寫書？

看狀況。

我花了幾年時間醞釀《睡不著覺的密探》，直到不同情節、元素彼此結合。我坐下寫書的時候，對譚納這個角色非常有感覺，對書中情節也有很高的掌握。我不知道接下來一定會發生什麼事，但很清楚那本書的整體輪廓。

關於《致命蜜月》，我可以將這本書的前提以一句話說完，而我坐下來寫第一章的時候，對這本書的掌握也只有這麼多。現在想起來，如果我動筆前更了解不同人物，更仔細思考情節，我可能會將這本書寫得更好。可是我迫不及待要寫它，而且緊緊揪住作者、不耐等待的那種熱情，可能對書有益。

有天晚上，布萊恩・加菲爾德在曼哈頓的街上停了車，結果回去的時候，發現某個邪惡的傢伙為了想偷後座的外套，砍破他的車頂敞篷。布萊恩的第一個反應是氣到想殺人。他沒法找到對方並殺了他，但可以找到別的壞人，殺掉別的壞人，不是嗎？因為布萊恩是作家，不是殺人狂──雖然，這兩種身分未必不會重疊──他決定寫書講一個受此事件刺激的人物，不是直接暴露自己的憤怒。

他可能立刻就開始寫書，講一個義警在車頂敞篷遭人砍破後，開始到處殺人──這在我聽過的長篇小說前提裡，還不是最糟的一個。可是布萊恩給這本書大量成形的時間，讓保羅・班傑明（Paul Benjamin）這個會計師的角色與所有寫作點子一起湧現，將那股刺激人的經驗變成三個不良分子，他們強暴與毆打班傑明的老婆和女兒，老婆死了，女兒嚇到精神錯亂，故事就此展開。結果《猛龍怪客》（*Death Wish*）成為一本在藝術上成功的

小說，電影版則取得商業面的非凡勝利。

另一方面，唐諾・威斯雷克有次寫了一本書的第一章，講一個慍怒的傢伙走路穿越喬治・華盛頓橋進入紐約，對想載他一程的汽車駕駛們大聲咆哮。唐不知道自己要跟這傢伙上哪去，可是邊寫邊發現了答案。這本書的成品就是唐以筆名李察・史塔克（Richard Stark）發表的漫長系列小說，每一本的主角都是帕克（Parker），一個專業的盜匪，就跟他過橋進入紐約的那一天一樣，不是一個親切的傢伙。

最近時間過得越來越快，隨著逐年過去，我給點子成形的時間與其說是越來越少，不如說是越來越多。如果我根本不知道第二章要發生什麼事，就不再那麼急著要在打字機趕出第一章。人會從經驗中學習，而我看過太多第一章在半路腐朽，就此就失去重來一次的可能性。**如果我沒盡快開始寫某個點子，也就比較不容易擔心點子會消失。如果我做了筆記，我就不會忘記；如果我不時瀏覽自己的筆記，並且絕對會思考自己在其中的發現，好點子就會活下來，繼續發展。壞點子會沿路退散，這是沒問題的，我對於增加那堆積如山的「注定永遠不會有第二章的長篇小說第一章」永遠不感到著急。**

另一方面，我打算寫的下一本書，至今已經構思了幾個月，對主角越來越清楚，同時也考慮刪除許多地理背景，不斷改變自己對於情節特質的想法。

附帶一提，生產許多點子的過程中，我有了這樣一個點子。我當時在圖書館研究「守護聖徒」，因為我的輕巧推理小說《喜歡引用吉卜齡的賊》出現了相關的小小談話枝節。我因此讀到阿奎那（Aquinas）的一段文字，那段神奇的文字相當於將竊盜在

道德上正當化。接著因為厭倦了聖徒、守護，或其他原因，我開始做一件自己很少做的事，那就是瀏覽雜誌，並因此發現了一篇丹尼斯‧哈珀（Dennis Hopper）的訪談。我覺得自己真的應該回家工作了，但那天想任性一下，讀那篇哈珀的訪談，而且相信下一本小說的點子就在那裡，等著我找到它。（我不會告訴你這個點子是什麼，我不會將戰鬥力留在健身房。）

總而言之，我打算在幾個月後開始寫那本書。我自從讀了那篇訪談之後，就斷斷續續思考它，這本書將大大受益於這段思考的時光。可是我非常確定自己不會多了解情節的方向。我會在心裡將第一章計畫得很清楚，我會非常了解人物，我會想出這本書各種可能的前進方向，但……

但我沒有能力坐下將它一一描述出來。無論你為了擬定這本書的情節花了多少時間，困難點就在此處，但也是這些困難之處讓寫書變得如此刺激。

*　　*

對啦，我曾這麼說：「我不會告訴你這個點子是什麼，我不會將戰鬥力留在健身房。」

我很好奇自己當時想到了什麼點子，打算寫出什麼樣的書。我在七〇年代晚期想到好幾個點子，不過就算真的動筆，後來也只成了失敗的開頭，我猜這也是其一。從丹尼斯‧哈珀的訪談想到的點子？丹尼斯‧哈珀？啊？

打我臉吧。

你知道嗎？或許我真的該重新考慮一下，自己的「不做筆記

策略」……

不過呢，首先讓我詳述一個比較新的的點子，那是在我往比利時的路上突然想到的。

二〇一四年五月，妻子和我搭著計程車正要前往紐約甘迺迪機場。我一九六一年用筆名出版過冷硬派犯罪小說《邊境》（*Borderline*），之後就沒去注意書的狀況。現在要用我的本名重出精裝版，不但封面很吸引人，評價也很好，就我看來好得有點過頭。我很得意，不只是因為那本書讓我賺了點錢，更因為這麼做沒有傷害我的名聲。

「妳說呢？」我對琳恩說：「再來本《邊境》這樣的書或許很有趣。節奏快到令人屏息的通俗小說。」

「你大概會寫得很開心。」她說。

十幾二十秒之後，我坐好宣布：「我剛剛想到了個點子。」

我還真的想到了點什麼。只是幾個句子的設定：一名女子提到想雇個人來殺掉她先生。警察找人帶著竊聽器去見她，結果那個人卻愛上了她。

正好就是我腦海中想到的那種書。

新的點子一個接著一個，不過大部分都不怎麼好，少數比較好的沒多久就會慢慢消失。你如果從哈定時代就開始寫作，應該特別有感，某個點子必須非常吸引你，才會試著把它寫成書。

這個正是如此。我們在比利時的安特惠普、布魯日和根特待了兩週，在那幾個如畫的城市中，我卻一直想著佛羅里達州某間偉恩狄西雜貨店的停車場，我那帶著竊聽器的主角，正坐在破爛的雪弗蘭蒙地卡羅轎車裡。這個點子正在成形，我知道這個人、知道那個場景，也感受得到那邊的情緒。

回到家之後，我在費城訂了一個月的公寓，從七月四日開始。我搭火車過去，四週之後回到家，二〇一五年九月，疑難犯罪出版社（Hard Case Crime）推出《深藍色眼睛的女孩》（*The Girl with the Deep Blue Eyes*）。

　　我不清楚那個點子是從哪裡冒出來、怎麼冒出來、為何冒出來。我覺得那是份禮物，而這份禮物之所以來到我面前，顯然是因為我已經準備好要接受。「或許會很有趣……」我這麼說完，沒多久我就宣稱自己有個點子。

　　我的點子從哪裡來？這個問題很簡單，我是在去機場的計程車上想到的。

5　人物發展
Developing Caracters

　　幾乎所有讀者持續翻閱任何小說的主要原因，就是想知道接下來發生的事，讀者之所以在乎接下來發生的事，則是因為作者描寫人物性格的技巧。小說中的人物若有充分描繪，具有引起讀者共鳴與認同的力量，讀者就會想知道他們下場如何，並深深擔心他們的未來會不會好轉。

好人物是驅使讀者繼續閱讀的動力

　　幾乎所有讀者持續翻閱任何小說的主要原因，就是想知道接下來發生的事，讀者之所以在乎接下來發生的事，則是因為作者描寫人物性格的技巧。小說中的人物若有充分描繪，具有引起讀者共鳴與認同的力量，讀者就會想知道他們下場如何，並深深擔心他們的未來會不會好轉。

　　我不看完的書——數量逐年增多——通常是出於某一、兩個原因而遭半途棄置。有時作者風格讓我不想讀下去，因為我自己就是作家，所以越來越容易意識到文學技巧，就像專業音樂家會注意到我沒發覺的刺耳音符與技術瑕疵。除非主題、故事線或人物對我非常有吸引力，否則我會對寫得笨拙的小說失去興趣。

　　如果那本書寫作上沒問題，而我卻不在乎這些人物是生是死，結婚還是遭遇火災，遇見惡魔或是發生更神奇的事，那我的興趣可能依然會減退。發生這個狀況的原因，可能是我不相信作者創造的人物。**他們的行為不像真人，說話不像真人，而且似乎沒有真人的情感或想法，所以他們對我來說就不是真人。**我認為他們是胡說八道，見鬼去吧。

　　注意，拜託，我的怨言在於這些僵硬的人物看起來不像真實人物，不是說他們不是平凡人物。最吸引人的小說人物，有些與平凡人物的差距大到不能再大，卻緊緊抓住我的注意力，可能就像《古舟子詠》的水手纏住婚禮賓客[13]。福爾摩斯整個人沒一處

13　譯注：《古舟子詠》（*The Rime of the Ancient Mariner*）為英國詩人山繆‧泰勒‧柯立芝（Samuel Taylor Coleridge）所寫的敘事長詩，講一名水手在路上攔住趕往婚禮的賓客，向他敘說自己在海上的一場動人經歷。

是平凡的，但這個人物的魅力強到讓柯南‧道爾的小說至今仍持續出版，使當代作家們以數本小說讓福爾摩斯再次復甦。這些小說的成功，幾乎完全受惠於公眾熱中柯南‧道爾筆下那個永遠迷人的人物。

同樣地，偵探小說家雷克斯‧史陶特寫的尼洛‧伍爾夫（Nero Wolfe）系列，我覺得可以永無止盡地反覆閱讀。伍爾夫沒有任何平凡之處，他的不同凡響之處也不僅在於肥胖。我重讀這些書的原因，不在於情節多麼令人讚揚，至少讀第二次、第三次不是出於這個原因，也不是因為我純粹受史陶特的寫作能力迷惑，雖然他的能力的確很可觀，但我對他在伍爾夫系列外的作品從不感興趣，包括其他偵探做主角的推理小說，或是他在創造伍爾夫之前的幾本正統小說。不，我之所以讀他的作品，原因大約和大多數讀者一樣，就是為了一份純粹的樂趣，這份樂趣來自看尼洛‧伍爾夫和他的助手阿奇‧顧德溫互動，見到這兩人對不同情勢與刺激的反應，以及身歷其境般地參與西三十五街那棟傳奇褐石屋裡的生活。

平凡？幾乎沒這回事。可是它們真實到我有時必須提醒自己：伍爾夫和顧德溫是作家創造出的人物，無論我去西三十五街按多少家的門鈴，永遠找不到他們住的那棟房子。

這就是性格描寫。這種能力使作者可以創造出讀者關心的人物，讓查爾斯‧狄更斯擁有不朽的成功。雖然奧斯卡‧王爾德或許的確這樣說過：讀狄更斯的《老古玩店》（*The Old Curiosity Shop*）時，只有心如鐵石的人能知道小耐兒（Little Nell）死了而不會發笑。事實是讀者讀到那一場時，真的沒有笑。他們流淚。

有些小說主要依賴的就是性格描寫。在以思想為主的小說裡，人物的存在通常是作為不同哲學立場的代言人。雖然作家可能費心地描述他們，給他們互異的個人特質，但除了小說中特別好辯的人物以外，他們通常沒什麼真實生命可言。

　　走到結局才真相大白的某些推理小說，仰賴複雜精巧的情節來抓住讀者的注意力，吝惜著墨於人物性格描寫。本身是律師的作家厄爾・史丹利・賈德納（Erle Stanley Gardner），寫了以律師佩瑞・梅森（Perry Mason）為主角的推理系列，有時讓人讀得不可自拔，但梅森本人除了在法庭有魄力地出現，且有精明的法律頭腦之外，還有其他表現嗎？阿嘉莎・克莉絲蒂給了白羅多種性格面向與孩子脾氣的表現，可是我從來不覺得那個比利時小個子在性格表現上超越任性與耍嘴皮子的範圍。他作為精采推理謎團的解答媒介，表現令人讚賞，但就一個人物而言，我不感興趣。

　　仔細想一想，對我來說，即使一本書屬於思想成分較多的小說，或情節為重、結局才真相大白的推理小說，我最愛的小說，仍是作者創造我能夠強烈共鳴的人物。英籍匈牙利作家亞瑟・柯斯勒（Arthur Koestler）的《正午的黑暗》（*Darkness at Noon*）是政治與哲學論辯的精采小說，我認為它令人印象深刻，因為主角尼古拉斯・薩爾曼諾維奇・魯巴蕭夫（Nicholas Salmanovitch Rubashov）是一個如此令人神往的人類角色。此外，雖然克莉絲蒂女士的白羅系列推理小說總是能打發無聊的時間，我卻是珍・瑪波系列的熱情粉絲。這不是因為瑪波系列的情節與白羅系列的有所不同，而是因為瑪波自身是一個迷人的人物，溫暖、富有人性且生動。

所以性格描寫對小說很重要，特別對長篇小說而言更是如此。這個論點毫無爭議。確立了那麼多東西之後，你要怎麼創造讀者能有共鳴的人物，讀者會想與之相處的人物，讓他的命運成為讀者關心的問題？

　　性格描寫的首要原則，或許看來非常明顯，但我認為值得說明。人物最引人注目之時，在於作者對他們的描繪引起讀者共鳴，同情人物，關心人物，並享受這些人物的陪伴。

　　就算聽起來像常坐扶手椅的那種精神學家，我也要冒險說所有人物或深或淺，都是作者本身性格的投射。我在自己的作品中發現的確如此。雖然所有人物無論如何都不像我，但如果我能披著他們的皮，他們每個都是我想當的人。換句話說，我創造一個人物的時候，非常像演員在扮演一個角色。我演出那個角色，在紙上即興寫出他的對話，一邊寫作一邊悄悄進入他的角色裡。

　　這在視點人物（viewpoint character）身上表現得最明顯。的確，讀者很常錯將作者太緊密地與其小說敘事者的態度及觀點混為一談。可是寫作經驗讓我了解：這份認同就次要的人物來說，一樣是真的，包括壞蛋、小角色，以及每個出現過的人。我的大部分性格描寫是由內而外，自己扮演每個角色，寫所有的對話，讓所有人物向我展現他們的能力。當然，任何一本小說裡，我都對某部分的人物更容易有共鳴，他們通常是我寫得較好的人物。

　　我認為你在投入一本書之前，先跟人物的概念充分嬉戲，這點很重要。我過去有時候會急著寫完第一章，不會先花時間弄清楚這些人是誰，讓人物在紙上自行定下輪廓。《致命蜜月》就是這樣，我在乎情節、插曲和戲劇效果，所以我開始寫那本書時，還不清楚了解作為書中共同主角的那對新人。如果我動筆之前就

對人物有更多了解，那本書會好得多。

　　至於譚納，我寫他時有充足的時間。就像我在前一章說明的，我第一次動念要寫永久失眠人士之後，我讀百科全書發現至今仍有英國斯圖亞特王室的成員在世，而現在的僭王是某個巴伐利亞的小君主。我覺得這件事情妙極了，所以決定那個失眠者可以策畫讓斯圖亞特家族再度坐上英國的王位。

　　後來寫不下去，但給了我一個想像，那就是譚納熱中注定失敗的政治行動。我不時想到他，然後了解這個人物的各種事情。我決定他有大量時間，不用一天花八小時睡覺，而且他可以將這個時間用來不可自拔地學習一個又一個語言。這種學者般的熱愛似乎適合我決定給他的職業——我要他為學生寫論文及試卷，薪資超過本業做這件事的人。

　　譚納的漸進革命如此做了幾年，所以在「天意」給了我一個情節之後，我的人物全部就開始動了起來。能輕鬆為那本書布局，配合我心裡已經創造出的人物。那個任性又高度個人主義的人物，我對他深有共鳴，因為我們儘管有眾多差異，譚納非常清楚就是作者的投射。如果我有他的外表，過著他的人生，他正是我會成為的人。

史卡德的誕生

　　我的作品中，另一個系列的人物說明了別的做法，也就是你可以改造與定義一個人物來達到作者認同的要求。

　　兩件事給了我靈感，讓我創造出馬修・史卡德。首先，我當時正好要為戴爾出版社（Dell Books）寫一套偵探系列作品；其

次，我剛讀完《論收賄》（*On the Pad*），那是作家李歐納・薛克特（Leonard Shecter）的傑出作品，他與坦承貪汙的紐約警察比爾・菲力普斯（Bill Phillips）一同完成這本書，內容在講菲力普斯的故事。菲力普斯曾為一個調查委員會蒐證，也曾因殺害一個妓女及其皮條客而受審，獲判有罪。這本書打動我的地方，在於那個貪汙警察的想法，他的生活與貪汙共處，也仰賴貪汙，經營自己的不法生意，而且從頭到尾都是一個盡職又非常高效的警察，不斷破案，將犯人送進監獄。

我開始創造人物時，了解到自己心裡的那個警察或許會成為一個非常有趣的人物，我可能也會很享受讀到別人對這樣一個人物的解析，可是關於他這個人物，我沒法為了自己要寫幾本關於他的書，就立刻充分地認同他。我不習慣使用在官僚體系內辦事的人來當視點人物。出於某些原因，我永遠比較習慣使用局外人的觀點。我一點都沒把握能將這個貪汙的警察寫得可信，更別說產生共鳴。

所以我讓自己的想像力跟著史卡德起舞，然後坐到打字機前，開始寫一篇很長的備忘錄給自己，內容就是關於這個人的事：他筋疲力竭，當過警察，曾經跟老婆和小孩們住在郊區，做過老練的偵探，也以小規模貪汙來維生。接著，他某天下班後，在阻撓一樁酒店搶案時，他的子彈彈飛，殺死了一個幼童。可憐的史卡德因此痛苦地重新思考自己的人生，心中對於存在產生極大的不安。他離開了自己的妻子與小孩，搬到曼哈頓一個隱僻的旅館房間，辭去警察工作，開始有上教堂點蠟燭的習慣，變得嚴重酗酒。他有時會以非正式及無照的私家偵探工作來賺錢，運用他在紐約市警局的人脈，以消息靈通、倔強的特殊警察直覺調查

案件。

關於史卡德，我目前寫了三本長篇小說、兩篇中篇小說[14]，從中得到非凡的滿足：我對這些書的喜愛，就跟對自己的其他作品一樣。它們成功了，史卡德成功了，因為我有能力消化一個大致健全的人物點子，將它轉換成一個作者自我投射的人物，然後活了起來。我對史卡德有強烈共鳴。雖然我們的生活與為人有那麼多明顯的差異，他和我仍有許多潛在的共同觀點。

　　本書所有人物皆屬虛構，任何與生者或逝者的相似之處，純屬巧合。
　　地球是平的。

上方的否認聲明，出現在《兔哥朗諾就是個糟老頭》（*Ronald Rabbit is a Dirty Old Man*）的扉頁，我因此獲邀加入加拿大的「地平說學會」（Flat Earth Society），我或許得補充自己十分熱切地接受了邀請。我將這個聲明寫進來的用意，不在於要我們「地平論者」變節為「主張地球為球形的異端者」。我的用意在於強調這份否認聲明是如此規律地出現在眾多小說中。聲明通常都是昭然若揭的廢話，若與生者或逝者相似，通常都是非常有意為之。

小說中的許多人物都來自生活，怎麼可能不是？無論如何，所有作品都來自經歷，我們生而為人的經歷，讓我們能夠創造出外表、行動與語言都像人類的人物。

14　編注：「史卡德系列」迄今為止已計有十八部作品。

普通讀者通常似乎會認為作家在街上綁架別人，然後帶著老式白人奴隸販子的貪婪狂熱，將他們塞進書裡面。那感覺就像人物是從真實世界偷來，身體遭移植到小說裡。

　　實情偶爾的確非常接近如此。真實的「影射小說」（roman à clef）裡，作者有膽在小說的偽裝之下寫出真實事件，盡可能將人物描繪得就像他們在真實生活的原型。湯瑪士・伍爾夫以這種風格寫作，在《天使望鄉》（*Look Homeward, Angel*）與《時間與河流》（*Of Time and the River*）中，給了自己尤金・甘特（Eugene Grant）這個角色，讓自己的家人成了甘特家族。即便如此，甘特一家不可避免地是虛構人物，伍爾夫得創作及設計他們。即使像伊萊莎・甘特（Eliza Gant）這樣的人物，如此忠實地仿製自伍爾夫自己的母親，他最終演繹出的女人，還是他自己眼中的她。

　　此外，小說家的想像力，與小說家的秩序感，使這些源自生活的人物起了變化。克里斯多福・伊薛伍德（Christopher Isherwood）在自傳作品《克里斯多福和他的同類》（*Christopher and His Kind*）裡，提及自己多年來的許多友人，而在他此前有大量自傳色彩的小 安插了某些角色。這些朋友出現在小說裡的寫法：

　　　　《去那裡拜訪》（*Down There on a Visit*）中，法蘭西斯（Francis）以一個叫做安布魯茲（Ambrose）的人物出現，作者描繪如下：

　　　　「他的體型瘦長、挺拔，敏捷的動作有一種孩子氣。可是深膚色臉龐的皺紋卻相當驚人，好像生命用爪子撕打過

他。他波浪般的黑色髮縷生動地垂在臉龐周圍，已經雜有灰髮。他的深棕色眼睛流露稍稍的驚奇感。他有時會瞬間變得極度緊張——我見過；連帶敏銳的鼻子和輪廓美好的顴骨在內，他露出像馬一樣的神色，好像會在沒有預警的狀況下脫韁而逃。然而在他心裡有一種富有冥思的應喝。這讓他俊美動人。他可以供人畫出聖人的形象。」

這一段除了最後三句話以外，或多或少與事實相符，因為最後三句話僅在敘述小說人物安布魯茲。法蘭西斯當時的照片，呈現出他的確很俊美，但他的臉龐有著任性的貴族氣息，絕不像沉思的苦行僧。我看不出所謂的富有冥思的應喝……

伊薛伍德繼續敘述法蘭西斯在性格上的哪些方面，沒有加到虛構的安布魯茲身上。然而有一點無庸置疑：這個人物的確可能是照某個人的形象塑造出來，但寫作過程讓他們擁有不同的個性。

另一種大眾小說專門向人生舉著哈哈鏡。這種小說通常讀起來薄弱寒酸，故事線大部分來自純粹杜撰的事，有時候會結合零碎的謠言和醜聞，幾個人物非常明顯以名人為本，以至於使讀者認為那本書幾乎是未授權的傳記。舉例來說，有人不久之前注意到法蘭克‧辛納屈多年來曾經被無數本小說徵用，不管是當主角還是小角色，他真的應該要收費。同樣地，另外有許多小說的「主演者」是伊莉莎白‧泰勒、前美國第一夫人賈桂琳‧歐納西斯與其他名人，多到我不想一一唱名或計算總數。

來自生活經驗裡的人物

更常出現的狀況，是我們創造的人物，形象有一部分來自我們認識或觀察過的人，而且我們並不打算要在紙上再現這個人。舉例來說，我可能會借一點外表的敘述，某個特殊癖好或說話的怪異之處。我可能會取用某些人的生活插曲，作為某個人物生活背景資料的細節。我將這種微量生活經驗編進人物身上，非常類似鳥類將零碎的緞帶和布料織進巢裡——加強色彩、變得牢固，吸引我的注意力，看起來就屬於這裡。

我第一次有意地將某個真人的某一面轉移到長篇小說裡，是在寫《第一個人死了之後》（*After the First Death*）。那是一個謀殺推理故事，發生在時代廣場滿街的妓女身上。我當時跟這樣的一個女人有點交情——她有次跟我說她與紐約斯卡斯戴爾某個已婚男子維持過一段時間的關係。她當時戒掉藥癮，只跟他約會，但他取消跟她去歐洲的計畫，反而帶老婆去加勒比海，所以她就結束了那段關係，再次開始當妓女，以及吸食海洛因。

這本小說中叫賈姬的人物，與跟我說那件事的女人，兩者是否非常相似，我不知道。賈姬當然是一個浪漫化的人物，如果她沒有一顆善良的黃金心靈，至少在她的黃銅心上會有一個脆弱之處。我對現實中的妓女沒有熟悉到將她拖離街上，再讓她一屁股坐在印好的書頁上。可是賈姬的描繪絕對大量受益於我對她的印象，她那個斯卡斯戴爾男的故事，幾乎可逐字逐句在印好的書中找到。

幾年後我使用筆名寫了類似《小城風雨》（*Peyton Place*）的小說——駭人聽聞的行為發生在小鎮的那種故事。我非常有計畫

地將那本書的故事背景設定在我本身很熟悉的小鎮，有幾個人物源自住在那個小鎮的真實人物。其中一個人物，我借了一個當地演員的外表，沒打算太明顯地仿製他；結果發現我創造的人物有自己的意志，言行有自己的堅持，就如同那個現實中的原型人物。我寫那個人物時，沒辦法不想到朋友的聲音在我耳邊低沉響起。現在我猜自己或許可以抵抗這種事，但哪個神智清楚的作家想抵抗？這種事最棒了，一個人物活了過來。讓他演出他的角色，我可能招致訴訟或公共指責，但我不這麼做，就不忠實自己的藝術。

對我來說，**在打字機前最令人興奮的時刻，就是人物有了自己的生命。這不容易描述，但的確會發生。**你寫長篇小說時，幾乎無法不扮演神的角色，創造自己想像出的宇宙，安排自覺適合各個人物的命運。然而這件神奇的事發生之後，人物說話、呼吸、冒汗、嘆息看起來都是自發而為，你瞬間感到自己創造了生命。

這個經驗令人飄飄然，而且如此滿足，所以你會希望這件事經常發生。不幸的是它不會──至少對我來說不會。某些人物照我描述的那樣，為我而活，有些則徒有其表地走來走去，照要求做事，但從來沒有生命。對讀者來說，我可能把他們寫得還不錯──技巧可以偽裝某些人物只是在排練角色的事實──但對我來說不是。

我在上一章談到的戰爭小說就是如此。主角在初稿有大量有趣之處。他以前是特技飛行員，一場不快樂外遇的倖存者，愛爾蘭與猶太裔的美國人，曾經服役於英國皇家空軍。誰有辦法把這樣的男人寫到不有趣？

到底誰有辦法？我就有辦法，而且我辦到了。我帶著這可憐的小丑經歷五百頁的沉悶原稿，從來沒感覺到他可以不需要我攙扶就自行站立。他始終是一個二維的剪紙畫，裝腔作勢地說著情勢要求他說的台詞、去某些地方、做某些事，行動、反應，做什麼事都像遭洗腦的殭屍。

他為什麼沒活過來？我不知道。原因不在於這個人或其行為從根本上讓人沒有好感。同一本小說裡，較不重要的幾個人物幾乎算是生動，包括我覺得真的很惹人厭的幾個人物，可是主角就是持續死氣沉沉又中空。或許我無法賦予他生命，部分該歸咎於自己對那本小說本身的否定感；或許我就是無法將他看成人而不是工具。

初登場就「自己活起來」的雅賊

相較之下，柏尼・羅登拔在他出現的第一本小說的第一稿第一頁，就已經活起來了。

我曾在馬修・史卡德系列的小說某本寫過幾章，講一個竊賊身負謀殺罪嫌，因為他闖入一間公寓之後，發現裡面有一具屍體。那個竊賊可以說是一個溫和的笨蛋，史卡德要去救他，可是那本書從來沒順利開始進行。

之後我決定要讓那個情節概念復活，刪去那個偵探，將調性完全從憂鬱改到活潑，讓那個竊賊自己解開那件罪案，繼續說故事。

我決定以最初那次行竊來開場，所以我坐下來，敲出下面這些字：

九點過了幾分鐘後，我拿起布魯明戴爾百貨公司的購物袋，離開某個門口，跟一個金髮高個子的傢伙走在一起。他有一點馬臉，拿著一個看來扁到不太好用的手提箱。你可以說他像高級時裝的模特兒。他的大衣是新出的那種格子花呢，頭髮比我的長一點，之前剪髮是一刀剪去一綹。

　　「我們又見面了，」我說，但這句話徹底是一個謊言。「結果今天天氣終究相當不錯啊。」

　　他微笑，十足願意相信我們是不時友善交談的鄰居。「今晚有點涼。」他說。

　　我同意天氣是涼沒錯。他會說的話裡，沒多少是我不會高興贊同的。他看起來體面，從六十七街向東走，我要的也就這麼多了。我不想跟他當朋友，跟他玩手球，知道他的理髮師叫什麼名字，或是哄他來交換奶油酥餅的食譜。我只想要他幫我通過門房那一關。

　　我寫下這些字以後，就知道柏尼‧羅登拔是什麼樣的人了。更重要的是他已經開始活出自己的生命。我不用阻止他，思考他會怎麼措辭；這件事只需換檔，用他的聲音說話──或者你可以這樣說：放手讓他自發地講自己的話。

　　我不想讓這件事聽起來太神祕。書不會自行完成，即使有了人物，創作者依然需要在紙上寫下正確的文字。然而若人物以這種方式活過來，若你由裡至外地了解他，你接下來就有能力帶著天生運動好手的自信進行文學創作。

　　該怎麼讓人物獨特又難忘？是否要加入一點點特色──孩子般的表現，老是沒綁鞋帶，一邊的眼皮低垂？這些確實是滑稽模

仿的小把戲，它們的效果如何，要看處理技術如何。

　　舉例來說，在《謀殺與創造之時》（*Time to Murder and Create*），我使用了一個叫陀螺的人物。他是一個反過來勒索他人的線民，雇用史卡德為他保存一個信封，說若他死了才能打開。他在故事舞台上沒待多久。這件事發生在那本書的開頭。

我這樣寫陀螺：

　　　　陀螺是他的綽號，因為他褲子口袋總是放了一枚舊銀幣當幸運符。他常習慣性地掏出銀幣，左手食指豎在桌腳，再用右手中指把銀幣彈出去讓它像陀螺般旋轉。他跟你講話的時候，眼睛直盯著轉動的銀幣，好像同時也在對銀幣說話。[15]

　　旋轉銀幣，是一個方便的人物標籤，它給了陀螺一個記憶點，讓陀螺和史卡德的交談中穿插趣味的小事，也在稍後給史卡德一個方法強調陀螺之死——史卡德向貨幣商人買了一枚銀幣，然後自己帶著它在桌上轉。

　　這不是性格描寫。這是騙人的設計，但對我來說，有時候是性格描寫的第一步。它給了我一個標籤，一個把手，接著在大量直覺行事的過程中，人物就會適時發展。

　　你在人物身上得到的這種把手，會有所變化，看你是哪一種作家，處理的是什麼人物。**我發現自己最可能理解人物的方法，就是聽他們如何說話**，觀察他們使用語言的方式。他們通常經由

15　本段《謀殺與創造之時》摘錄為臉譜出版之譯文，稍作文句調整。

對話讓我覺得真實，我對他們外型的想法比較不具體時，就時常緊抓這一點。不過有時我會從某個人物的特殊視覺畫面著手，其他部分就會接著浮現。

我幾年前在洛杉磯的餐廳裡，看了某個女人一眼，至今記得當時腦海出現的那句話：「那張憔悴的臉，讓她看起來像生長在非常窮困的山腰農家，為了不回去，要做什麼都可以。」

我沒寫下這些未曾消失的話，但它們留在我腦海中，而且不只伴隨那個女人的畫面，還有我對她的全部看法。我知道那個女人是誰，她會有什麼樣的聲音，對不同事件會有什麼反應。我不知道自己哪天會拿她來做什麼用，她是不是慣性吸食海洛英？或是一個壞蛋、主角或配角？目前我唯一使用她之處，就是此時此地，說明人物從何而來，如何發展，而且可能永遠不會再將她用在其他地方。

如果你懂得做筆記，你的筆記必須包含人物速寫這個項目。毛姆隨手記錄寫作事項的《作家筆記》（*A Writer's Notebook*），之所以會是一本迷人的讀物，就在於其中包含的人物速寫，那些人物許多後來都進入了他的短篇故事與長篇小說。你可以簡略記下自己想記的任何東西：你對某個真人的現實觀察，你想到或看到的零星欺騙伎倆，因為你可能最後會想將它們用在筆下某個人物身上；或者，你可以記下任何一種標籤、印象，它們之後可能長成一個成熟的人物。

情節和人物，何者優先？

這個問題無解。一本書可以比較緊抓情節或人物展開，不過兩方面通常都是在書籍成形時，一起變得具體。我開始下筆之

前，即使我自認很清楚接下來會發生什麼事，計畫外的枝節還是會發生在情節安排中，且常常要求在該處創造出新的配角。比如我的主角在某間旅館找人。他找的對象出去了，可是因此和旅館的櫃檯人員有了一段對話，若不是為了發展出特定資訊，就是單純因為這種對話會是狀況中會自然發生的一部分。我可以讓那個櫃台人員照我的心意成為一個重要或不重要的人物。他可以高挑或矮小，年輕或老，肥或是瘦。他可以有話要說，也可以沒多少話要講。

我的主角接近他的時候，他在做某件事情嗎？看裸女雜誌？用墨水筆玩填字遊戲？小睡片刻？喝一瓶波本？

這些都是你身為作家要做的決定。你可以迅速、自發且直覺地下決定。你可以選擇要大量或少量描述這種小角色。長篇小說的勝利，不會因為你處理他的方式降臨或消失，不像你對待主要人物如此影響龐大，可是對於小說的整體影響力來說，所有性格描寫都扮演了重要的角色。

*　　*

多年來我一直避免直接以現實生活中的人塑造角色，所以只想到少數幾個例子。馬修・史卡德系列第十二本書《一長串的死者》（*A Long Line of Dead Men*）中，某個祕密俱樂部成員死亡機率高得超乎常理，於是委託史卡德找出真相。而俱樂部其中一名成員就是名為雷蒙・古魯留（Raymond Gruliow）的激進派律師，通俗小報叫他硬漢雷蒙。

我記得之前就曾在對話中提過古魯留，不過他在這個故事扮

演重要角色，系列作後續的故事也會再度登場。

　　現在也沒什麼好否認的，一開始兩個角色聊起雷蒙・古魯留，我心裡就是想著民權運動家威廉・M・康斯勒（William M. Kunstler），到了要給這個角色台詞，我也是想著威廉・康斯勒的樣子和聲音在寫對話。不過我不認為他看得出那個角色就是自己，甚至不覺得他會讀到那本書。

　　我後來得知康斯勒（Kunstler）是紐約三世書店的常客，也會固定閱讀我的作品。接下來這件事是有天我接了電話才發現。「卜洛克先生嗎？我是威廉・康斯勒。你的小說裡面有個角色看起來跟我非常像。我的人早上會正式聯絡你。」

　　後來我受邀參加他一年一度的萬聖節派對，不幸的是當時我出城去了。雷蒙・古魯留還是會繼續在史卡德的小說裡現身，後來癌症為威廉・康斯勒的生命畫下句點，我更看不出來為什麼要縮短他在虛構小說中的生命。

6 撰寫大綱
Outlining

　　大綱是工具，等於畫家預作的草圖，不管如何使用，都會有
所幫助。不要成為大綱的奴隸，如果書從大綱開始自行生長，那
就讓書走自己的路。

　　最重要的一點，是記得做這件事沒有所謂正確的方式。

最有用的大綱，就是對的大綱

大綱這項工具，是作家藉此加強掌握整體結構，簡化寫小說的任務，改善這本小說的最終品質。

你對大綱所能做出的明確定義，最多大約就是如此，此外頂多補充它的篇幅幾乎常常短於成書。大綱的篇幅、格式、詳細度，以及要將多少小說的內容納入其中，這些問題徹底取決於個人，也理應如此，因為**大綱只是準備來幫助作家本身，理所當然要因應不同作者與不同小說做變化**。有些作家從來不用大綱；有些作家在沒有先寫大綱的狀況下，不喜歡寫比購物清單更展現抱負的任何東西；有的作者認為他們的大綱非常有用，那些大綱不到一頁；有的作家認定大綱不可或缺，而那些大綱至少有一百頁，包括各個要出現的場景都有詳細描述，書裡的各章都是如此。這些兩極之間的無窮變化，都不一定是準備大綱的正確方式，因為這件事沒有所謂的正確方式，或者更正確地說：沒有錯誤的方式。對某位作者、在某本書最有用的方式，就是對的方式。

我有好幾本小說，在寫作過程中完全沒使用大綱。避開大綱的好處非常單純，沒有預先決定過程，小說就可以自由自在地逐一發展，情節從已經寫出的部分自然長出，不是做作地綁在大綱的骨架上，就像將玫瑰樹綁在格子棚上。

不使用大綱的作家說那樣做會破壞一本書的自發性，讓寫作過程本身變成像在填表格。我認為這一派源自某個主張，而第一個提出這個主張的人是科幻小說家席奧多·史鐸金（Theodore Sturgeon）。他認為如果作家不知道接下來會發生什麼事，讀者

就不可能知道接下來會發生什麼事。

這個主張當然有理，但我不確定是否經得起檢驗。即便作家在寫作過程中自在發展，不保證這本書就不會老套又好猜。相反地，使用極度詳細的大綱，那本書還是有可能像信筆寫來，輕鬆又不刻意為之。

我前一陣子詢問過大約一百名作家的寫作方法。相當多人說自己完全不寫大綱，或頂多準備最概略的大綱。推理及懸疑小說家威洛‧戴維斯‧羅伯斯附和史鐸金的方針：

> 我很少寫大綱，除非是寫書之前我就想先拿到合約，最多也就是寫到讓編輯感興趣的程度而已。我通常寫到最後一章的時候，才曉得懸疑小說的結局，這比事先計畫好整個結局來得好玩。

偵探小說家東尼‧席勒曼的立場相同，但不是因為這樣一定比較好玩，而是因為他天生如此：

> 我從來沒辦法為一本書寫大綱。我的創作開始於一個基本又概括的點子、我清楚了解的幾個人物、幾個主題和情節的點子，以及一個籠統概念，我知道這些東西會如何發展。如果對地點很清楚，我也會開始寫。我傾向就場景來寫作，心裡對某個場景有清楚的畫面，然後迅速將它們寫到紙上。

理查‧S‧普拉瑟的回應則有顯著的不同，他寫過四十本懸疑小說，大部分是快活輕巧的編年體，在講私家偵探謝爾‧史考

特（Shell Scott）的事蹟：

> 我花相當多時間發展情節，打出大約十萬字左右的場景片段、詭計、「如果那樣的話……」的可能性、替代行動或解決方案，直到所有故事線都讓我滿意。我將這一切濃縮成幾頁，然後再從這幾頁來準備詳細的逐章梗概。比如有二十章好了，每章另寫一頁，或一頁以上，然後就這幾頁擴充人物、動機、場景、動作，如果看起來很自然，我就寫下來。梗概寫完之後，我就開始寫書的第一稿，盡快地專心寫作，直到寫完。

如果我嘗試普拉瑟描述的方法，我確定自己作品的新鮮度和吸引力，都會像放了一個星期的馬鈴薯泥，絕對不會有謝爾·史考特系列的光彩。這件事只凸顯了大綱撰寫作為普遍的寫作方法，跟個人特質有關。如果有一份大綱來協助寫作，對某些人來說，就像填表格，沒有大綱對其他人來說，就像在沒有球網的狀況下打網球。一如詩人羅伯·佛洛斯特（Robert Frost）形容不講韻律的自由詩體（free verse）。在某些例子裡，它甚至更像在沒有安全網的狀況下走鋼索。

一切全看你自己。**如果你想在沒有大綱的狀況下開始寫書，或甚至對於這本書的方向沒有堅定的想法，那就直接動手。如果你在面前擺一份大綱，會對自己完成一本書更有自信，那就寫一個來用。**只要你持續創作，就會了解什麼方法最適合你。

只有這點重要。**沒人因為作者是否寫過大綱而決定買不買書。**

我想用大綱。然後呢？

第一步是搞清楚何謂大綱。最簡單的方法就是自己寫一個。不是拿你的書來寫，是拿別人的書來寫。

我們在之前的章節討論過一個手段，也就是為別人的書準備大綱，來了解小說如何運作。用這個過程來幫助你了解何謂大綱，同樣是一個珍貴的方法。

我在幾年前某個脆弱的時刻，決定要去寫電影。我的智商足以讓我認清電影跟文章是極度不同的媒介，並自認在期待任何作品飛天遁地之前，應該先跟電影熟悉一下。我做的第一件事，就是開始每天去看電影。

做這件事很好玩，不完全是一個壞主意，但它沒教我一狗票的編劇方法。我在過程中逐漸了解這個方法錯了，畢竟我將來不會寫電影，而是寫電影劇本。所以我該研究的不是電影本身，而是電影劇本。

如果你覺得這兩者聽起來差別很小，我建議你再思考一下。我想寫的是劇本，為了寫劇本，我得了解何謂劇本，了解它在紙上而非螢幕上的運作方式。我得要能看見電影在紙上的文字呈現，而不是只看到螢幕上的影像，因為我會是在紙上寫劇本。

所以我開始大量讀劇本，結果差異多大啊！首先我開始了解何謂劇本，它如何寫成，以及我要怎麼自己寫一個。第二點一樣重要：讀劇本會讓我在戲院看電影時，產生知覺上的重大轉變。我看電影時的觀賞方式改變，心裡開始將電影轉譯回原本的劇本。

我沒因此成為編劇。我的確寫過一個電影劇本，為另一部電影寫過長版大綱，但做這些事的過程中，我發現自己出於各種考

量並非真的天生適合當編劇，也不怎麼想當編劇。不過我看電影的時候，仍然會以強化過的覺察度去注意潛藏於下的劇本，如果這麼做有益於我寫文章，那麼沒有什麼好意外的。

同理，寫大綱的最佳準備方式，是閱讀大綱，不是閱讀小說。藉由閱讀大綱，你會了解大綱在打字稿上的模樣。另一點也同樣重要，那就是你會因此發展出閱讀其他小說的能力——尤其是你自己的小說——你會有一雙透視眼。換句話說，你會看透文章與對話，見到它們內裡赤裸的骨架。

要怎麼為他人的小說寫大綱？你想怎麼寫就怎麼寫。你為他人作品寫的大綱，詳細度可以隨你心意，就像你最後為自己作品寫的大綱，一樣可以寫得概略或詳細、簡短或綿長。你就照自己覺得最自然的方法做。

善用人物速寫、筆記、自問自答

一旦你熟悉其他作家的作品大綱，或是你決定不要費心做這個步驟之後，你就該動手寫自己的大綱了。此時做一些暖身運動和漸速跑或許有用。我們很少人會想做普拉瑟敘述的大綱前置工作，那些準備工作的篇幅幾乎是成書的兩倍。你可以做你認為有益的篇幅就行。

舉例來說，人物速寫很好用。我在之前的章節提過，我寫給自己的備忘錄如何幫忙催化了馬修·史卡德這個人物，我在備忘錄花了一些篇幅討論史卡德，談他的背景、習慣、現在的生活方式，他喜愛與厭惡的東西，以及他多麼喜歡在早餐時間吃蛋。契訶夫在自己的日記裡，建議作者應該盡可能了解人物，從他的鞋

子尺寸、肝跟肺的健康狀況、衣服，到生活習慣與腸胃機能。你可能不會在自己的作品中提到更多的部分，但你越了解人物，越能有力地寫出他們。我在寫作過程中，總是繼續在人物身上有新的發現。即使在為史卡德和羅登拔各寫了幾本書之後，我仍然持續了解他們。我越是預先努力了解他們，越能齊全地準備好寫下大綱與其後的小說。

有時寫出一個問題的答案也有幫助，例如：「這本書在講什麼？」早期的好萊塢有一個普遍觀念，認為故事線應該要能在一句話之內講完。雖然我懷疑這個理論原本的倡議者缺乏教育洗禮，所以腦袋無法掌握超過一句話的東西。它無疑誇大實情，但這個主張還是有其價值。不講別的，即使你要面對的對象只有自己，你有能力說出一本書在講什麼的時候，就會比較有自信去探討它。

《別無選擇的賊》在講一個狂妄的職業盜賊，他照客戶要求去偷一樣東西，卻遭警察當場逮捕，而且公寓裡還有一具屍體，所以他逃了出去，必須藉自行破案來還自己清白，就這樣展開行動。

雖然這個句子很繁雜，但這就是將一本小說的內容以一句話講完。說明你的書將會講什麼，可能會花上幾個句子或幾段文字。你寫一本書的時候沒辦法預先知道這本書在說什麼，這情況當然不無可能，畢竟我們寫書有時就是為了回答這個問題。你也同樣可能知道這本書在講什麼，但沒有在紙上詳細說明。不過，有時寫出來會提高你對整體的掌握度。

下一步就是寫大綱，詳細度看你高興。**我常常發現做各章大綱很有幫助，也就是每章各寫一段來描述該章發生的行動。**如果你採取這個方法，不要過分擔心如何將故事分成數章。你開始正式寫作時，很可能會發現這些中斷處和大綱比起來更自然。你可能會完全忽略大綱上的分割，以看起來最好的方式來寫它們。時機一到，我們就會發現，這只是讓你最終自由逸離大綱的方法之一。無論那本書會不會與大綱的分段一致，逐章寫下大綱，帶入一種秩序感，就是我認為它珍貴的原因。

大綱應該要詳細到什麼程度？假設我們認定這件事取決於個人，會無窮無盡地隨著不同作者與不同書而有所變化，我們或許就可以進一步地說：大綱詳盡到故事線講得通就行了，基本上就是將腦袋中完全成形的情節寫在紙上。隨著你將想法逐章逐景地寫出來，在過程中研擬故事的細節，原先想不到的問題會自己現身。

這些問題的部分解決方法，你會在完成大綱的過程中找到。不過你不會以這種方式解決所有問題，而且也不必如此，認知到這一點很重要。光是找到並明白問題，你就已經往解決之道踏出一步。從此以後，你腦中無意識的層面（就這一點來說，有意識的層面也是）就有能力與這個問題競逐。你寫開頭幾章時，腦中深處就會有未來章節的情節與結構問題。換句話說，寫大綱的過程，是這本書整個系統進化的一部分。這本書會在大綱的書寫過程中成長及塑形，大綱完成之後，這種持續的變化不會停止。

我認為大綱這種東西有不小心就發展太過詳細的可能，作者也可能會浪費時間和文字在大綱上，過度說明動機和背景。你要記得一件事，寫大綱的目的在於幫助自己，不是給任何人看。既

然如此，就不用向自己說明或證實任何事，因為你已經對它們有**充分掌握**。寫作最令人感到生氣蓬勃之時，就是你真心認為寫作很有趣的時刻。你在大綱裡無意義地精心推敲，就是扼殺自己對它的興趣，別忘了你待會還得坐下來寫它。

> 「我用一個字的時候，」矮胖子用相當輕蔑的語氣說：「它的意思就是我選擇要它代表的意思，多了少了都不對。」
> 「問題是，」愛麗絲說：「你是不是能讓字代表很多不同的意思。」
> 「問題是，」矮胖子說：「這關乎誰是老大。就這樣。」
> ——《愛麗絲鏡中奇遇》

我不太確定這是不是文字最重要的問題，在我看來，只有我小心使用，使它們多少與公眾語法一致時，字詞才會發揮最大效用。然而關於大綱，作家主導情勢很重要。

我認為使用大綱的最大危險，就是作者可能會受大綱限制。書在大綱寫成後，仍然持續成長與塑形，一直到書本完成都不會停止。隨意讓想像力自由行動，這件事很重要。如果你可以想到一個更有趣的發展，為第六章想到一個更沒有瑕疵的解答，或甚至在寫作過程中，為這本書想到一個完全不同的方向，你得要能夠勇敢地放棄大綱，果決為書做出最有益的行動。

有些作家避免將情節寫在紙上，是因為大綱會限制他們。我自己就傾向這樣，現在很少寫大綱，除非要用它來取得合約。有些作家的確會寫大綱，但寫完就放進抽屜，正式寫書時會避免參照大綱。

曾任劇場演員及製作人的驚悚小說家羅勃‧陸德倫就採取這個方法。《作家期刊》（*Writer's Digest*）發表的一篇訪談裡，他解釋如下：

> 以製作人身分工作時，我學到分解一部戲的方法，所以發展出一種直覺，能感覺到它的規模、方向、發揮戲劇效果的原因。為小說寫大綱，是以同樣方式拆解一本書的方法。它讓我了解主題、材料、主要人物。我能夠以開頭、中段、結尾的角度看到故事。然後我一旦了解故事，就不需要大綱了。那本書自己在情節細部會與大綱產生出入，但在主要內容方面則會相同。

除了幫助寫作之外，大綱的其他好處

我們到目前為止對大綱的討論，完全在其對於作者的助益。你在寫書之前寫某些東西，目的是讓這本書更有力，讓寫書更輕鬆。然而在討論過程中，我有幾次提及大綱尚有其他目的，也就是說服出版社為一本尚未寫完的書提出合約。

已經有專業聲望的作家，鮮少沒有先安排出版就寫完一本書。若你有足夠的名聲，甚至不需要有明確的小說點子，就能得到出版商的邀約。若你沒有任何實際成績，多數出版社則傾向在做出任何承諾之前先收到全書稿件。

我強烈建議寫第一本小說的作家，至少絕對要完成自己作品的第一稿，才去嘗試兜售。幾乎任何出版社都會看新手的幾章作品與大綱，但不可能基於這些東西就給你合約。為什麼這樣就要

給你？他沒有理由認為尚未接受驗證的作家有能力完成這本書，並維持這幾章作品與大綱表現出來的力量。如果他讀到的東西夠有吸引力，或許會賭一把，但提供給你的條件，慷慨程度會遠遠不及他讀到完整作品後做出的決定。

　　不過，這不是我建議你先寫完整本書的主因。寫作被打斷，通常都是個錯誤。失去勁頭有時會造成致命的結果。如果這本書進展得不錯，天啊，請繼續寫下去吧！如果它進展不順利，你就搞清楚哪裡不對勁，然後處理妥當。將它匆忙塞給出版社不會解決你的問題。我有幾次寄了幾章作品和大綱給某家出版社，等待對方就我交出的部分給予評語時，仍然繼續寫那本書。我記得起的幾個例子中，書都已經寫完了，出版社還沒決定要出。

　　等你真的在職業生涯遇上非交出大綱不可的時候，你應該交的大綱，與你只為自己寫的那種大綱，兩者會完全不同。交出大綱的目的，在於說服他人，無論是編輯或出版社，讓對方認為你已經有力地掌握那本書，而且有能力完成一本小說，有能力完成頭幾章表現出的前景。這類大綱如果成功，會讓讀者認為這本書已經存在你的腦海，你全盤了解它，它只是在等你用打字機把它敲出來。

　　如果涉及達成交易，篇幅長而詳細的大綱是最佳選擇。原因有兩個，一個屬於理性，一個屬於人性。理性的原因，是你在大綱裡寫越多內容、越詳細，編輯就越能知道你打算如何處理將來出現的素材，從而判斷你要寫的書是否屬於他會想出版的書。

　　另一個原因，在理性上就沒這麼站得住腳了。編輯也是人，我有時很難承認這一點。如果他們要為公司買下一本仍在寫作中的長篇小說，拿出可觀的錢作為訂金來確立這筆交易，他們會希

望感覺到自己拿那筆錢換來確切的東西。一篇五十頁的大綱的確有些分量，足以讓電影產業老闆們高興地稱之為「長版大綱」。你甚至不用讀就知道它言之有物，光是在手上掂一掂就知道對方的意思。此外，真的，你可以感覺到作者花了不少時間在寫它。不同於一頁的梗概，不是在下雨的下午，作者花十八分鐘半就趕出來的那種東西。你別管他可能只需要一頁梗概就能穩穩掌握小說的其餘部分，任何人都比較喜歡五十頁長版大綱來作交易的基礎。

「提交型大綱」，光是篇幅與詳細度，一定會因應情況有各種可能的變化。藍燈書屋（Random House）簽下雅賊柏尼·羅登拔系列的第三本推理小說，是基於我的一頁信，收件人是我的編輯芭比·漢默（Barbé Hammer）。我在信裡跟她說了那本書的基本前提，以及我打算嘗試的幾個面向。信裡完全沒提到我已經知道如何解決自己打算發展的複雜劇情，而且就連開場的前提都留下了大量空白。舉個例子：我說柏尼受雇為了某人的利益去偷某個狂熱收藏家的物品。我沒說那個小東西會是什麼，我承認當時自己還沒決定。

這傲慢的方法之所以可以過關，是因為當時的特殊狀況。芭比熟悉也喜歡我的作品，而且藍燈書屋已經出版兩本柏尼系列作品，對它們在美學與商業面都滿意。我得到合約真正需要做的唯一動作，就是跟他們說我有一個可靠的小說點子，它跟前作「一樣，只是不同」，它可以延續這個系列，而我自信能在小說結尾俐落收好所有的線頭。

對照之下，我為另一本二戰小說寫的大綱，長達十二頁左右，在不逼迫自己的狀況下，盡可能寫得詳細。在這個例子裡，

我提議要寫的書，屬於我沒有真的寫過的類型，所以必須提出有分量的大綱，這樣不僅能說服出版社相信我知道自己要做的事，也會讓我有同樣的自信。如果我開始寫一本小說，而它是五百頁的龐然巨獸，我想確認我最後不會在第三百七十四頁左右將自己逼近情節的死角。回想起來，我真希望這份大綱有當時篇幅的兩倍、三倍或四倍長。如果那麼長的話，我寫書的時光或許會更輕鬆。

有關大綱，讓我們總結一下

大綱是工具，等於畫家預作的草圖，不管如何使用，都會有所幫助。不要成為大綱的奴隸，如果書從大綱開始自行生長，那就讓書走自己的路。

最重要的一點，是記得做這件事沒有所謂正確的方式。你可以沒有大綱之類的東西，直接坐下來從頭到尾寫完一本書，或者也可以寫一頁的梗概，將它擴充成每章大綱，再繼續擴充為詳細的大綱，包括概略記下每一景，甚至再將這份大綱擴充出超級長的版本，包含對話片段及觀點轉換的標示。有些作家是這樣工作的，一次吹一口氣，將小說這個汽球漸漸吹起來，等到正式寫小說的第一稿，不過是將終版大綱加一倍長而已。如果他們用這個方法行得通，這就會是正確的方法——對他們而言是正確的。

最後，若有人想知道我所記得最棒的大綱及其完全發揮效用的方式，我要推薦唐諾‧E‧威斯雷克的爆笑小說《再見，薛拉莎德》（*Adios, Scheherazade*）。這本書的敘事人物是一個倒楣的代筆作家，每個月都寫一本性愛小說，連續寫了二十八個月，目

前正因為要寫第二十九號小說而面臨巨大的寫作瓶頸。在這本書裡，他一度為自己的作品寫了大綱，那個大綱對任何新進的長篇小說家都非常有益，同時還冒出了我讀過最好笑的一句點睛之語。我沒法把它複製到這裡，但我誠心推薦各位去看這本書。

＊　＊

現在想想，我不曉得過去自己為什麼覺得不能提到《再見，薛拉莎德》的大綱？來吧，以下不僅能給你一些啟發，而且還很好看。

結果就是此刻的我，悲慘而疲憊、並且驚慌失措，還得再浪費十五頁的篇幅在山謬永遠不會懂的那些什麼鬼東西上，現在我該怎麼辦？

現在我該怎麼辦？

告訴你我會怎麼辦。我打算立刻撰寫這篇性愛小說的大綱，然後去外帶午餐，或許再看個美式足球，接著回到書桌前開始進行那本我寫好大綱的性愛小說。我就打算這麼幹，沒有或許，沒有然後，沒有但是。

好的，寫大綱。故事關於一名野心勃勃的女孩。就叫做《情熱罪犯》好了。這個書名我用過嗎？這邊列了我出版過的書，總共二十八個可愛的書名。裡面沒有情熱罪犯。搞定。大綱如下：

1. 莎莉・瑪希莫剛完成祕書學校的學業，她下定決心離開家鄉小鎮前往紐約市。她有信心能以祕書學校的訓練找

到好工作，也希望自己能先找點樂子，之後再定下來成為家庭主婦。她有個男友，巴瑞‧蓋特和她有過很多親密的肢體接觸，不過她還是處女。就在離家前的那晚，巴瑞和她跨過了那條線。她太興奮而沒有阻止他，於是他們就在他的敞篷車後座做了。反正無論如何都會在紐約失去童貞，她很高興先給了巴瑞這個老好人。

2. 前往紐約的路上，莎莉和客運上的麥特‧山布林聊了起來。麥特是個演員，他想在都市一舉成名。他倆在客運上擁吻，莎莉再次慾火中燒，於是他用手指讓她高潮。她和巴瑞做的時候沒有高潮，所以這次她非常驚奇。

3. 抵達紐約後，麥特把自己的表妹介紹給莎莉。安妮塔‧羅夏布在廣告公司擔任文案撰稿者。高挑的安妮塔有著一頭棕髮，彷彿性感撩人的吸血鬼，她表示在莎莉找到住處之前都可以待在她家。她也帶著莎莉去廣告公司打招呼，看看有沒有祕書類的職缺。莎莉錄取後沒多久，上司亞徹‧法蘭威就鎖上辦公室強暴了她。聽見莎莉尖叫著求救，他說這間辦公室隔音效果很好。莎莉一說要報警，法蘭威則說公司裡有好幾個人會發誓自己一直忙著和他們開會，接著他會告莎莉毀謗中傷，宣稱這是個低劣的惡作劇。完事之後，他笑著拍拍她的臉頰，說他們會相處愉快。

4. 莎莉在驚嚇中回到安妮塔的住處。當天晚上安妮塔回到家，發現莎莉在床上發抖。安妮塔在莎莉身邊坐下，聽她敘述發生了什麼事。安妮塔說自己有聽說過這種事，但從來不相信那是真的。她安慰著莎莉，後來兩個人擦

槍走火，莎莉在安妮塔的唇舌中達到了高潮。

5. 兩個禮拜過去，莎莉既沒有回廣告公司上班，也沒有找到其他工作。她和安妮塔維持著戀愛關係。麥特來訪，告訴她自己拿到外百老匯的工作，也得知來龍去脈。他告訴莎莉，沒有男人會像亞徹‧法蘭威那麼爛，然後說服莎莉搬進自己新家的空房。她跟他走，當天晚上一個人躺在床上，邊想著和異性上床還有和同性上床，然後自慰到高潮。她懷疑是不是只有在不對勁的狀況下自己才能高潮。

6. 麥特辦了個派對，邀來格林威治村和外百老匯的朋友。莎莉此時已經在麥特這邊待了兩週，他們沒有上床，而她覺得好多了。莎莉發現這後來成了性愛派對，但並沒有參與其中。

7. 麥特在外百老匯的舞台劇演出一個小角色，莎莉則擔任幕後工作人員。安妮塔踏進後台，莎莉正好獨自一人待在更衣室，她很氣莎莉就這麼離開了她。安妮塔出手揍了莎莉，此時演出舞台男主角雷克斯‧克布來勸架。他在更衣室安慰著莎莉，似乎非常體貼，既溫柔又有同情心，一步一步引誘著她。他們做到一半時她突然發現整件事對他來說非常的制式化，這場引誘就像是經過無數次排練的舞台劇，他對她本人一點興趣也沒有。他高潮了，而她沒有，也觀察到他後續對她是如何不理不睬。

8. 某天莎莉正在麥特的公寓中。門鈴響起，來人竟是心煩意亂的亞徹‧法蘭威。他一直對她無法忘懷，在辦公室那天完全沒想到莎莉對他來說會變得如此重要。她看得

出來對方想要引誘自己，表現得也比上次溫柔許多，她假裝順著他，讓他進行所有的前戲，等到他準備正式來，她跑進浴室鎖上門，還告訴亞徹，麥特很快就會回來，最好趕快離開。他拍著門，但她不讓他進門，最後他只好離開。她贏了，復仇了，但滋味並不暢快。

9. 麥特回到家，莎莉告訴他亞徹來訪，告訴他自己如何應對，還說她很擔心自己變得跟亞徹一樣冷酷無情。麥特吻了她，他們做了，這是莎莉第一次跟男人以普通的方法得到高潮。她還沉浸在自己畢竟是個普通人的感動之中，巴瑞傳訊來說要到紐約見她。她知道自己必須在巴瑞和麥特之間作出抉擇。

10. 莎莉在路上碰到幾個水手，和他們聊了起來。水手偷偷讓她上了戰艦，她在公海上替整個第七艦隊口交，被射了滿嘴，而後被經過的捕鯨船叉中，沉入大海消失無蹤。

以上就是所謂的大綱。我得自己打字，不過比起掃描手邊這本《再見，薛拉莎德》，打字比較簡單，只是打完之後，我非常想把這本書寫出來。不過我不確定最後一段劇情行不行得通……

我已經好幾年沒寫大綱，少數想得起來的例子，也都不是在故事進行前就寫好，而是在發現自己不太確定能不能好好把故事寫完，才匆匆忙忙地動筆寫大綱。雅賊系列第五本《畫風像蒙德里安的賊》（*The Burglar Who Painted Like Mondrian*）就遇到過這樣的情況，故事再沒幾章就要收尾，但我還是沒找到可以讓柏尼揭穿的凶手。

有個朋友要幫我評估故事走向，於是我草草擬了故事結尾的過場與大綱。雖然自己也不確定用不用得上那份大綱，不過想到這些場景足夠完備到能寫在紙上，我覺得信心大增，認為自己有辦法完成這個故事。

　　除了這類急救型的緊急情況，近年來我在沒有大綱下進行寫作已經沒那麼緊張。如果故事的內容讓我有把握寫下開頭，那麼就能放心讓這個故事自然成長。一個事件會開啟下一個情節，而且我會想辦法找到合適的結尾。

　　我猜想這樣的信心來自大量經驗。我寫過許多本書，看過許多故事逐漸成型並抵達結局，雖然無法將任何事情視為理所當然，不過現在可以放輕鬆，相信自己的創作過程。

　　使用大綱的危險性之一在於，如果將所有的情節都寫在紙上，我下意識會認為這個故事已經大功告成，這也是我放棄使用大綱的主要原因。大綱完成之後，可能會一不小心就把完成整本書當成單純的填空任務。本來可能會想到一些其他的元素，或其他的事件、角色與劇情轉折，但寫下大綱之後，這些來不及萌芽的想法就消失了。

　　馬修‧史卡德會到處進行訪查，通常他前往某處與某人交談之前，我完全不知道那個人最後會說些什麼。《惡魔預知死亡》（*The Devil Knows You're Dead*）中史卡德追查被謀殺的死者，因緣際會之下訪問了一位女子，她是平裝書出版商，幾年前雇用了受害者。寫到那一幕之前，我本來不清楚那個人在哪裡工作，也不認識那名女子。看著她生動地浮現在書頁之間，並帶出一個完整的背景設定，這個經驗非常棒。在我心中，那是本書中最棒的一幕，要是從大綱下手，我無法想像自己寫出那樣的場景。

還是有許多作家使用大綱，認為若缺少這個工具，故事將會失焦。為避免大綱影響創作力，這些作家使用大綱，但拒絕受到限制，只要直覺告訴他們應該調整方向，就會立刻拋下原本的大綱。

　　關於投稿大綱幾點延伸的想法：

　　多數經紀人與編輯都有太多東西等著他們去讀。說來不幸，儘管他們之所以進入這個產業，多半因為這輩子都熱愛閱讀，不過用不了多久，他們必須負擔的龐大閱讀量就不再是樂趣而是一種例行公事。

　　我前面提過，經紀人比較有意願推銷完整的稿件，編輯也比較可能購買。這一點現在還是沒變。不過這些人基本上不會想突然在辦公桌上發現整份書稿。他們會希望你能提供兩、三章內容以及一份大綱，在許多狀況下這不只是個人偏好，更是指定作法。

　　這麼一來你該怎麼做呢？寫完一整本書嗎？或者寄出幾章和一份大綱？

　　我建議你兩者都進行。首先，請寫完整本書。是否使用大綱就看你的習慣，但請將書全部寫完。

　　接著，從第四章開始，回頭撰寫事後大綱。你交稿時，提供大綱和第一到三章，並在信中提到自己已經寫完整本書，如果出版社或經紀人有需要，你很樂意提供其餘稿件。

　　同樣也請注意，無論經紀人或編輯要求紙本或電子稿件，都是相同的流程。

7 運用你的所知，以及你的無知

Using What You Know...and What You Don't Know

　　調查是我們用以掩蓋詐術的工具，藉此不讓讀者看清，但並不代表調查的目的就在於讓故事變得真實。調查是為了要讓故事「看起來」真實，這兩者差別很大。

寫你知道的東西

　　這個傳統觀念現在聽起來的合理度，跟我一開始想當作家時聽到的一模一樣。我極為佩服的幾位作家，例如湯瑪士‧伍爾夫和身兼詩人的作家詹姆斯‧T‧法雷爾，他們寫過我認為整套都在坦白自述的系列小說。有些作家的作品內容顯然緣於自身生活經驗。簡介作者背景的一則則書衣文案上，每個作家似乎都有讓人事主管打從心裡驚嚇的工作經歷。我很快就發現，作家這種人都生長於印地安保留地，後來隨馬戲團逃走，然後有幾年在遊歷各地，以摘水果維生，在鐵路公司當工人，在伐木場做油炸工，在貧民區的學校當老師。加入步兵師後經歷了一場戰役，花了幾年時間做商船的船員。跟灰熊搏鬥過，上過一個愛斯基摩女人——或是反過來才對？

　　不重要。我總有兩個選擇，這件事昭然若揭。我可以漫步世上，到處收集故事與小說的題材；或者，我可以深探過往生活，訴說一個期盼中的世界，描述我在紐約水牛城長大，來自托爾斯泰跟我們保證全無不同的快樂家庭之一，究竟是什麼樣的感覺。

　　我早就認清自己生來不適合寫傳統自傳體小說。雖然我不認為自己的家庭和童年不包含那種小說的材料，但我既不夠靈敏，也沒有適合的情感素質將那樣的背景轉成虛構作品，即便許多作家都成功做到這件事。

　　我也無意以冒險精神大步走進世界，準備好面對灰熊，或是比灰熊更狠的女人。我急得要命——不是急著累積經驗，而是急著開始忙真正的寫作事業。我說過了，我在還很嫩的年紀就開始以寫作維生了。我沒法寫自己的經歷，因為我當時根本沒有經

歷，天啊！

　　無論如何，很多作家都是這樣。雖然部分人真的先冒險過，才學習如何打字，但通常不是如此。現實中，真正過冒險生活的大部分人，從來沒機會寫作；他們的未來永遠有另一隻灰熊。他們太傾向追求新鮮的經驗，以至於無法操心積聚於寧靜的情感，一如桂冠詩人華茲華斯（William Wordsworth）所描述的詩之起源。即使我們一開始就有廣大的生活經驗作背景，不管有沒有冒險，通常仍會傾向在小說中使用自己的過去，然後發現自己像過度積極的將軍，提早耗盡自己的補給，變得無依無靠。大多數作家不用寫很多書就會消耗完自己開始寫作前累積的經歷。之後我們要怎麼收集新的經歷？我們一直坐在房間裡，盯著空氣看，忙著敲打字機的按鍵，要怎麼將那個經驗變成小說？

　　書寫經驗的難處，可以用類型小說來生動說明。舉例來說，我自己的犯罪小說領域裡，從經驗來看，我無從著手。我不像喬・勾爾斯當過私家偵探，不像約瑟夫・溫豹（Joseph Wambaugh）當過警察，也不像喬治・希金斯（George V. Higgins）做過州檢察官。我沒在街頭角落工作過，也沒在牢裡消磨過時光，一如老是出入監獄的馬爾康・布雷利（Malcolm Braly）或當過銀行搶匪的阿爾・訥斯鮑姆，總之我目前沒有這種經歷。

　　無所謂，我每次工作仍會使用自身背景與經驗，而且也一樣常運用自己不知道的事，用來結合調查與捏造之處，以供給自身背景與經歷無法供應之物。

活用自身經驗的三個好方法

我們來一一說明。要怎麼利用自己可能很平凡的背景與經歷？以下是使用你既知之事的幾個方法。

1. 將故事線形塑到適合你的個人知識與經驗中。

來看看我們在前面章節以大綱形式仔細研究過的哥德小說。記得那個前提嗎？「一個年輕寡婦受雇在得文郡郊外某間屋子裡為古董家具鑑價……」或許你研究一下哥德小說之後，也會想到一模一樣的情節。只有這些問題：家具是所謂路易十五的風格，但你不會分辨路易十五跟水管工路易有什麼不同，你對於「荒地」與「空地」的分別沒有概念，你離得文郡最接近的時候，是攤開地圖的時候。

答案可能看起來很明顯，這故事會變成講一個奇怪的密蘇里州水管工，擁有一塊空地的故事，不過經由此種方法寫出的稿子，交給哥德小說的編輯可能很詭異。比較不極端的解決方法是，仔細研究你的故事線，看看如何調整才能使它配合你手上的材料，為你服務。

你說你一點都不懂古董家具？噢，沒關係，但你懂哪些東西呢？書籍珍本？也許你的女主角受雇為祖傳圖書館鑑價。你有美術方面的背景嗎？也許她受雇去清潔和修復畫作，或為畫作鑑價之類的。你熟悉任何一種收藏品嗎？稀有郵票或硬幣？舊瓷器？十九世紀的藥瓶？羅馬玻璃？大洋洲的藝術品？這種方式可以成功改造出大量情節，加上巧妙的手法，你不用太費力，就能發現如何讓這種故事符合你能提供的專業知識。

2. 為素材加上熟悉的背景設定。

假設你從未離鄉背井，一直待在密蘇里州聖約瑟夫、蒙大拿州標特、紐約州的本森赫斯特或水牛城，你要怎麼寫年輕寡婦發生在得文郡荒地裡的故事？如何讓這個故事有可信度？

你能做的第一件事，就是決定故事到底是否必須發生在得文郡。也許聖約瑟夫邊界有孤零零的房子能作為背景，不輸英國西部狂風吹得咯吱作響的任何老宅。也許現實中沒有這種地方，但你可以很輕易地在自己的想像中蓋一棟。也許你可以很快搞懂住在這種房子、受你劇情推動的聖約瑟夫居民是什麼樣子。儘管你原本大綱裡的荒地居民是指涉得文郡的鎮民。簡而言之，也許你可以將情節的所有重要元素，移植到自身的故鄉土地。

如果你辦得到這一點，那就不算作弊了。相反地，你只是讓故事更加接近自己，讓故事源於你自己的經驗，反映你自己的感受。或許有上百名作家都可以就幻想中的得文郡荒野，寫出一本沒有問題的書，可是有多少作家可以寫出你的故事？寫你故鄉郊外某間老農莊，如今由原屋主的子孫居住，田一畝一畝逐年賣了，市郊的新住宅包圍了它，老農莊卻仍然又酷又難以接近，而且……

懂了嗎？

另一方面，或許故事必須發生在得文郡有其理由，因為某個特定的情節要素，你認為關乎你想寫的故事本質，就像西部故事的作者局限於將背景設定在舊日的西部，你必須將這本書的故事背景設定在得文郡。

好吧。我們很快就會了解，你能藉研究做許多事，增加背景設定的可信度。然而也有另一個方法，讓你活用自己的背景，將

背景設定在地球的彼端。

你可能不會分辨荒地與空地，但如果你曾經穿越中央平原，在那種無窮廣大、孤單、一望無際的平坦之地，可以試著想起那種感覺。你或許在沙漠有過同樣感覺。或者，你可能在一個與荒地完全沒有相似性的地域，體驗過可以相比的孤立感，比如身處森林，或是一團亂的時代廣場群眾中央，關在正在高速公路上的車裡。位置本身沒那麼重要，**只要尋找你大量的過往經驗，像使用方法演技的演員一樣使用這些經驗，選擇能幫助你的東西，不是因為它與你筆下的環境一樣，而是因為這些經驗有著相對應的情感。**

同樣地，你可以選擇一間自己熟悉的房子，將它直接放在那片荒地上。你的研究或許告知你，故事中需要附帶樑柱的都鐸王朝式建築，然而你可以拿其他房子的細節寫進去，比如你念小學時，馬路另一端所有小孩都怕的那棟房子。

3. 探索你的背景與經驗，從中尋找故事的點子。

我們稍早談論閱讀和分析時，了解到若你熟悉了類型，就可以用某些方法訓練大腦想出適合該類型的情節點子。同樣地，你做的研究，以及你身為作家的知覺力，應該讓你有能力研究自身背景，尋找有利於作品的元素。

我讀中學時，某天下午回家，發現我媽出門前把家裡鎖起來了。我繞著屋子，從牛奶滑槽爬進去。這個成就看起來就像把一頭駱駝塞過針眼一樣，因為牛奶槽的尺寸極小，我這個尚未萌芽的未來作家，身材圓胖得討厭。好幾次即便門沒鎖，我仍然樂於重現這個程序，娛樂朋友和親戚。至今我依舊記得自己扭著身體

穿過牆上的洞，頭下腳上地落在一團混亂的拖把、掃把和擦洗用水桶上。那個牛奶槽從戰後就沒用過了，開口向著一個凌亂的掃把櫃。

現在我寫關於小偷的書（或許多年前我第一次發現不法入口令人興奮時，已經播下了種子）。我寫了三本書在講柏尼·羅登拔，都沒有用上那個牛奶槽入口，可是我一週前左右想起那件事，從寫小偷的立場來看，立刻發現許多方式能夠把這件小事放進關於小偷的小說裡，我在腦中琢磨各種可能性，並全數歸檔到我稱之為大腦的掃除間，某天非常可能會派上用場。

同樣地，你當下正在經歷的事情，也會成為送進磨坊有待處理的穀物。我似乎每次進入建築物，都無法不思考柏尼會以何種非法方式侵入。我參觀博物館時，看見的不只是重要的歷史與藝術藏品，還有他可以偷的東西。我最近去了一趟倫敦，參觀了林肯法學會廣場（Lincoln's Inn Fields）的約翰·索恩爵士博物館（Sir John Soane's Museum），發現那裡陳列了一把槍的照片。索恩深信那把槍曾經屬於拿破崙，所以買了下來，可是那把槍其實完全是假貨，關於它來源的整個故事，是一個當鋪老闆的謊言。然而展示品只有那張照片，因為那把槍不管假不假，其實已經在一九六九年於這間博物館遭竊。

就算我只為學齡前兒童寫小貓咪和小兔子的故事，也會覺得這件事有意思。既然我寫小偷的故事，我立刻想到六種不同方式，可以將這個物品寫進小說裡。我也許永遠不會寫進來，但身為作家的目光與想像力接收了一個博物館的展品，將它變成小說的素材，有一天或許會據此寫成一篇小說。

你花越多時間在做這件事，習慣的養成就會變得越重要。想

想職業作家的矛盾之處：他寫自己的經驗，使用自己的過去，但是獲得的成功越大，他越不可能儲存有用的嶄新經驗。坐在桌前對著打字機，可得不到多少新鮮收穫。此外，雖然我與其他作家的相處，讓我獲得無數不可或缺的刺激，但我可不太常從他們身上找素材。

汲取朋友的生活經驗

令人開心的一點，是我喜愛在書桌以外的地方花大量時間。我的交友圈包括各式各樣的人，他們的談話讓我進入我永遠無法探勘的各種世界。我的一個警察朋友某天就說了三、四件事，這些事可能遲早會出現在我的書裡，與他來往變得非常重要，他可以加強也加深我對警察生活的概念。

幾年前，一個朋友跟我說：他當時任職邁阿密海灘飯店經理的父親，某晚與約翰·D·麥克唐諾一起度過。身為麥克唐諾長久以來的粉絲，我非常有興趣知道他是什麼樣子，說了什麼話。

「噢，他根本沒多少話想說，」我朋友說：「他只讓我爸說。而且他很顯然是全世界最棒的聽眾，因為一個晚上過去後，我爸還不太了解約翰·D·麥克唐諾，但麥克唐諾卻知道了一大堆飯店經理和西摩·德斯納的生命歷史。」

就是這樣。大量作家享受主持聚會，坐好大聊我們的作品。這對於自尊心當然是場豐盛的大餐，可是如果我們並不光聊自己，反而努力引出別人的故事，那就善用了這段時間，讓我們隨後能得到屬於自己的故事。

認識伊凡‧杭特之後，我發現他很擅長和人說話——說得更精確一點，擅長**聽人說話**。他搭個計程車就能問出司機的生平故事。我會完全忽略計程車司機的存在，伊凡則能夠讓對方暢所欲言，誰知道什麼樣的內容之後會成為書的一部分呢？

至於牛奶滑道，後來出現在雅賊系列的小說裡面。柏尼回想起跟我相似的童年往事，隨後則用類似的手法犯下成人罪行。

善用上述的這種談話，就是作家常用的創作方式，即使作家心裡不確定自己在研究什麼，或是最終會拿它來做什麼用途。每一段談話、每一本讀物、每一個新的到訪之地，都是無窮無盡、無所不包的不特定調查。

前文所述順理成章地使我們轉向特定調查的工作——希望你順道注意我轉移焦點的這些技巧。我們現在已經了解既知之事的使用方式，如果遇上了不知道的事，又該怎麼讓自己過關？

回到假想的哥德小說，那位在得文郡荒野鑑定家具的寡婦的故事。我們已經考察過幾個方法，它們可以用來改變故事，使其配合作者自身的知識及經歷。假設出於某個原因，我們考慮過這些方法，但又全部排除，因為我們太喜歡某個情節元素，無法犧牲它，所以必須限定在古董家具工作，以及得文郡這個地點。

解決之道很明顯：你得做調查。你開始寫作之前，對得文郡及古董生意必須有足夠知識，好讓你有把握寫它們。

你不用成為專家。我特別強調這句話，是因為它值得強調。調查的成果無價，但將調查維持在比例內也很重要。你不是寫《古董家具的百科全書》，也不是寫《得文郡與康瓦耳的綜合旅遊指南》，你可以參考這兩本書，可以參考許多其他的書，但沒

人會考你其中的內容。

整體而言，我絲毫不懷疑調查過多比太少好。不過，有時調查會變成一個誘使人不去寫作的因素。

幾年前我尚未寫前述第一本小說，當時我決定，第一本書很適合寫一九一六年都柏林復活節起義，也就是一本歷史小說。我對愛爾蘭大致上一無所知，對那次起義也不甚清楚，所以就這個主題讀了幾本書。我決定從最源頭開始了解，這很重要；然後我進一步決定，如果我不徹底了解英國歷史，就無法適當地把握住愛爾蘭歷史。於是我著手收集該主題的大量書籍。你可能會問：英國受諾曼第人征服前的六卷歷史，跟我小說的主題到底有何關聯？我現在回答得出來了。回想起來，我顯然覺得讀歷史比起寫那本小說，是更合我意的出路。此外，我覺得買書比讀書更吸引人。

多年過去，我確實讀了不少英國及愛爾蘭歷史，動機是消遣多過調查，也肯定這確實以不同的方式豐富了我的寫作。可是，我從來沒真的寫愛爾蘭小說，也懷疑是否應該寫，畢竟我一開始就沒真的想透過調查結果來寫它。

如果打算寫一九一六年的愛爾蘭，很難透過閱讀英國中世紀歷史來預作準備，不過我知道有個女生差點就這麼做了。一九八四年有幾個月的時間，美國推理作家協會贊助我舉辦作家工作坊。其中有位學員準備飛去耶路撒冷，她想要在動筆之前對當地有點認識。如果她正打算寫部長篇小說可能還有點道理，不過我們是短篇故事工作坊，至於她想寫的懸疑短篇，城市幾乎只能算是附帶設定。她需要知道耶路撒冷的所有路名和當地的風景，我

提醒她這些資料不用離開紐約也能找到。她才發現自己之所以那麼用心調查，不過就是想延後必須坐下來寫東西的可怕時刻。

傳奇的菸草公司總裁喬治・華盛頓・希爾（George Washington Hill），老說自己花在廣告的半數錢不折不扣浪費了。「問題是，」他補充說：「我沒辦法知道浪費的到底是哪一半。」

調查工作就很像這種情形。對於我們一直在討論的假想小說，你最好廣泛地瀏覽古董家具方面的書，四處吸收一點，試圖對古董事務理出一個概念，同時決定在小說裡要處理哪一種家具，盡可能摘取現實細節與零碎術語，好讓你的作品得以呈現更真實的風味。

大略讀過這些文章，或許再加上拜訪幾次古董店和拍賣會，這些都應該要優先於為小說策畫整體情節，不管策畫工作是否包含正式書寫大綱。以這種方式進行的話，透過調查所建立的觀點非常可能使那本書的實際情節更豐富。詳細安排過情節之後，你就可以回去做更具體的調查，取得你的小說所需的現實細節。

我就是這樣處理《喜歡引用吉卜齡的賊》。那本書的原始提案中，我提出一個空泛的大綱，說明經營書店作職業掩護的柏尼・羅登拔，受雇從某個收藏家那裡偷走一個來路不明的物品，交給另一個收藏家。我醞釀這個點子時，決定讓遭竊的物品是某一種書，因為我認為這很適合柏尼身為書店老闆的掩護身分。

由於我設想雇用他的人屬於上流大人物的類型，我有了一個念頭，將那本難以到手的書設定成吉卜齡（Rudyard Kipling）的作品。我因此利用抱滿懷的稀有書籍目錄，確認吉卜齡在古籍珍

本市場的地位，同時也找了一本吉卜齡的傳記來讀。

我做的調查，以及令我自豪的作家想像力，兩者相輔相成。我推敲出那本書是吉卜齡決定毀掉的私印版，是流傳下來的唯一一本，因為吉卜齡當時已經將它送給自己的至交，也就是作家亨利・萊德・海格（Henry Rider Haggard）。我據此安排書中情節，接著，既然我已經知道自己尋找的目標，就回到研究桌去繼續認識吉卜齡。我讀了一本他的詩集，也另外選了一些軼聞作素材。

然後我開始寫那本書。寫作過程中，因為某些問題需求，我不時停下，針對某幾點做過一些調查。

我可以做更多調查。我可以讀吉卜齡的所有作品，而非將閱讀範圍侷限在詩集和《原來如此故事集》（*Just So Stories*）。我不覺得自己多了解一些，對書會造成任何負面影響，因為我永遠可能偶然發現某樣東西能豐富我的小說。

同樣地，我做的調查如果遠遠小於這個範圍，也能寫出這本書。我可以發明罕見的吉卜齡作品，不用費力將這本書根植於他的真實人生。調查得比較少，我猜也可以寫得夠好，但就不會像現在的成品如此出色（無論整體價值為何）。

任何領域所需的調查範圍及深度，絕對要看主觀評斷。如果那本吉卜齡的書在這本推理小說中，占的位置比較不算核心，我鑽研那個題目到這個深度，就是在浪費時間。如果它在書中影響的範圍更大。這樣假設好了，如果整個謎團決定於吉卜齡這個大人物一生的幾個事件，那麼就可能需要更全面的調查。

如果你用古董家具來取代上述吉卜齡的位置，就會了解如何將同樣原則應用於那本哥德小說。如果讓任何不熟悉的題目在你

的小說占有一席之地，你就能了解調查所需的程度。

地理調查呢？如果要將小說背景設在某個地方，你認為得對那裡了解多少？

同理，合理的調查量既依憑主觀又得按照比例，且要將可行性納入考量。我曾花一下午在林園山莊（Forest Hills Gardens）附近走動，因為柏尼就是來這裡偷吉卜齡詩集《拯救巴克羅堡》（*The Deliverance of Fort Bucklow*）。然而我只要出門花五角美金搭地鐵，就能抵達林園山莊。如果寫的是前文論及的哥德小說──我開始覺得我好像真的正在寫了──我很難為了讓作品帶有當地色彩，就花錢飛去得文郡。

另一方面，如果我覺得這本哥德小說有足夠的優勢，以至於可能會超越類型，有望進入「暢銷圈」，那我可能的確值得為此飛去得文郡，增加這本書的規模。然而如果我的情節不過是一塊實實在在的朽木，不可能變成什麼好物，我絕不希望我耗費在調查上的成本，相等於成書應該會帶來的收穫。

我的譚納系列作品裡，男主角通常在每本書中都會拜訪八到十個國家，他不睡覺，也好像不會累，迅速走遍全世界。要虛構一個地點到讓人接受的地步，你就準備一份不賴的地圖，大量的旅遊指南，這件事沒有那麼難。適時加上一些細節與靈巧的筆法，可以幫助你的書看起來更加真實，勝過你用數個月又貴又痛苦的田野調查得來的收穫。

我得不情願地說：這種調查可能會傷害一本書，因為它通常讓人花費過多的時間與金錢。在某些即使稍嫌無知也行得通的情況下，這樣做也毫無意義。譚納的系列作品裡，我相當確定巴爾幹半島的背景設定與現實沒有多少關係。接著，我同樣確定絕大

多數的讀者沒有意識到，我這版的南斯拉夫對照現實的南斯拉夫，兩者有何不同。為了要說我想說的故事，便自由地將南斯拉夫寫成我希望中的樣子，好像我是一個科幻小說家，依照我的創作目的隨意形塑一個沒在書中載明的星球。

我不知道現在用這個方式創作會多愜意，因為我已經成為更慎重的作家，漸漸地失去行為輕率的自信。我也知道，如果我當時面對的市場中，讀者熟知南斯拉夫的第一手資料，傲慢就會是一個錯誤。讀者不會容忍的事情之一，就是發現作者顯然不知道自己在講什麼。

詹姆斯・哈德里・蔡斯（James Hadley Chase）的作品就是這件事的好例子。蔡斯的冷硬派懸疑小說故事背景設定在美國。雖然他可能短暫拜訪過美國，但絕對沒有在這片土地實際生活過。他寫的美國地點，聽起來從不真實，寫美國俚語則錯得離譜，他讓筆下角色呈現的美國口音就像倫敦的小販一樣。因此他的小說在美國從來沒賣得多好，大部分都沒在這裡出版。

可是在英國的話，這件事就不構成傷害。他的部分讀者可能會發現詹姆斯・哈德里・蔡斯的美國，相較於艾德加・萊斯・巴勒斯（Edgar Rice Burroughs）筆下的人猿泰山所居的非洲，兩者在現實上很相近，但是讀者並未常常注意到其中的虛假。他們看這些書，是為了動作與懸疑的層面，不是為了旅遊見聞的價值。所以一年又一年過去，蔡斯的作品在英國還是賣得非常好。

偽造的藝術

因為蔡斯小說中的美國與現實差異如此之大，所以他就成了

不怎麼樣的作家嗎？我不這麼覺得。**我認為這件事值得你記住：偽造正是小說的核心與靈魂。**除非你從事偽裝成小說的純自傳寫作，否則你會持續發現自己在施行幻想家的黑暗藝術，做偽造品的生意。我們所有的故事不過是一堆謊言。調查是我們用以掩蓋詐術的工具，藉此不讓讀者看清，但並不代表調查的目的就在於讓故事變得真實；調查是為了要讓故事「看起來」真實，這兩者差別很大。

有時一些小細節就能變把戲了。它們提供現實的幻覺，效果遠遠強過令人腦袋麻木的各種空虛事實與人物。有時偽造的細節也跟真實的一樣有效。柏尼‧羅登拔會讚賞地談起雷布森鎖（Rabson），讓我看起來好像頗為專業。不過，根本沒雷布森這個製鎖品牌，那是我從雷克斯‧史陶特小說裡借來的名字。阿奇‧顧德溫老是會講到雷布森鎖。

小小的「真實筆法」，有時會發生得相當意外。我讀《譚納的非常泰冒險》（*Two For Tanner*）未分頁的校樣時，一度震驚，因為書中身在曼谷的中情局特務指著「情報站、會面處與掩護單位——一家旅行社、一家土波店（tobbo shop）、一家雞尾酒吧、一間餐廳⋯⋯」

土波店？

土波店是什麼啊？

我查了原稿，我寫的是一家「菸草店」（tobacco shop）。某個有創意的鑄造排字機操作員大大改良了這個字，我考慮後，認為土波店可以是完美的中情局掩護單位，這添加了一流的少許當地色彩。

所以我就沒有改掉。

現在我很期待某天會看到別人的小說談到惡名昭彰的泰國土波店。說不定某個富有創業精神的泰國人，某天會開一間自己的土波店。誰說不會？怪事層出不窮啊！

善用人脈，善用他人對作家的熱心

　　調查中有一部分非常重要，包括運用人脈與朋友。你和一個地下工程工人、資源回收業者或債券業務員消磨時光，比起讀該項目的書，可以更深入地了解從事那一行的感覺。擁有某種專業知識的朋友，常常可以幫助你解決情節策畫的小問題。如果你向他們提出一個問題，他們或許有能力想到你從未想到的解決之道。

　　我發現寫完書之後，人脈甚至變得更有用。他們可以讀原稿，或許就會看到一旦印出來會遭人恥笑，讓憤怒的讀者無止盡寄信表達怒火的那種大錯。舉個例子：我不太了解槍，大概永遠不會有機會摸透它，畢竟這個東西對我的吸引力有限。然而我學到要偶爾與熱愛槍枝的朋友確認相關細節，否則那些氣沖沖的槍枝迷寄給我的信，郵差都送到累了。

　　我不會太擔心自己會因此給認識的人添麻煩。人們喜歡在自己的專業領域裡幫助作家，我認為這麼做是滋養對方的自尊，此外也讓他們在寫作的世界得到一個短暫的角色，畢竟那個世界對外人來說具有一些魔力與浪漫氛圍。我不知道他們認為何處有魔力，但我的確知道有比例驚人的大眾願意特別費心幫助作家，你用得上他們的幫助時，利用這份幫助很合理。

＊　　＊

　　進入電腦時代後，調查完全是另外一回事。現在幾乎不用花什麼時間就能查得到所有事情，過去要在圖書館找上一整天的資料量，還比不上我坐在書桌前挖到的內容。

　　想要深入研究某項主題，還是得抱著一疊書坐下來，或者找專家聊一聊。不過大部分的時候，我們只需要懂得夠多，不需要搞得一清二楚。

　　兩個名詞：谷歌搜尋引擎、維基百科。

　　不管是在我寫《八百萬種寫法》初版的年代，或那本書裡提到的任何作品寫成的年代，這兩者都還沒出現。現在則很難想像完全不連上網路或使用相關資源進行寫作。兩位從事電影業的朋友慷慨出借小辦公室，而我頭一天坐下來就先問 Wi-Fi 密碼。朋友就跟我一樣依賴網路，所以我知道這裡一定有 Wi-Fi。這樣很棒，畢竟不能上網的話，我來這邊做什麼？

　　作家之間很流行「自由」這個免付費應用程式，你可以隨意設定十五分鐘或一個小時，那段時間內應用程式不會讓你上網。「自由」幫助你免於上網浪費時間。

　　我下載之後試著使用了一次，然後決定讓這東西見鬼去吧。程式運作沒有問題，不過每隔一陣子我就得強制關掉限制，因為需要查點資料：某個國家的首都、某一本書的出版日，還有某個人名的正確拼法等等，無數為避免筆誤而需要知道的資訊。沒錯，我可以不顧一切先往下寫，就算錯了也可以晚點修正，不過為什麼不一開始就搞對呢？

　　我待在費城寫《深藍色眼睛的女孩》（*The Girl with the Deep*

運用你的所知，以及你的無知　153

Blue Eyes），有天早上 Wi-Fi 暫時出了問題。我打算把故事設定在虛構的郡區，所以要想個地名。迦勒汀郡聽起來很棒，不過是不是本來就有這麼個地方？

整本書的寫作過程我都泡在網路上：確認地圖、構思安排。我的主角花了很多空閒時間看電視上的經典偵探片，維基百科提供演員表和劇情提要。我一開始沒料到他用這種方式打發時間，不可能準備參考用書，不過也用不著帶書。我需要什麼資料電腦都能找到。

作家可能藉口需要查資料，拖著不寫。不過除了這類風險，「懂得太多」從來就不是問題。你累積越多相關知識，就越能挑出正確的核心要點，也越能剪裁出適合的背景設定，讓一本書感覺起來更加真實可信。

資訊太少雖然危險，但有些情況下資訊太多也一樣，你可能會過於沉迷自己獲得的知識。「那很讚欸。」你這麼告訴自己：「拖慢故事節奏又怎樣？我得和讀者們分享這個新知！」

成果可能會是一本讀起來非常辛苦的書。幾年前有個朋友跟我分享過，他很享受為了新書查資料的過程，其實他不用說，我一讀就能發現他獲得了什麼新知，還有忍不住想跟讀者分享的心情。這些訊息不停阻礙故事的進行，而且還讓故事帶著一股大學期中報告的味道。

有些作家雇用研究員，並且宣稱要是沒有這些研究員提供的背景資料和數據，自己絕對想不出關鍵的劇情要素。或許真有此事，比方埃蒙・萊納德（Elmore Leonard）就認為他的研究員非常寶貴，多年來給了他許多幫助。

不過我卻想到萊納德的《致命一集》（*Killshot*），主角為了追捕壞人，得在密西西比河上的鐵礦船工作一陣子。接著我們就看到那人撥電話給太太，分享礦船多麼迷人、什麼樣的人會在礦船上工作，還有在河上的生活。我覺得那通電話算是有趣，不過程度還是比不上萊納德和他的研究員，而且我很清楚為什麼會出現這一段劇情。萊納德捨不得浪費研究員找到的資料，所以無論適不適合，還是加了這段情節。

　　埃蒙·萊納德是個非常棒的作家，據他形容自己作品的特色就是「不寫讀者會跳過的內容」。這個嘛，大多數的時候啦⋯⋯

8 起跑
Getting Started

關於小說開場，大家有兩派想法：一派認為重要之處在於寫下來，另一派則認為寫對它才重要。兩者都相當有確實根據，差別在於側重面向的不同，而且這個標準會隨不同作者與不同小說而變化。

每一本小說都有開頭、中段及結尾。

這個珍貴資訊，我一開始是在大學首次研讀寫作時得知，其後又反覆聽過無數次。我將這句話傳給各位，因為我從來沒能真正觸及這句話的根本真理。

我試圖想出過去二十年裡，小說有開頭、中段及結尾這件事，哪一次對我產生了幫助，結果一次也想不出來。在當時，我也知道了另一件事，那就是一九三八年的懷俄明州，為每個男人、女人及小孩，各生產了三分之一磅的可食用乾燥豆。這個事實縈繞我心中這麼多年，一樣沒給我多少好處。不過我把這句話傳下去，不管它的價值為何。

開頭、中段和結尾？

我們就從開頭著手。

第一章 決定一本書的銷量

開場很重要。在更從容的時代裡，例如幾個世紀以前，長篇小說家的感受幾乎都屬於自己。當時沒有收音機與電視這些競爭者，身邊也沒有眾多小說家，這個形式是嶄新的，生活整體的步調較為輕緩。沒有車，更別說登月火箭。人可以慢慢來，也認為別人會慢慢來，無論是生活或出版品皆然。

因此當時的長篇小說可以沉著地從零開始。長長的第一章可能是完整的事件摘要，使讀者獲知發生於故事開始之前的事件。喬治王朝及維多利亞時期的小說裡，第一章的內容往往是一張廣大的家譜，故事的主角甚至到了第二章才出生。

現在狀況不一樣了。長篇小說像尖峰時段的地鐵乘客一樣擠

在一起，踮著腳高喊：「看我！看我！」它們彼此競爭，也與無數其他休閒活動一同叫囂，爭取大眾的青睞。不過讀者準備進行長時間的休閒閱讀，根本沒心情花在整理家譜的第一章。他希望書立刻抓住他的興趣，如果不然，找別本書來讀，是讀者在世界上最容易辦到的事。

「第一章能刺激這本書的銷售量，」米基·史畢蘭說：「最後一章是刺激下一本的。」

聽說史畢蘭也主張先寫書的最後一章。他的整本書都在預備營造結局的衝擊，這是他自創的理論，所以他最好先寫最後一個場景，達到強而有力的高潮，然後再寫書的其他部分作為開頭。我看得出他這麼做的邏輯，但我們要暫時以你大致上會按次序寫書為前提，從第一章開始討論。別的不說，這麼做會讓編頁碼變得簡單多了。

回到重點，**第一章的確會刺激書的銷售量，如果成功了，讀者一定會迅速受到故事吸引。事件進展必須要讓讀者可以立即融入。如果你能以動作戲、肢體碰撞的場面來開頭，那就更好了。**

新手常常處理不好這件事。我知道自己就曾是如此。我的幾個第一章都容易淪為人物介紹。我會寫人物剛抵達鎮上，或剛搬進一間新的公寓；或者，我投入新書第一章時，人物也投入自己人生的新篇章。他們會遇見別人，從交談帶來新發現。哪一種方法能用鋼鐵般的力氣抓住讀者的注意力啊？

我的小技巧：不要從開頭著手

我有一個小技巧要跟各位分享。我學到這個技巧差不多有二

十年了，從未遺忘，現在你花九塊九十五分美金就是你的了。如果我是你，花錢買了這本書只得到這個收穫，我也不覺得我有理由抱怨。所以注意好了。

不要從開頭著手。

讓我告訴你，我第一次是如何聽到這幾個寶貴的字。當時我寫了一本推理小說，是以我本名出版的第二本，金牌（Gold Medal）出版社給了它極容易受遺忘的書名，叫做《死神的詭計》（*Death Pulls a Doublecross*）。那本書是相當徹底的偵探小說，模式近於錢德勒與麥克唐諾的作品，主角是艾德·倫敦（Ed London），一個友善的私家偵探，不斷抽菸斗及喝大量白蘭地，除此之外沒有出眾的特色。他在書裡不曾受過頭部攻擊或是摔下整段樓梯。這些是我唯二會避免的老套招數。

這本書在原稿中，開場是有個討厭鬼拜訪倫敦。他是倫敦姊妹的丈夫，情婦最近遭人殺害，他受迫背起黑鍋，或是她留了什麼珍貴或糟糕的東西給他。第二章裡，倫敦用一張厚重的中東風地毯捲起那位年輕小姐的遺骸，帶她到中央公園，把毯子攤開，將她交給老天爺。接著倫敦就展開破案工作。

我把這本書給亨利·莫里森（Henry Morrison）看，他當時是我的經紀人。他從頭到尾讀完，沒有批評，然後打電話給我討論。

「把你的頭兩章對調。」他說。

「啊？」我說。

「把第二章放最前面，」他有耐心地說：「然後把第一章放到它後面。你得在打字機前面順過，這樣轉場才會流暢，不過改寫的地方應該非常少。我的想法，是你從動作戲中間開場，寫倫

敦正載著屍體前進，之後你再回去解釋他在做什麼，當時心裡在想什麼。」

「噢。」我迅速瞄了一下，看自己頭上是不是有一個燈泡成形，像漫畫裡一樣。

這件事做起來很簡單，也沒有讓《死神的詭計》有望獲得愛倫坡獎。那些阿拉伯風味沒有成功達到目的，然而它的確為這本書做了難以計量的改善。藉著用第二章開頭，我以正在進行的動作戲為這本書開場。它是動態的，有事情正在發生，讀者根本不知道艾德‧倫敦是誰，也不知道用布哈拉毯子像薄餅包起司般裹住的年輕小姐是誰，但讀者之後有大量時間解開原因。等動作戲讓他上鉤以後。

（讀者可能會進一步懷疑艾德‧倫敦哪來的力氣搬動裹著屍體的地毯，畢竟那種地毯很重，即使裡面沒有屍體也一樣。我過了好幾年才想到這個問題。）

自從死神要了這個詭計之後，我就常常使用這個方法來開場。譚納系列的七本書全部使用這個設計。其中幾本書，我先寫了一章，然後才回去說明這本書的前提；其他幾本書中，我讓故事線跑個兩、三章之後，才倒敘說明這些人是誰，他們在做什麼，以及這樣做的原因。譚納系列中，這個技巧輔助了一個次要目的：第一章或前幾章裡，譚納通常會陷入困境——《譚納的非常泰冒險》的開頭，譚納在泰國北部，身處一個懸吊竹籠，得知自己在日出時分就要遭到處決；《作廢的捷克人》（*The Canceled Czech*）裡，譚納在捷克的一列火車上，面臨警察向他索要護照；《譚納的非洲大冒險》（*Me Tanner, You Jane*）裡，譚納在莫多諾真的慘遭活埋。這股張力持續下去，甚至強迫讀者因倒敘而

停頓，藉此使張力提高。這種效果就像舊式連續劇，不到最後一刻不知道結果。

在開頭之後開頭的這件事，對懸疑、冒險、動作類型的小說都很自然。然而在人物不會遭扔下捷克火車，不會遭活埋或在天亮時槍斃的那類小說裡，這種作法也有效。如果你的故事是一個年輕人在大城市裡失去了純真的自我，你不用以他抵達都市開始寫。你可以改以別的事開場，描寫他和他在抵達數週後開始約會的女孩。他們在一個派對上，或在床上，或在吵架，或隨便什麼的。寫的人是你，不是我。在下一章裡，你可以接著寫進任何必須寫進來的背景。**記得，重點是讓讀者融入，讓他關心接下來會發生什麼事。你的執行方法，就是讓人物處於動作、爭執、行動，而不是坐在一張公園長凳上，沉思人生的意義。**

地位最高的主流小說裡，有過無數以這種方針建立結構的例子，開場設計得讓事件擁有好的開頭。的確，我讀過許多小說的第一章帶出一個緊要關頭，隨後的三十章則詳述主角完整的一生，直到緊要關頭出現的這一刻，然後以最後一章來化解這個危機。身兼劇作家及小說家的傑洛姆・魏德曼（Jerome Weidman），他的作品《敵營》（*The Enemy Camp*），就是這一招的活見證。大致說來，我覺得這個方法實在好過頭了，如果可以明講問題，並在兩章之內解決，在明講與解決它之間，為什麼得要費力完成十萬字的背景說明呢？

好的開頭 vs 壞的開頭

小說以事件之初來開場，永遠都是錯的嗎？

當然不是。「永遠」是我們努力保持距離的字眼，記得吧？關於寫小說，沒有多少事是絕對的，將開頭延後的「第一件事其次說」原則當然也不是。它有用極了，而且永遠值得考慮，可是有時展開小說的最佳方式，就是最自然的路。換句話說，就由事件開頭來起頭。

　　我用自己的作品舉幾個例子：

　　《致命蜜月》的主角是一對新婚夫婦。在他們的新婚之夜，惡棍們在附近的湖濱小屋殺了一個人。至於壞人們痛打新郎，強暴新娘，這部分幾乎是事後補敘。主角沒有將此事報警，而是自己動身追殺壞人。我認為強暴事件特別重要，因為它為隨後的每件事提供動機，讓伸張正義的活動能令人接受，甚至令人欽佩，而且比起後續進行緩慢的章節裡夫妻倆開始以實際行動追蹤凶手，強暴事件的動作與複雜狀況都較多。如果開場寫他們在打電話、查城市工商名錄，接著才倒敘強暴事件，那就太蠢了。

　　《這種人很危險》（*Such Men Are Dangerous*），這是我以筆名保羅・卡瓦納（Paul Kavanagh）發表的作品，這本書寫一個筋疲力竭的退役特種部隊隊員瀕臨崩潰邊緣，所以趕往佛羅里達州珊瑚群島的某個島嶼，過著遁世的生活。接著一個類似中情局幹員的人突然到來，將他捲入一樁犯罪案。這個故事使用「第一件事其次說」就很自然，但我更想在開頭建立主角的性格，因為我認為那是書中最重要的元素。此外，我想在那個人物設法去島嶼之前，先帶出他經歷性格上的崩毀過程，接著再呈現他孤獨而自給自足地度過幾個月後，產生的前後對比。

　　《父之罪》（*The Sins of the Fathers*）是史卡德系列的第一本，始於他受雇於被害人的父親，隨後的行動發展緩慢，所以我

現在覺得如果按時間順序排列事件，這本書會建構得更加有力。然而下一本史卡德系列作品亦同，兩本都是以「第一件事其次說」的原則開場。

關於小說開場，大家有兩派想法：**一派認為重要之處在於寫下來，另一派則認為寫對它才重要。**兩者都相當有確實根據，差別在於側重面向的不同，而且這個標準會隨不同作者與不同小說而變化。

拿我自己來說：一本書在我落筆之前，永遠都不完全真實。大綱或長版大綱的文字，不知為何，並不算數。我得真正寫作，從打字機逐張拉出完成的文章與對話。那些紙張可能沒有任何真正的意義，我可能會扔了它們，或重寫它們很多次，然後書才會有最終的形狀。可是它們開始長得像完稿的樣子，而當它們開始累積在打字機的左邊，我就知道自己真的在進行寫書這個奇妙過程。

因此我在尚未釐清這本書的樣貌時，可能就會草率地開始寫。**我寫頭幾章的第一稿，常常是處於這種釐清的過程。人物的大量必要資訊，以及他們所捲入的情節，來自我在書寫過程中的發現。**

《喜歡引用吉卜齡的賊》就是這樣。

關於柏尼·羅登拔的作品，我已經寫了兩本，可能不用再打五十頁的初稿來認識他。就情節看來，我也不是盲目前進，坐下來寫第一頁的時候，我很清楚知道至少前一百頁的情節。

即使這樣，五十頁後，我覺得我不喜歡自己寫出來的東西。步調對我來說不對勁，我想除掉幾個人物，壓縮幾個場景。我寫了五十頁之後，更加了解柏尼和他的密友卡洛琳·凱瑟之間的關

係，所以想重寫一次，這樣就可以在前面幾頁重新定義這個關係；我對情節的了解，也新增了許多我開始寫時還不知道的一些細節，我想在開頭就為這些事打地基。

另一方面，我寫《第一個人死了之後》時，非常清楚開頭，但不太曉得之後會發生什麼事。前提夠單純了：一個人在酒後喪失知覺時，殺了一個妓女，因此入獄。他藉著六〇年代畫時代的某個引人爭議的判決而獲得釋放──就是米蘭達（Miranda）、艾斯考波多（Escobedo）、基甸（Gideon）那幾件知名案子之一。這本書以「第一件事其次說」原則的形式開場，艾力克斯正緩慢從昏迷中醒來，身在時代廣場某個旅館的房間。他看見一個女子死於地上的血泊中，因為想到自己又做了這種事而大受衝擊。第二章裡，他決定要像上一次一樣不自首，但要逃之夭夭。接著我們終於知道他是誰，以及他似乎又做了一次的事情是什麼。然後倒敘完畢，他搜索自己的回憶，想起自己昏迷之前極短暫的一刻，這短暫的一刻足以讓他相信，自己沒有殺了那個妓女，而他得去找出凶手。這本書的其餘部分，就是他為這件事付出的努力。

我開始寫這本書的時候，還不知道凶手的身分。哪些人會有嫌疑？我甚至對此也毫無頭緒。我真正知道的一點，就是自己想開始寫這本書。那個場景在我的腦海裡相當鮮明，而我寫它的時候，對於主角身分的想法，足以讓我動筆寫第二章。在此之後，我一邊寫一邊大量添入情節。而我從不需要重寫那表現良好的頭兩章，儘管我寫它們時，還不知道後面會發生什麼事。

不過大致說來，頭兩章比隨後的章節更容易需要重寫，至少我自己的小說裡是如此。如果是如此，就得選擇立刻重寫開頭，

或繼續寫下去，等完成第一稿再重寫開頭。

　　同樣地，這個決定要看個人，你可隨意選擇。先寫下來，還是先寫好它？我的結論，是我寫書比較喜歡邊寫邊重寫，不然我很可能在專注於第十五章時，就會老是煩躁地想起第一章到第三章得在打字機前重來一遍。我們會在討論重寫的那一章再次提到這個普遍的兩難，但它似乎值得在這裡短暫地提起，因為開頭的部分，太常容易變得與書中其他部分不同步。

　　知道開頭很可能需要重寫，這件事有時會讓你變得太過隨便。出於這個理由，我寫作永遠有一個自我提醒：我正在寫的東西，有一天會印刷出版，每個字都不可磨滅。

　　然而這只是我的方法。對於其他作家，這種隨便可能值得鼓勵。對於在劣質紙上打出令人害臊又發育不全的第一稿，他不情願的程度，或許遠低於要他刻在石碑上。

　　重點就像我之前所說的：選擇不在於寫下它或是寫對它。重要的是你選擇有用的那條路。

　　前面提到上世紀或更久之前，小說比較能夠慢慢發展情節。夏洛克·福爾摩斯登場之作《血字的研究》（*A Study in Scarlet*）正是如此。這本小說漫長的第一章其實沒有情節。讀者看到場景設定在貝克街221B，但可以說什麼都沒發生。我們現在已經習慣那個時代的小說就是這樣，不過那本小說最開始是在雜誌上連載，就讓我覺得特別值得一提。畢竟詳細描述故事的場景之後，讀者得再等上一整個月才能知道到底會不會有事發生。

　　前面也提過，我幾乎整天都泡在網路上，而且時常不太知道

這本書要怎麼進行就開始寫。這樣往往都行得通，故事會自己找到令人滿意的結尾。

不過配合這章的主題，我也有個可能值得一提的例子。

好幾年前，我想到可以用在馬修‧史卡德系列的點子。說得準確一點，我想到的是故事結尾。我彷彿能看見那個高潮場景的每一項細節，也清楚怎麼寫最有可能走到那個結局。

我很清楚這點子不錯，決定好好想一想，多構思故事的架構。不過我思考得越久，結尾越是自顧自地在我腦中重播。對白自行產生，動作的片段也非常明顯。我認為自己可以直接坐下來寫完最後一章，而且內容肯定不錯。不過在那之前還需要十五到二十來章，我一點想法也沒有。

現在我已經能接受自己只知道該怎麼開頭，因為可以放手一試：坐下來開始打字，等寫到第一章的結尾，大概就會知道第二章要寫些什麼，依此類推。很多人都聽過 E‧L‧多克托羅的觀察，他認為寫小說就像開夜車，只能看到頭燈照得到的地方，不過還是可以就這麼穿越這個國家。

只要知道該怎麼開始。

不過如果只知道如何結尾，你他媽的該怎麼做？你沒辦法直接寫下來，然後等著故事告訴你是怎麼走到這一步的。寫小說不是這樣子。

我已知道故事結尾，剩下的任務是找到前面的故事。努力了幾個月，終於在維珍尼亞創意藝術中心（VCCA）駐村時想到了點子，於是我開始動筆。

幾週後我寫了將近兩百頁，也就在此時我心痛地明白自己走錯了方向。我還剩兩週可以待在VCCA，但也知道不能把剩下的

時間都花在這本書上，只好暫時擱置晚點再重頭來過。

　　我好好把握剩下的兩週，花了幾天時間寫短篇故事。兩篇賣給《花花公子》，其中一篇〈答覆士兵〉（Answers to Soldier）寫到名叫凱勒的殺手，他後來成了五本系列作的主角。

　　幾個月後，我找到適合展開那本史卡德小說的方向。失敗的開頭讓我更能掌握自己想要怎麼說故事，我在維吉尼亞州寫了超過三萬字，但後來只用到半頁。不過要是沒寫過那些不能用的內容，我不覺得自己找得到這個故事應該進行的方式。

　　我得說這很值得。那本小說就是《屠宰場之舞》（A Dance at the Slaughterhouse），出版後收到許多來自讀者和書評的好評，還贏得了愛倫坡獎[16]。也因此，雖然這本小說的寫作過程不太尋常，但我並不懊悔。

　　不過我依然不會想要再經歷一次這個過程，也不會想推薦給任何人。無論你按照順序寫作，或者先跳過一些說明和設定，然後再回頭倒敘，我會說你只要動手開始寫，絕對會比沒動筆之前更清楚自己的書該怎麼起頭。

16　Edgar Allan Poe award：美國推理作家協會創辦的文學獎，名稱取自美國著名推理小說作家。

9 著手書寫
Getting It Written

　　我們就別跟自己開玩笑了，這件事的確需要自律。即使是想像中最沉悶的一天，我也永遠找得到寫作以外的事情來做。我有無數選擇啊，我可以看書，可以看電視，可以拿起電話撥給任何一個人，可以去開冰箱，或是我可以不要做這些事，而是坐到打字機前，無中生有，將字句排序，然後在紙上繼續開展。

　　除非我可以總是選擇去工作，否則不會寫出書來。

自律：讓寫作成為你每日必做之事

寫小說是辛苦的工作。

寫好任何東西都不容易，無論是史詩三部曲，或是為防臭劑比賽寫打油詩的最後一行。然而講到長篇小說，就算你寫的是爛作品，也要工作得又久又辛苦。這或許能幫忙說明，糟糕的業餘詩人何以遠遠多過糟糕的業餘小說家。寫一首好詩，也許就像寫出一本好小說那麼困難。甚至更難；可是任何滑稽的傢伙有了削尖的鉛筆，就能寫出十二行韻文，然後稱之為詩；但另一方面，不是任何一個滑稽的傢伙都能寫滿兩百頁的文章，然後稱之為小說。只有比較毅然決然的滑稽鬼，才能完成這個任務。

「我永遠都當不了作家。」我認識許多人都跟我這樣說。「因為我就是沒有必要的自我紀律，我會一直找其他事來做，永遠不會找時間去寫書。無法完成任何東西。」

我們就別跟自己開玩笑了，這件事的確需要自律。即使是想像中最沉悶的一天，我也永遠找得到寫作以外的事情來做。我有無數選擇啊，我可以看書，可以看電視，可以拿起電話撥給任何一個人，可以去開冰箱，或是我可以不要做這些事，而是坐到打字機前，無中生有，將字句排序，然後在紙上繼續開展。

除非我可以總是選擇去工作，否則不會寫出書來。

自律有各式各樣的型態。關於這一點，我們可以思考世上既知最多產的兩位作家，喬治・西默農（Georges Simenon）與約翰・克雷西（John Creasey）。他們都寫了幾百本書，而且在犯罪小說的領域達到可觀的聲望。

約翰・克雷西每天寫作。他一週工作七天，一年工作五十二

週，每天早上吃飯之前就生產將近兩千個字。他的例行程序從來不變，不管在家或出國，疲倦或是精力充沛。他起床，刷了牙，然後就開始寫作。他承認自己有點強迫症，若沒有先做繁重的寫作工作，他就無法放鬆、享受一天的時光。如果你一天寫兩千個字，每年就會寫將近十二本書，而克雷西大半輩子都在這樣做。

喬治·西默農的方法就完全不一樣。你可能看過電視紀錄片介紹他的寫作習慣，因為他在教育頻道有可觀的曝光率。一般說來，他會收個行李，帶上一台打字機，旅行到某個歐洲城市，然後住進一家旅店。他會在旅店以你想像中最專注的方式工作，徹底埋首於作品，期間避免與人接觸，十到十二天內就寫出一份完稿。那本書寫完後，他就會回家，繼續過他的平常生活，讓下一部小說的情節逐漸發展，最後再前往另一個城市，再次重複這個過程。

過去二十年來，我自己的寫作方法常常改變，永遠在修正，以適應我的心境、年齡與不同的特殊狀況。初期的時候，西默農的方法對我有巨大的吸引力。我有時仍然認為，在盡可能短的時間內完成一本書，這想法有其值得稱道之處。用這種方式寫書，你在寫作時會持續投入其中，而這種投入有時的確會非常激烈。

我有時會在短短三天內就寫完一本書，另外有幾本書只寫了七、八天，這些書可能跟我做過的任何事一樣好。我絕不認為自己將這些書寫得那麼快是一個錯誤，不過我現在也完全不想做那種事了。

我現在一天完成的分量，不是二、三十頁，而是五到七頁。年齡很可能是一個因素，但我不太贊同這是唯一的因素，它甚至也不是主要的因素。我想有一點無論如何都很重要，那就是我成

了更謹慎也更有彈性的作家。我還是魯莽又自大的拙劣年輕寫作者的時候，很幸運地擁有非常有用的那種短視近利性格。換句話說，我可以一發現處理一本書的方法，就低下頭去，直接進攻，然後完成它。現在我的視野變大，更容易察覺到多種可能性，察覺到對於身為作家的自己來說，可行的選擇各式各樣。我有能力看出建構一個場景的許多方法，較慢的步調有助於我在其中做出選擇，選取我覺得最適合的方法。

幾年前，我都在深夜工作，這是我再也不做的另一件事。我深信熬夜的魅力部分在於隨之而來的畫面——寂寞的辛勞工作者，以無數咖啡、無數根菸來振作自己的精神，在全世界沉睡之時，只有他奮勇戰鬥。此外還有一個實際的因素，那就是我的家人，他們就像全世界一樣都睡著了，因此我才得以不受打擾地工作，這是我虔誠期盼的完美境界，如果有所謂完美境界的話。

接著，同樣地，在那個階段，我較屬於夜間活動的人物。我覺得睿智對待早晨的方式，就是睡滿一早上，日出則是睡覺的前一刻可看的奇蹟畫面。

噢，嗯，唯一的不變，也改變了。現在我的工作時間幾乎永遠安排在一天的開始，而不是結尾。早餐之後是我最常完成工作的時刻。我想工作到很晚的時候，就發現自己的腦袋不行了。如果我有六到八小時睡眠將腦中垃圾清掉，早晨一開始就神清氣爽多了。

多數專業作家似乎也發現這件事是真的。不少人表示他們以前在晚上或深夜工作，但逐漸變為晨型作家。有些人仍然在晚上工作，並認為這是他們唯一能工作的時間。有的人能在任何時間工作，只要他們有精神就行。

神奇的答案不存在，例外絕對比規則多，所以我不會幻想鼓吹任何人放棄看似沒問題的方式。然而如果你想決定要在一天的哪個時間寫作，我非常強烈推薦在早晨一開始就工作，特別是推薦給有非書寫工作在身的作家。要寫很容易，如果要寫得好，先睡過一晚，會比辛苦工作一天後更佳。選擇在早晨喝了咖啡後寫作，而不是在艱辛工作後，喝完馬丁尼再寫，也是比較正確的策略。

　　有一點比你何時坐在打字機前更重要，那就是選擇坐到打字機前的頻率。我基於自己與其他人的經驗，最深信穩定創作的好處。它不無例外——例外永遠都在——但是對於寫出一本成功小說的人，定期與持續地寫作是一個規則。他們換寫下一本書時會休息，或是會在同一本書換寫下一稿的時候休息，但是他們工作的時候，就是好好地工作。一週五到六天，甚至七天，直到工作完成。

　　這件事之所以重要，有兩個原因。你工作得越穩定，顯然就會越快完成這份巨大的任務。如果你一天寫兩頁，兩百頁就花你一百天。如果你每天寫，你就要花三個月又多一點點來完成這本書。如果你平均一週只寫三天，同一本書會花上大半年。

　　我認為更重要的一點，在於穩定地日復一日寫一本書。這會讓你從開始到完成都融入這本書，且讓那本書持續清楚待在你腦袋裡，不管是你坐在打字機前的時間，或是你玩樂、閱讀、睡覺的那段期間，你和那本書會成為彼此的一部分。情節出現問題時，你可以無意識地想出這些問題的對策。你不用在一天工作剛開始的時候，停下來讀你已經寫完的部分，然後努力回想上週停寫的時候，自己有著什麼想法。

作家赫伯特・勾德說：「小說家必須每天思考、幻想自己的故事。詩人和寫故事的人才可以尋求靈感迸發的午夜，拿鵝毛筆沾腦殼裡的墨水。」身兼詩人的犯罪小說家約瑟夫・韓森則說：「寫作是你早上醒來該做的事，就像吃早餐或刷牙一樣，結果我這樣說讓很多年輕小說家都生氣了，可是就是這樣啊。或是說：最好是這樣。」

決定一日工作量：烏龜總是跑贏兔子

等你決定寫作時間與寫作的頻率之後，有另外一件事要解決，那就是每天的寫作分量，或是寫作時數。

有些作家在每個工作天都寫特定的時數。我從來沒這樣寫作，調查結果讓我認為絕大多數行家為自己設定的步調，多是看創作產量，而不是創作所花的時間。

我絕對更安於跟自己約定寫五頁的稿子，而非在打字機前花上三小時。其一，我花多少時間工作，似乎並不是重點，畢竟沒人付時薪給我，也沒有人會來檢查我是否在指定的時間拿那個老時鐘打卡。花固定時間工作的點子，也許有助於緩和一個人的良心，但是我不覺得這跟寫作有多少關係。

我在某些日子寫得很順，花一小時就可以光榮地完成五頁。發生這種事的話，這一天的其餘時間，我就可以自由做自己想做的事。我學會要自己就此停筆，因為我的大腦在寫完五頁之後，就已經累了，不管寫完這五頁花了一小時或三小時。

某些日子裡，寫作龜速進行，我也許花五小時才能得到這麼多的可用頁數，這些日子沒時間做任何娛樂活動，但我學到要堅

持下去，不管花多久時間。因為即使你寫得這麼痛苦，這幾頁往往讀起來仍像寫得毫不費力的那幾頁一樣流暢。但如果我在三小時後放棄，這幾頁就根本不會寫出來。

我在職業生涯之初，差不多就是用這個方法，花兩週寫軟調性愛小說，五天工作，週末休息，然後再以五天來完成這本書。當時我一天寫二十頁，現在寫五頁，但基本原則相同。

你自己決定你要完成幾頁。我的步調會照我寫的書改變。某些小說似乎需要較高度的專注，這時比五頁更少的頁數就會累到我了。有的小說則不知為何能夠很自然地以較快速的步調前進。

你可能覺得自己可以輕鬆勝任的分量就是一天一頁。沒問題，一週工作六天，你一年就會寫出一本書。你可能覺得自己可以沒有壓力地一口氣寫十頁、二十頁、三十頁，這也沒問題，祝你玩得開心。我的問卷回覆顯示多數行家一天寫四到五頁，但這不代表你的每日目標頁數與之不同，就是比較不專業。**他們安於那個數字，是因為他們發現那個分量對他們來說是正確的，一如你會為自己的寫作找到正確的步調。**

關於這一點，你或許要試著避免一件事，那就是嘗試拓增自己的產量。這種超載原則適用於舉重，當你舉起更高的重量，你處理更多重量的能力就隨之而增，不過放在寫作就行不通了。試著每天比前一天多寫一點，這是很吸引人，我仍然覺得自己時不時會掙扎地抗拒這個誘惑，甚至過了那麼多年後，依然如此，唉。如果我今天可以寫五頁，明天何不寫六頁？後天就寫七頁？就這件事來說，如果我真的興奮起來，今天就寫了七頁，這表示我明天絕對最少可以寫七頁，對吧？

不對，不是這樣。

事實上，這種超載往往帶來枯竭。我接下來可以合理地休息幾天，畢竟我今天超前了進度吧？然後我意識過來的時候，發現自己已經完全沒有在持續創作了。我高興就寫，不高興就不寫，竊取休假日，然後又試著加倍工作補償。這本書因此受害，稿子寫得比本來該花的時間長，烏龜又一次在終點線贏了兔子。

這件事的格言是「慢慢來」。找到自己的正確步調，確定這個步調不會成為壓力，然後堅持下去。如果你真的某天多寫了一、兩頁，不要浪費時間去想這件事，將它視為一個偶發事件就好，沒什麼好悔恨，也不必努力讓這個狀況再出現。第二天天亮後，恢復你的規律步調，繼續一天寫一段時間。

每日工作的最佳熱身：校對

我在完稿之後自行校對稿子，已經有幾年時間了。我討厭做這件事。我在最後一頁的中間寫上「完」之後，就可以像馬拉松跑者越過終點線，直接躺下來，而不是慢慢跑回原路，看自己是不是在路上掉了鑰匙。

最後我總是草率地校對原稿。這沒引起重大災害，反正我擅長寫出頗為俐落的稿子。可是過了許多年後，我找到一個方法，能避免在書寫之後，面對這件討厭的麻煩事，而且帶來意想不到的額外好處，所以我要與各位分享。

祕訣是一邊寫書一邊校對。不是一次一頁，這個當然，但我不是一次校對一章，就是一次校對一天份的稿子。我在一天的工作尾聲完成這件小雜事，否則就是在第二天開始工作前執行。

這種持續進行式的校對，擁有三重效果。首先，它讓我持續

深度融入這本書，特別是在次日先做這件事，接著才開始做當日工作。校對的過程中，我會回到昨日停下時的狀態，讓大腦準備好繼續敘事。

第二，若我要處理的篇幅很少，不是龐然大物，我做校對就徹底多了。我能夠花時間注意自己想做的改動，能看出風格上的不一致，並且立刻改變。

第三，我因此更安於自己完成的作品，因為堆在打字機左側的紙頁，形式上的完成度更高了。沒錯，我最後可能會重寫整份該死的東西，但這麼做在這個階段無關緊要。我寫作的時候，就個人來說，這些堆疊俐落的紙張就是排字機操作員拿來排字的依據。

雖然我們在討論校對，但是離題一下，我寫作的時候，傾向在打錯的字與寫錯的片語上畫叉，校對的時候，再用粗大的記號筆，將這些叉號從段落中塗掉。為了迅速完成，我第一次瀏覽稿件的時候，只處理那些打叉的部分，第二次以細頭筆看稿時，就可以更從容地專注於內容。

在我看來，你的假設相當大膽。你似乎理所當然地認為，我只需要移動到打字機前，每件事就水到渠成。我腦袋一片空白的日子怎麼辦？

回答這個問題有幾個方式。一開始我得說：要保證我今天會完成工作，我所能採取最重要的步驟，就是坐到桌前的椅子，面對打字機。雖說你人到了打字機前，腦袋也不一定會跟著過來，可是反過來就確然無疑：如果我不面對工作，工作就不會完成，沒什麼別的好說。

儘管如此，我的心思似乎沒要工作時，通常代表兩件事：不是因為想不出來接下來發生什麼事而動彈不得，就是心態上不讓手指碰鍵盤，以免我對自己的句子不滿意，即使是在心裡構句也一樣。

　　第一個問題，也就是無法決定接下來發生什麼事，九成以上是來自某種心理投射。我最常發生的狀況，是雖然知道今天要寫的五頁會發生什麼事，卻在擔心明天會發生的事，或是後天的，或是四月初的某個時候。

　　往這個方向想下去會發狂。**我越能只專注在自己今天要寫的東西，就發現自己越是準備好要完成今日的工作量。**

　　明天通常會自己看著辦。你要了解，我不是在詆毀嚴密計畫的價值。這就是大綱有時很有用的原因，不管你的大綱規規矩矩，抑或根本沒寫下來。計畫在逐日進行的基礎上，會一直都有幫助。我常常會在晚上放下看到一半的雜誌，讓大腦深思作品在數日後會遇上的情節問題。

　　然而我在寫作時，如果只關注當日的書寫工作，表現會最好。因為我當時能夠處理的只有這件事，我沒法今天寫明天該寫的內容，就像今天不能呼吸明天的空氣一樣。事實上，我不知道明天要寫什麼，這件事對今天的影響根本不大。我今天不用知道，而且等明天降臨，我需要知道內容的時候，我可能就已經有答案了。它會從我今天要寫的部分長出來，大腦的無意識層面，會在現在與未來之間啟動某種程序，自行發展出之後要寫的東西。

　　然而我有時會知道接下來的發展，無論是今天或明天的內容。讓我停滯不前的原因，是我寫出的字句看起來就是不對勁。

似乎什麼都行不通，我開始憂鬱地懷疑自己的大腦受損。

這將我們引到第二個問題：有些日子裡，你唯一能做的就是看電影。可是這種日子不是真的非常多。遇上腦袋像裝滿棉花糖的早晨，我學到自己該坐下來，寫到每天該寫的分量，無論如何還是要寫。

我跟自己達成一個協議。我完全允許自己認定這五頁其實讀起來就像長臂猩猩打的字，如果我第二天早上討厭它們了，我可以摸著良心扔了它們，可是同時也得坐下來，寫下這五頁，不管成果將是好是壞。

我常用這個手段，最後寫出完全可令人接受的五頁稿子，次數頻繁到說出來會嚇你一跳。我可能途中會從打字機扯掉很多張紙，將它們揉成一團，用力扔進廢紙簍，對空氣大罵精采的髒話，可是最後寫出的那五頁，通常若不是妙得出奇，就是依然維持我寫作的一般水準。我真的極少在次日早上丟掉那五頁，不過儘管發生了，這痛苦的體驗還是讓我有所成長，這股掙扎帶來的衝擊，會解開某些問題，讓我得以用銳利的眼光處理前一天還極度混亂的工作。

你每天要完成的分量，不能高到成為自己的負擔，這件事很重要。就我來說，我永遠都能從打字機擠出五頁，這是我可以處理的負荷量。如果我將目標訂高一點，或許狀況好的日子能順利寫完，但狀況不好的日子，要寫十到十二頁真的會嚇壞我，讓我反而一點也寫不出來，不但沒進度，還會賠掉衝勁。

寫作陷於停滯的原因，有時不在於計畫失敗或頭腦混亂，而是因為有東西不對勁，我們在下一章討論這件事。

＊　　＊

在進入下一章前，大概應該提一下，我自己的現在寫作方式也變了。

一九七八年之後，我幾乎每一次都選擇離家工作。這不是說我沒有花時間待在家裡的辦公室，我會在家裡面更新部落格、寫文章和短篇故事、在社交媒體上與世界保持聯繫、回覆收件夾中多得令人意外的郵件，而且還（就承認吧）不知道在電腦上玩了幾場撲克牌遊戲。

不過要是準備寫書，我就會離開。

我剛開始從事作家這行就偶爾這麼做。只要某一本書進行得不順利，我就會打包書稿、打字機和一套換洗用的內衣褲，另外找個地方寫作，地點通常都是其他城市的旅館。

一九八七年的夏天，我想寫雅賊系列的第六個故事，但又對自己沒什麼信心，於是頭一次訂了寫作營。那時我住在佛羅里達州，而且就在準備出發前往維吉尼亞州的前一週，腦中突然浮現人們往東邊徒步穿越美國的畫面。

接下來幾天，我的腦袋塞滿越來越多情節，這本書顯然非常希望被寫出來，我不認為自己接下來那個月還有辦法寫其他的東西。這會是由多個視角構成的龐雜故事，不過或許我可以搞定一部分初稿。

我開車出發，在維吉尼亞州訂到兩間房，分別用來睡覺和工作，我收拾一下就睡了。早上我踏進工作室寫了二十頁，接下來的二十三天重複這樣的過程，的確很像多克托羅那個開夜車的比喻。我每天早上都很清楚自己當天要寫什麼，而過了二十三天之

後手上有四百六十頁的書稿，然後我收拾行李回家去。

（我也該提一下那本書是由托爾出版社出版的《酒保隨行》〔*Random Walk*〕，而且賣得很差。儘管這個故事很想被寫出來，顯然沒那麼在意是否有人讀。不過除了賣得不好，我個人覺得這本書非常成功，至今都還記得寫作當下那種驚奇且快樂的感受。）

這讓我喜歡上駐村的形式，因此過去三十年間，我數度回到維吉尼亞創意藝術中心，或者前往伊利諾州的雷岱格駐村。過了某個年紀之後，我覺得這太像吱吱喳喳的小孩參加夏令營，已經有好一陣子沒有駐村，不過我對自己在那邊待的日子心懷感激，也全心全意地推薦這種（或其他類似的）寫作方式。

近年來我會以自己的形式駐村。在紐奧良一間租來的公寓裡面寫了本小說（殺手凱勒系列的《殺手打帶跑》（*Hit and Run*）），後來再度造訪那間公寓，將另一本小說改寫成劇本。佛州西礁島借來的公寓、舊金山田德隆區的廉價旅館，我在這兩個地方各寫了幾本書。入住愛爾蘭的利斯托維爾阿穆飯店，在跨文化的衝擊下寫出背景在緬甸的《冰上的密探》（*Tanner on Ice*）。最近則是在為期五週的荷美大西洋遊艇之旅寫了《數湯匙的賊》（*The Burglar who Counted the Spoons*），在賓州租來的民宿中完成《深藍色眼睛的女孩》。

講都講不完。

重點在於這樣的安排對我來說非常完美。一般來說，在臨時住所醒來的頭一天早上，我就會坐下來開始寫作。而且如果沒寫到一定的量，不會停下來休息。打字機時代自然用頁數來計算，電腦時代使用字數其實更單純，當然也更準確。（準確得多了。

「一頁幾個字？」就跟「一條線多長？」一樣，收錄在答不上來的大哉問題集。）

　　無論我頭一天設定了多少寫作量（通常介於兩千到四千字之間），那會成為我進行那本書的節奏。沒寫到那個量我不會休息，也不會超過太多。多半會一週七天都在寫作，不過有些時候可能會休息個一天。

所以你已經不推薦每天寫個四、五頁囉？

　　我當然還是推薦你這麼做，只不過現在比較常建議一天寫一千到一千五百個字。這對多數作者來說效果最好，我也有很長一段時間這麼做。只是隨著時間過去，我變得比較像西默農，而非克雷西，喜歡找個安靜的地方短期間密集工作，而不是拉長到一整年的規律作業。

　　無論採取哪種方式，重點就是堅持下去寫完它。無論哪種方式都能達成。在鍵盤前工作一整天令我筋疲力盡，累到不行，這麼費力的事情竟然只消耗這麼一點熱量。想想似乎不太公平。

10 障礙、死巷與歧途
Snags, Dead Ends and False Trails

　　有時候我寫第十一章遇上困難，直接可歸因於我寫第十章的方式。如果我在書裡拐錯彎，可能過了一段路才會遇上阻礙。

　　答案夠明顯了，你得折回十五碼來踢球。換句話說：我得回到拐錯彎的地方，從那裡開始重寫。

那些胎死腹中的書

　　有時一本書就是會直接跑去撞牆。它會愉快地移動，讓你得到一種偽安全感——還有別種安全感嗎？——然後一個輪子掉下來，好啦，你只知道這是自己的錯，你應該會有可以處理的方法。

　　如果我有一個夠神奇的答案，我就不會寫這本書了。不是我不願意跟各位分享精妙的見解，是我太忙於收拾多年來跑去撞牆的十幾本書，以及其後就以未完成狀態繼續待在抽屜與鞋盒裡枯萎的書。

　　我說的不是在打字機上敲出一、兩章，發現開頭失敗了，就認為做壞了，放棄它。它們只是我在旗竿上升起來的點子，沒有人敬禮的話，我想都不想就會將它們拉下來了。不是這種狀況，我說的是持續寫了五十頁、一百頁或一百五十頁後，開始發覺某個東西就是不對勁。可能是它們不對勁，或是寫它們的人不對勁，接著它們就不再有動靜了。

　　我自己發生這個狀況的某些例子，是因為我寫書的習性裡，對於自己的方向沒有非常清楚的概念。我確信若自己永遠依據夠清楚的大綱來寫作，遇到死巷的頻率就會低得多。另一方面，我願意採納好好寫出的序章，隨著它前進，看它會往哪個方向去，這讓我得以寫出自己最成功的幾本小說。如果一大堆失敗的開頭，是我沿路必須付出的代價，我認為值得。

　　儘管如此，對於一本永遠不會寫完的書來說，投資大量時間與努力從不有趣，更別說心理和情感上的影響。舒伯特（Franz Schubert）的〈未完成交響曲〉（Unfinished Symphony）是每個交

響樂團熟知的演奏曲目；狄更斯去世時尚未完成的《艾德溫・德魯德之謎》（*The Mystery of Edwin Drood*），至今仍在印行。但這些例子不等於我胎死腹中的文學產物會在某天有所成就。雖然為它們遺憾是在浪費時間，我當然希望失敗的作品未來越少越好。

我逐漸認清一件事：幾乎在寫任何一本書的時候，都會在某個點遇上撞牆期。我知道馬拉松跑者跑到二十哩左右會出現這種耗竭感，因為他們體內儲存的肝醣耗盡。他們無論如何還是繼續前進，仍以自己的雙腳完成競賽。

我大多數懸疑小說的稿子，是兩百頁出頭，可能寫到六萬字左右。這些書常常在第一百二十頁左右去撞牆。這個時候，我會對書失去自信，或者更精準地說，我開始不相信自己能寫好這本書。情節不是太簡單又直截，無法抓住讀者的興趣，就是太複雜，無法俐落地解套。我擔心事件不夠多，擔心主角的境遇不夠絕望，擔心我的注意力轉向別處時，這本書就變得無聊了。

我逐漸發現這股執念大部分是幻覺。我不知道自己何以有這種錯覺，但我懷疑它反映了我的幾種心態，與這本書關聯不大。無論如何，我從經驗知道這本書可能根本沒有不對勁，如果繼續寫，脫離這個危機，可能在稿子最後三分之一的部分會開始寫得相對輕鬆，這本書也會沒問題。

然而若我擱置這份稿子，等著什麼好事發生，很可能就永遠不會回去寫它了。

也許不是每個人都如此，但痛苦的經驗讓我明白自己就是如此。寫小說寫到沒力時，到處都是想休息的誘惑。休息會帶來有利的結果，聽起來很合理。「為自己充電」這種說法很容易跑進心裡，但這個念頭恐怕是源自你的一廂情願，畢竟與一本難寫的

書奮鬥是討厭的事，你當然會極度希望去做別的事，任何事都好，總之不是繼續寫。**然而這種舉動要付出的代價，通常就是你不會完成這本書了。**

我很少回去寫自己放棄的書。或許這樣也好，或許它們最好就在路邊發爛，可是我不這麼覺得。在我看來，我放棄的書中，有幾本只是在第一百二十頁附近撞牆，如果堅持下去，它們也會順利完成。我因為中斷寫作，犧牲了之前累積的所有動力。此外，我也失去對其人物及背景的掌握，已經從自己的意識與無意識裡拔除這本書。

請各位了解，我指的不是偶爾做一、兩天的休息。若過度努力地工作太久，需要放鬆的時候，休息可能對我有幫助。可是當我擱置一本書長達一週或一個月，從容地選擇將它束之高閣，同時在寫別的東西時，其實等於是永遠放棄它了。

突破障礙，回到拐錯彎的地方開始重寫

這說明了一點：其實永遠有許多書會碰到障礙、遇上死巷，或是誤入歧途。既然你決定自己該堅持下去，主要的問題，就在於如何達成這個任務。

麻煩常常在於情節。如果你寫大綱的方式，就像我一樣，將這本書的前端寫出較全面的敘述，盲目地相信後面的章節會自己想辦法，那麼問題通常就在於計畫接下來的發展。推理小說中，事件展開的時候，真相也該同時逐漸揭露，所以要搞清楚實際狀況，困難就會加倍。

然而小心翼翼寫大綱的人，也可能會有同樣的情節問題。對

他們來說——或對我來說，畢竟我也有幾本書用了詳細的大綱——問題可能出在小說發展到與大綱分家的時候。或許在這樣的狀況下，某個人物成形了，卻讓預定發生的事變得不再可行。我們稍早討論過彈性的重要，你得願意修正大綱，使得它能配合小說的自然成長。所以發生這種狀況的時候，你等於是和沒有大綱的作家站在同樣的位置，得釐清接下來的發展。

我想到這種障礙時，心裡浮出的畫面是堵塞的河中落木。我通常心裡會有夠多點子，但它們就像河中浮盪的木材一樣堵在一起，互相卡住。如果我可以直接將障礙搖散開來，這本書就會毫無困難地順流而下。

我發現將思緒搖散開來的最佳方法，就是用打字機跟自己對話，絮絮叨叨，不要注意風格或意義，寫出的東西結合意識的流動、給自己的信，以及書中其餘部分的大綱。等這些東西不再有用，我通常會扔掉。我從來不覺得留遺物給子孫有任何意義，子孫極可能對我的書沒興趣，更別說我為作品剪掉的指甲。然而在我寫最新那本書的過程中，曾一頭栽進情節問題，當時頗為嚴重。我正是藉著用打字機跟自己講廢話，解決了這個困境，目前還沒拋棄我寫的那些胡言亂語，因為我發現它們或許能幫助我描寫現在這一本書的某個重點。我在寫《喜歡引用吉卜齡的賊》遇上困難時，就是這樣對自己講話的：

好，這本書接下來往哪邊走？柏尼照威金的指令，從亞克萊特那裡偷走了書。然後他去了波拉克宅跟威金見面。波拉克對他下藥，他醒來之後，她竟被殺了，而他揹了黑鍋。同時，錫克人想要從柏尼這裡帶走那本書，但是拿錯書了。

好。假設那個錫克人的老闆是印度齋浦的大君。麥德琳‧波拉克受到某人的控制，偷了那本書，將它賣給亞克萊特。假設波拉克跟亞克萊特上床，受他控制好了。柏尼可以從她衣櫃裡皮草大衣的標籤知道這件事。她跟威金彼此認識──所以她才戴假髮去書店──而她發現威金要藉柏尼之手偷走那本書。

假設某個沙烏地阿拉伯大亨專門收集反猶太物品，亞克萊特想用這本書跟他談妥一筆進出口交易，給對方一個甜頭。亞克萊特夠格用收藏家的身分跟那個沙烏地阿拉伯人討論書。

假設這些書有幾十本。威金掌握了英國的貯藏處，在每一本上面都假造了海格的題字，一次賣一本給有錢的書籍收藏家，並且加上但書，要買方保密。他賣了一本給亞克萊特，然後發現亞克萊特要拿他那本給那個沙烏地阿拉伯人，他因而必須把亞克萊特那本拿回來，否則那個沙烏地阿拉伯人就會知道有人詐欺。

誰殺了波拉克？

可能是威金。假設威金藉著波拉克讓亞克萊特買那本書。波拉克試著自行改裝這本書，好把它賣到別的地方。她對柏尼下藥之後，威金進了公寓，殺了她，然後陷害柏尼是兇手。

如果是亞克萊特呢？他發現那本書不見了，懷疑是波拉克策畫了竊案。他猜她把他當白痴耍，就殺了她，將槍留在柏尼的手上，一舉擺脫不忠的情婦與真正的竊犯。柏尼因為在亞克萊特的房間看過那把槍，所以可以勉強認出它。

那個錫克人呢？他為某人工作，可能是那個沙烏地阿拉伯人或那個大君，誰在乎？錫克人發現柏尼偷了那本書……

我又持續寫了幾百字，帶出更多可能性，邊議論、邊仔細檢驗。然後為緊接著要寫的三章寫了一個大綱，除掉了障礙，視野清晰了不少，就坐下來開始寫。

我寫《喜歡引用吉卜齡的賊》的問題，還不止於此。這本書情節複雜，持續在進展中自行解套，我只好又將紙送進打字機兩次，用鍵盤進行思考。結果兩次我都以這個方法解決了問題，得以繼續策畫情節與寫書，努力寫到完成為止。最後，我不只寫完一度看起來行不通的書，還寫了一本自己喜歡的書。

如果我沒這麼做，而是將它放到書架上，讓它自行解決，我肯定它現在還在原地積灰塵，讓我產生極大的內疚。**我逐漸了解障礙與死巷不會自行消失，它們會不見，但你得自己下工夫。**

你不用在紙上做這件事。有的作家認為可以對錄音機說出問題，他們稍後會播放錄音，釐清自己的想法。有的作家解決問題的方法，是與朋友討論。不是每個朋友都適合，你得先實驗，再決定自己認識的哪個人最適合作諮詢對象。有些人——當然出於好意，而且經常創意奔騰——只會箝制你的想像力。有些人帶來極大幫助，或許是因為他們有能力非常專注地傾聽。你選的人可以是經紀人或編輯，也很可能是與這一行無關的人，甚至是連書都不太看的人。可以嘗試找不同的人，看誰會為你帶來幫助，並記得一個明確的可能性，那就是你或許終究只能獨力完成這個過程。

有時候我寫第十一章遇上困難，直接可歸因於我寫第十章的

方式。如果我在書裡拐錯彎，可能過了一段路才會遇上阻礙。

答案夠明顯了，你得折回十五碼來踢球。換句話說：得回到拐錯彎的地方，從那裡開始重寫。

問題在於釐清你停滯不前的原因及時刻。你夠走運了，因為甚至在沒有真的出現問題時，這個解決之道也可能有幫助。你受阻的原因，或許在於大氣現象、月亮盈虧，或是昨天的晚餐。即便如此，重寫你已經寫出的章節，可能會讓靈感開始流溢，一樣會除去你的阻礙。

其他訣竅

約翰・D・麥克唐諾失去活力的時候，他會打開別人的書，然後開始抄打。抄了幾段或幾頁之後，他會四處改動字句，改良他抄下來的東西。很快地，他就準備好回去寫自己的作品了。

你在寫小說的過程中失去活力時，或許也會覺得這個方法有用。此外還有幾個建議，雖然不一定有用。

1. 讀自己寫下來的文字。

假設你得離開稿子一、兩週，且不是為了躲避它，而是因為有別的事。這個狀況的危險，不只在於失去寫作動力，書本身也會默默離開心頭。你花些時間，重讀一遍，然後再投入其中，或甚至讀一遍以上更好。記住，這件事很重要：我們寫書時，要持續面對當下，一部分的大腦則處理過去與未來，也就是同時面對已經寫下的部分，以及接下來要寫的部分。重讀稿子會為此充電。

2. 謄寫最後幾頁。

不管你是短期或長期停止寫作，這是找回寫作節奏的好方法。我聽說有些作家會謄寫昨天寫的最後一頁，養成習慣，藉此展開每天的工作。他們可能寫到半張紙的時候停止，忽然想要從新的一頁開始，而後發現如此有助於找回前一天寫作的流動感，於是便將這個動作持續下來。

3. 從中打斷句子。

關於這個意見，多年來我讀過不同版本。比如有人鼓吹要停在當天第五頁的末尾，即使是停頓在帶連字號的複合字中間。有人對於停下的位置沒那麼執著，只提議要停在你明確知道接下來要寫什麼句子的時候。

這個理論的立意，是讓你次日比較容易繼續寫這本書，因為你已經知道了頭一個或頭兩個句子。我提出這個建議，是因為它顯然對某些人有用，不過我不會太強烈推薦，因為我用這種方法，為自己招來了幾個低落的早晨。

舉個例子好了。你想像一下，你坐到打字機前，發現這行字回望著你：「她抬頭望著我，眼神明亮，笑容就像……」

像什麼啊？天殺的。我寫這些東西時，心裡顯然有一個比喻。我後來始終沒想到新的比喻能說服自己，這不比消失的那個差，而且可能還花了半小時抓頭，努力回想我當時到底想到了哪個比喻。如果我心裡有一個好句子，我所做的最佳處理，就是在忘記之前快點寫到紙上。所以我本身的意見會比較傾向底下這一個。

4. 找一個合理的位置停下來。

停在某章的結尾、某個場景的結尾、某段的結尾，或至少停在某個句尾。這麼做不只能避開上述那種暴躁或低落，還有助你的潛意識聚焦於新的一章、新的場景或接下來要處理的任何對象。

你放棄了幾本書⋯⋯感覺數量還不少。而你才剛說我的第一本小說非常可能會無法出版，寫它的主要功用是帶來學習經驗。假設我已經確定這本書不會成功，是不是就該放棄它？

不是。

噢，你可以放棄那本書。不過這樣一來，你一開始就不用寫。

然而如果你確實開始寫第一本小說了，我強烈勸你寫完它，無論你在過程中是否對它失去信心，無論你是否確信它爛斃了。無論如何，一天堅持寫它一回，寫到完成為止。如果它的主要功用是教育，那麼你完成第一本小說，沒有將它丟在一旁的話，保證你會因此學到無窮多的東西。

我要進一步建議你先從頭到尾寫出第一稿，然後再大量修訂。有一個例外——如果你寫了四、五十頁之後，想回去重新開始，那儘管去。不過若你的進度超越第五十頁的里程碑，建議你繼續寫到結尾，先不要去想重寫的事。

我之所以堅持這個立場是有原因的。我觀察開始寫第一本小說的人，發現他們大多永遠沒有完成它。這讓我我逐漸認為，真的完成一本書，才是你第一次嘗試寫小說所能達成最重要的目的。在我的想法裡，能幹與無能、小器與大器的區別，是無論如

何堅持到底的決心。

如果你放棄第一本小說，你完成第二本小說的機會相當渺茫。如果你寫第一本小說的過程中，暫停下來做大量修訂，完成這本書的機會也會相應減少。完成一本書不容易，即便你已經做過這件事很多次也一樣。一開始嘗試寫的時候，我建議你別注意其他看似重要的事。這個狀況下，首要就是將小說寫下來。你可以之後再多費心改良它。

幾點進一步的想法：

卡稿的話你自己知道就好。 我這些年幾次請當時的經紀人看看寫不下去的書稿。而已故的諾克斯‧伯格（Knox Burger）每次都的回覆都一樣，他有時質疑那本書的設定，有時不覺得角色有趣，或者無法同理角色的感受，也曾經直說自己看不出來怎麼挽救那個故事。我雖然失望但也同時感到鬆了口氣，認為自己可以放心拋下這些該死的故事。

後來我才發現自己在做什麼：把這份重擔轉移到諾克斯身上，認為只要得到他的允許就可以放棄。發現這一點代表我真的不能再這樣下去，我也不再犯下那樣的錯誤。

話雖如此……

卡稿的話就請其他人看一下。 雅賊羅登拔系列第五集是《畫風像蒙德里安的賊》，我在寫作這本書的過程中碰上了問題，找不到解決的辦法。雅賊系列屬於演繹法推理小說，這類故事的情

節不能太簡單，並且要讓主角解決謎題，揭露凶手的身份。既然我不寫大綱，柏尼就可能會碰上解決不了的問題。我聽說過，被訓練來走出迷宮的實驗室老鼠，要是被擺到沒有出口的迷宮裡面，到頭來會坐在角落啃自己的腳。我不確定這是不是真的，不過我相信確有其事，而且還覺得自己很清楚那些老鼠的感受。

我跟朋友提到這個問題，勞倫絲·安·科伊（Laurence Anne Coe）當時正在參與戲劇製作。她說自己的工作有一部分就是協助解決問題，並且提議要幫我看看進行到一半的稿子。印象中她沒有想到解法，不過和她討論之後我有了其他的靈感，最終成功完成那本書。

你遇到寫作瓶頸嗎？介紹你一個專門的應用程式。沒啦，沒有這種東西，不過我不太確定等你們讀到這邊，是不是已經有人開發出來了。很高興能向各位報告，的確有本書討論這個主題。書名是《現在就突破寫作瓶頸吧！》（*Break Writer's Block Now!*），作者是我的朋友傑羅德·蒙蒂斯（Jerrold Mundis）。他同時是個電子書發行商，因此在所有電子書銷售平台上都能以非常合理的價格買到。

聖馬丁出版社（St. Martin's Press）一九九一年發行精裝版。幾年內就賣到絕版，阿傑買了剩下的庫存書，但沒地方放。於是他將書賣給我，這幾年我都在賣這本書，最近則是放在我的eBay賣場。

11 風格問題
Matters of Style

　　風格不等於刻意的形式化寫作、饒富詩意的段落，或是對於小說韻律的狂熱追求。作者本身的風格，會自動出現在他一點也不刻意追求任何風格的時候。作者精心創造人物，描述背景，說一個故事，他的筆下就會形成特有的風格，於其素材加上獨特的印記。

風格怎麼來的？

> 我盡量充分說明事情真正的樣子，這件事往往非常難，所以我寫得很笨拙，但大家卻將這種笨拙稱為我的風格。所有錯誤和笨拙之處都明明白白，大家卻說這叫風格。
>
> ——厄尼斯特·海明威

我思考上面這段引文時，常常想知道這位作者似乎有些奸詐——我們當然認為海明威是極度具備個人風格的作家。將他的作品任意摘出一段，即使離開了文本脈絡，文字仍然明確地擁有他的印記，而且海明威的風格就是在主動邀請諧仿者拿他的作品當模仿目標，就像亨佛萊·鮑嘉口齒不清的發音之於模仿藝人一樣，你很難相信一個人可以發展出如此獨特卻又有影響力的風格，而且對自己的行為毫無自覺。

儘管如此，我對這段話的暗示沒有異議，換句話說，培養風格的最佳方法，就是盡可能努力去自然誠懇地寫作。風格不等於刻意的形式化寫作、饒富詩意的段落，或是對於小說韻律的狂熱追求。**作者本身的風格，會自動出現在他一點也不刻意追求任何風格的時候。**作者精心創造人物，描述背景，說一個故事，他的筆下就會自然形成特出風格，於其素材加上獨特的印記。

很少有作家的風格與內容同樣強烈地吸引我們閱讀。我最快想到的例子是約翰·厄普代克，他光是表現自己的手法就常常很有趣。有時大家提起一個讓人印象深刻的演員，可能會形容這位演員迷人到讓人樂意付錢聽他唸電話簿；同樣地，有些讀者也會高高興興地讀電話簿，假如是出自厄普代克之手的話。

這種風格的另一面，就是它有時可能會削弱敘事效果而妨礙內容。記得，虛構作品對我們影響很大，是因為我們能夠選擇相信它的真實性，我們才關心那些人物，關心他們的問題要如何解決。拙劣的風格會阻礙我們，讓我們不斷意識到自己正在讀想像出來的作品；過度精巧雕琢的風格也一樣，它們會放下路障，讓我們起疑，想像力便自發性中斷。就這個觀點看來，你甚至可以主張最棒的風格，就是全世界讀起來都覺得沒有風格的風格。

　　風格，以及這個題目之下的不同技巧問題，對我來說都很難寫，原因很可能是我自己總隨著直覺走，沒有一定的方法。打從我一開始當作家，行文流暢對我一直是比較簡單的事。我的文章韻律和對話寫得很棒，就像某些天生運動好手，我也是天生的作家，至少從技巧看來是如此。

　　這在發表作品上給了我相當大的優勢。我現在可以明白，自己早期大量的通俗故事，在情節和性格描寫方面，幾乎毫無可觀之處，但事實上與其他新手的作品相比，我的作品確實寫得比較好，這是我賣出作品的唯一原因。可是流暢風格不保證會帶來真正的成功。我有幾年習慣收到這樣的退稿信：「這位作家寫得不錯。」我的經紀人會得到這樣的意見。「這本書對我們來說行不通，但我們非常有興趣看他的其他作品。」你頭幾次收到這種回覆，還會受到鼓勵。等它變成一再重複的評價，唯一能帶給你的就是挫折。

　　我知道幾個作家在風格上也同樣有天賦，而且承認過他們早期也有類似的經驗。多年來，我們努力培養自己策畫情節與性格描寫的能力，不過在部分的人身上，呈現出來的風格可能還是不大一致。拿我自己來說，不久之前有位編輯才說過他多喜歡我寫

的東西，但他並不喜歡我的書。

有些作家的困擾正好相反。我的某個朋友對故事天生就有非凡的直覺，對情節與人物的熱情，也流露在他說故事的幹勁中。然而從技巧來看，他拙劣得令人一點感覺都沒有。他的第一本小說重寫了幾次才出版，出版社大幅編輯過的他的文字，但即使這樣，仍然是一本粗糙的書。他之後大大進步了，但出過十本書後，直到今日，他仍然是拙劣的作家，無庸置疑。儘管如此，因為他的書的確擁有諸多優點，所以幾乎一定會上暢銷榜。

我這裡要說的重點，在於我朋友這樣的人，之前還得自學寫作的大量基本技巧，他甚至可能比我有能力討論這個題目。如果你做某件事的手段始終發自直覺，很難有力地談論這件事。

即便如此，在風格這個大題目之下，我們或許可以檢視一下少許主題。不管你是天生文學好手，或是得很努力才能讓作品看起來不費吹灰之力，你或許都會在下文找到有些價值的東西。

文法、措辭及語法

小說家不必是世上最嚴格的文法學者，你不用清楚了解假設法也能過關。真的，向文法規則卑躬屈膝，可能會讓保守的英文老師心生歡喜，但有時會阻礙小說家，只讓文章產生一種淤塞不堪的特質，人物交談不像正常人說話，而像是被安排好的。

拿我來說，我注意到自己會犯某些文法錯誤，有些是有意為之，有些則純粹是出於無知。我有一本英國教師亨利・華生・福勒（Henry Watson Fowler）的《現代英文語法》（*Modern English Usage*），我可以毫不猶豫地推薦它，但幾個月過去了，我從來

沒用它查過任何字。我埋首敲鍵盤，努力寫出一個場景時，一點也不想中斷文字的流動感，就為了溫斯頓‧邱吉爾（Winston Churchill）所謂的「我不願忍受的那種不當咬文嚼字」[17]。

在第一人稱的寫作中，我支持作家有充分的理由隨意違反文法規則與慣例。敘事者自我表達的方式、用字，以及組合文字的方式，是界定這個人物的手法。我還會進一步主張第一人稱的敘事者可以在這一頁循規蹈矩，在另一頁犯規。如果人物要栩栩如生，我們幾乎不可能要求他們絕對前後一致。

同樣的原則也適用於對話，而且明顯許多。多數人的表達方式並不符合英文老師對語文的期待。人物的言語為了符合作者目的而遵守或不遵守文法，這是小說家的自由。

你認為這件事理所當然，然而我太常遇到太熱心的編輯在整理原稿時，改正我筆下人物的文法，所以我不認為這件事上有任何理所當然。

講到標點符號，整理原稿的編輯就更惹人厭了。標點符號的不同規則逐年發展，然而是否適用於小說，以及標點符號要擺哪裡，才會讓人充分認為作家可以藉著這個方法得來自己想要的效果，這些事都還未有定論。你可以選擇寫這個句子：

她既生氣，又完全沒被嚇到。

---

17 譯注：原文為「the sort of errant pedantry up with which I will not put」，較順口的講法是「the sort of errant pedantry I will not put up with」。據說邱吉爾遇上堅持不將介係詞置於句尾的人，便如此答覆來諷刺對方；這句話符合對方的堅持，但非常拗口。

或是你可以這樣寫：

　　她既生氣又完全沒被嚇到。

　　我認為這個決定權在你。這個句子有沒有出現逗點，決定了閱讀的節奏，作者有充分權利決定這件事。它取決於前後句子的節奏，取決於作者天生的風格，取決於作者想達到的效果，取決於天氣和星相這種不可測知之物，不應該由拿紅筆的人，以自己在英文入門課學到的知識來決定。

　　這個主題讓我相當激動。好幾年來，整理原稿的編輯瀏覽我的稿子時，總是專制地刪除我的標點符號，塞進他們自己的標點符號。我再也無法忍受這種事了。布萊恩・加菲爾德也同樣氣憤，所以開始寫事前的備忘錄給編輯，說明自己已經入行好幾年，早就透徹了解標點符號的規則，因此可以隨意違反它們。

　　可是，可是……

　　我記得自己求學時，某場考試裡，一個學生問老師拼錯字會不會被扣分。

　　「看狀況。」老師說：「如果你要拼『cat』（貓）這個字，結果寫了兩個『t』，我可能就算了；但如果你拼成『d-o-g』（狗），那就是錯。」

　　有些作家對文法、語法和標點符號的處理，就像小孩把「貓」拼成「d-o-g」。我最近在努力讀一本書，不確定是好萊塢回憶錄，或者回憶錄形式的長篇小說，出版社的文案沒有回答這個問題，作者漫不在乎地忽視語法問題，讓這本書不時讓人讀不下去，儘管素材很有趣。

這句話給你參考，我個人很喜歡：

　　他們甚至不說「長老教會」──他們稱之為「第一
會」，就這樣連乏味得像稀釋過的新教教義的質地都稀釋了。

　　這句話的問題，在於你可以讀它三次，然後還是搞不懂。我
甚至不知道要怎麼改。整本書都是這種東西，夠你頭痛的了。
　　某家有名的出版社發行了這本書，我只能假設作者強烈認為
自己的文章完整無缺，否則整理原稿的編輯會做大量改動，而且
其中大部分改動都不可能讓原文變差。如果作家的風格必須犧牲
掉文字的明確性，或是整篇文章最後變得含意不清，那就是出問
題了。

對話：聽別人對話找靈感，聽自己的小說找問題

　　你在圖書館或書店找書的時候，是否曾先翻閱它們有多少對
話？我曾經這樣做，我猜不是只有我這樣。
　　這是有原因的。對話比其他東西更能增加一本書的可讀性。
人物之間說很多話的書，比起作者用所有時間說明事件經過的
書，更讓讀者能夠輕鬆愉快地閱讀。偷聽到某個人物的對話，最
能讓讀者充分了解這個人物的特質；聽見幾個人物談論某個話
題，最能吸引讀者進入故事線。
　　有一對擅長聆聽對話的好耳朵，就像對文章韻律的判斷力，
有時來自天賦。耳朵這個詞，我認為用在這裡無誤，因為一個人
有能力在作品中創造生動的對話，代表他有能力在別人的言談中

聽到具有特色之處。（此外，我想是耳朵讓某些人能出眾地模仿某地的口音，你這方面知覺的敏銳度，關鍵性地決定你仿造他們的能力。）

我想作家可以藉著學習隨時傾聽來改良自己的耳朵，換句話說，你要更有意識地努力去聽人們說的話，以及他們說話的方式。

有一點值得留意，那就是最棒的對話並非逐字複製人們說的話。 你若留心，就知道大多數人講話會斷斷續續、講些片語、只講到一半，將「嗯」、「呃」、「你知道啊」像標點符號一樣丟出來。「我啊，就是，就像那一天我去店裡啊，就是，嗯，然後我就那樣啊，你知道吧，我就走在路上啊，然後……」

人們會這樣講話，但誰會想讀這種東西？這很惹人厭。這不代表你不能讓某個人物以這種方式自我表達，但絕對不是像錄音機逐字記下，而是要「暗示」他的談話方式：「就像那天我去店裡啊，就是，我就那樣走在路上嘛……」

只要一點點就會有很大的效果。對話中的表音拼字（phonetic spelling）[18]也是一樣的狀況。前一陣子，這種東西曾經大大流行，有些人為之瘋狂。大多數人覺得這樣很討厭，因為這個狀況毫無疑問減慢了閱讀速度，讀者得先讀過，把文字翻譯過一遍，才能繼續看下去。

關鍵一樣在於「暗示」。你挑幾個關鍵字，用它們來說明人物不尋常的說話模式。舉例來說，你可以藉著將「man」（人）

---

18 譯注：指照發音來拼寫文字的方法，著重說話時的實際發音，如「night」寫成「nite」。

這個字拼成「mon」來暗示這個人物有西印度群島的口音。或者藉著將「don't」（不）寫成「doan」，將「e」加到「study」（學習）這種字前面，來描寫這個人出身自波多黎各。只要零星釋出這樣的訊息，讀者就會想到說話的人有特殊口音，接著在心裡自行補充這個口音的其他部分，在閱讀此人的對話時，也能自然在心裡聽見此人的口音，即使其他字詞是以傳統方式拼寫。

記得，少即是多，不確定的時候就不要用。

身兼作家及編劇的理查・普萊斯（Richard Price），就將對話處理得非常精采。他的第一本書《漂泊者》（*The Wanderers*），追尋紐約布隆克斯街上幫派成員的生活。書中忠實表現他們的說話模式，大大增加了這本書帶來的衝擊。不過最近我偶然發現一本以前的文學季刊，《漂泊者》在出版之前，先在這本季刊發表了一章。在這一版裡，普萊斯廣泛地使用表音拼字法。雖然故事的其他元素完全相同，這一版的拼音卻讓我無心讀下去。這本書的編輯顯然也有同樣的反應。做出實際更動的人，是普萊斯或他的編輯，這無關緊要。重要的是這本書因為這些更動確實增色許多。

優秀的對話與真實世界的對話還有一點不盡相同。前者是寫出來的，讀者看得見這些話語，但看不到音調變化。如果你只是將話語寫下來，結果可能會表達得很含糊。你可以用斜體來寫某個字，表示說話的人強調這個字，也可以偶爾標記出某個句子的語氣，可能是輕柔、嚴肅、沉重、滑頭或其他，但有時候得重寫句構，這樣讀者才能順利掌握到你想表達的意思。

你得在對話裡做的另一件事，就是**壓縮**。人們在真實世界通常比在書中有更多的時間交談。你得將實際對話加速傳達，削減

一些常態的連珠炮話語，也得做一些歸納。舉例來說，史卡德系列作品中，他的情報大多來自四處走動，與人交談，讀者多由談話的形式得知內容，但史卡德會不時打斷當時的對話，直接用一、兩個句子來點出談話重點。

如果沒壓縮，整本書都是對話，就會給人既臃腫又冗贅的感覺。它的進展會很快，很容易讀，但終究讓人不滿足，讀者會覺得極長的篇幅裡，沒發生過什麼事。

過去式 vs 現在式

絕大多數小說都是以過去式寫成，這種口吻讓讀者感覺有人在對你訴說一件發生過的事。即使是大部分科幻小說也是如此，雖然這些故事的背景設定在未來，無論說故事的是敘事人，或沒有實體的發言者，這些以過去式寫成的小說，敘事時間應該都晚於事件發生。

這個效果有一個代替方式，就是使用「歷史現在式」（historical present tense），以現在式敘述過去的事件。偏愛使用這個時態的人，主張它會讓讀者對這個故事更有立即體驗感，事件可以隨著讀者閱讀而發生。

支持者也往往覺得歷史以現在式呈現更有現代感，比較不老派。歷史現在式其實並不那麼新穎，我可以立刻想到薩德侯爵在自己的小說裡使用過它。就我所知，或許從現代到荷馬的時代之間，有半數文學作品中曾使用歷史現在式。在我們自己的時代，現在式會有種清楚的電影畫面感，就像是在寫電影劇本一樣。

歷史現在式的使用方法有諸多不同，不僅僅是單純改變時

態。你如果擷取一段過去式寫成的文章，將它改成現代式，差別就很明顯了。它非常有可能既僵硬又彆扭，讀起來不自然。為了讓歷史現代式變得可行，整個敘事態度都要輕微改動。

是否要使用歷史現在式完全只是選擇的問題。但我認為在類型小說裡使用會是一個爛點子，只是因為類型小說幾乎從未以現在式寫成。我不想費勁去賣以歷史現在式寫成的哥德小說或西部小說，不過毫不懷疑這種小說可以寫得很有感染力，可能甚至有辦法出版。

我個人對於歷史現在式的成見非常深，甚至在我瀏覽書架，想找東西來讀時，也容易略過以現在式寫成的書。有一次我想以現在式寫一本小說，結果過了幾頁就無法持續以這個時態寫下去。然而這是我的個人反應，跟這兩種時態的優劣沒有多少關係。

＊　　＊

我到現在還是不喜歡使用現在式寫成的小說，不過經過這幾年，我比較說得出自己不喜歡的原因。

哈姆林・加蘭（Hamlin Garland）在回憶錄《來自中間邊界的孩子》（*A Son of the Middle Border*）中描述十九世紀在美國中西部成長的童年時光，閱讀這本書讓我更清楚自己的想法。加蘭在書中交替使用過去式和現在式。他多半用過去式，不過一但要描述自己回憶起某些事件的細節，則會轉為現在式。

這個表現方式非常棒，我思考了一下原因何在。以過去式寫作讀起來精確而且就事論事，讀者看見的是過去事實的呈現，所

以他們會相信那些敘述。如果我這麼寫：「約翰‧卡佛沿著克里斯伍德大道走過，手臂晃啊晃的。」你怎麼能質疑我的句子？我都這麼說了，基於作者和讀者之間的信任感，你會相信我所說的話。

要是我改成「約翰卡佛走在克里斯伍德大道上，手臂晃啊晃的。」這就比較不像事實陳述，更接近場景描繪。這是你寫場景綱要的方式，方便讀者想像畫面。這很有效，你的確描繪了畫面，但不會讓人覺得確實發生過這件事。那是以鉛筆記下的速寫，而非刻在石頭上的事實。

因此加蘭在那個情況下非常適合使用現在式，因為他希望讀者能夠看見在自己記憶中鮮明的場景。不過等他想告訴你之前發生什麼事，就會回頭使用過去式，那樣也比較好。

近年我用過幾次現在式，而且只用在特定場景。馬修‧史卡德系列較後面的兩本：《死亡的渴望》（*Hope to Die*）以及《繁花將盡》（*All the Flowers Are Dying*），我放棄了自己常用的敘事手法，也就是所有的場景都由史卡德以第一人稱講述。我決定從凶手的角度講述部分的故事，也希望讀者非常清楚這不是史卡德在說話。我用第三人稱寫那些場景，使用現在式，並且以斜體字呈現。我得說持續使用現在式非常困難，對我來說過去式自然太多了。

剛拿到藝術創作碩士學位的作家，他們的文學小說似乎常以現在式寫作。不過在我看來，他們終究會隨著時間成長，放棄這樣的做法。

第一人稱 vs 第三人稱

同樣地，我瀏覽自己的書架時，注意到我顯然偏愛以第一人稱寫成的書。而我的大部分小說都是以第一人稱敘事，這個結果或許就不那麼讓人意外。

人們常建議無經驗的小說家放棄第一人稱敘事。據說它對新手來說充滿陷阱，是一種讓讀者與故事疏遠的手法，更會限制敘事的視野，導致兒童蛀牙，引發實驗室老鼠的皮膚長出腫瘤。

就我個人而言，如果小說來自陌生作家之手，以第一人稱會比以第三人稱寫作更可能讓我喜歡，因為前者比較可能有一股天然的流動感，畢竟大家從小到大都是使用第一人稱的口吻。第一人稱敘事的小說有一種即時性，能協助彌補作家與讀者之間的空隙。那種感覺就像作家披著敘事者的皮，挽著我的手肘，跟我講這個故事。

有些小說的確無法以第一人稱來寫。你的小說以單一觀點來敘述，只是一個選擇；然而它是否是一個明智的選擇，就與你認同角色的能力成正比了。如果你的主角不同凡響，例如美國總統、電影明星、著名黑道份子艾爾・卡彭（Al Capone），以第三人稱敘事可能是比較聰明的選擇，你由外來書寫這個角色可能比較自在，讀者以這個角度讀故事可能也會比較滿足。

單一觀點 vs 多重觀點

在第一本小說裡，由單一主角的眼睛來讓讀者看見每件事，可能最簡單。不管你選擇的是第一人稱或第三人稱，單一觀點會

將小說維持在正確的方向。它會限制選擇權，刪減敘事力量散逸的機會。

這不代表它對你的小說而言一定就是正確的選擇。有些書要靠廣大規模來獲得一定程度的力量。你選擇要說的故事，經常會自行指定它需要單一或多重觀點敘事。

無論你為自己的小說選擇單一或多重觀點敘事，都應該避開在一個場景內更換敘事觀點，來回在不同人物的心裡轉來轉去。某些書裡，作者保持一致概觀，從來沒真的鑽進任何人物的心，而是由外部描述人物發生的所有事件，這個狀況下，在一個場景之內，讓在座人物輪流負責敘事，輪流說出各自的想法或感受，這或許就可行。可是在敘述人物內心的書中，在一個場景內如此轉換觀點，就很容易造成混亂，讀者可能想不起來誰有過什麼想法，也減緩了這本書的步調。我最近一次意識到這件事，是在讀約翰・格雷戈里・鄧尼（John Gregory Dunne）的《真實告白》（*True Confessions*）的時候。那是他廣受歡迎的小說，寫神職人員與警察的政治陰謀。

多重觀點的好處，在於作者不必在書中從頭到尾附著於同一個人物身上。一個場景接近尾聲，觀點人物暫時沒有進一步的事情要說，你就直接畫上句點，選擇另外一個主要人物。

任何一本這樣的小說裡，將主要人物的數量維持在可以掌握的數字是明智之舉。如果主要人物超過六個，讀者就會有點難記得發生了什麼事，誰在做什麼動作，出於什麼動機。然而可以有很多較不重要的觀點人物，由他們的觀點來描繪一、兩個偶發的場景，可以為小說增加豐富感，卻又不會減低讀者對主要人物的注意力。

在認識「觀點」這個課題時，比起記下大量的規則，更重要的是你自己看書時也要特別注意。你主動認識其他作家處理觀點轉換的方式，主動辨別何者行得通、何者行不通，這會比直接閱讀討論觀點變換的書，更能讓你了解這個主題。

我認為沒有多少讀者會意識到觀點這件事，因為大家的興趣是在於人物及故事。當然，我可能其實並不需要這麼介意觀點是否一致。

舉例說來，幾年前我以保羅・卡瓦納這個筆名，寫了《邪惡的勝利》（*The Triumph of Evil*）。整本小說以第三人稱寫成，從邁爾斯・多恩（Miles Dorn）這個刺客及密探的觀點出發，只有一章例外，那章在寫多恩不在場的一個刺殺事件。他當時在一千哩外，但對我來說，必須要以特寫檢視。

經過不少深思之後，我像英雄一樣聳聳肩，從一個年輕人的觀點來寫這個場景，他是多恩的爪牙。這一招是不調和的分歧之舉，但是我想不到處理這個場景的更佳方式。

就我所知，沒有人受這個分歧困擾過，甚至沒人注意過它。讀過這本書的編輯或作家，沒人提到這件事。為了撰寫本章，我重讀那個部分，如果這本書不是我寫的，可能連我自己都不會注意到它。畢竟作者往往比讀者更清楚察覺書中的基本結構。

唐・威斯雷克以李察・史塔克為筆名發表的帕克系列小說，用了一個有趣的原創框架，我不認為他的忠實讀者中有多少人注意到這件事。幾乎在帕克當主角的每一本小說裡，書的上半部都完全以帕克的觀點來敘述。接下來四分之一由所有其他主要人物以個人觀點敘述，然後在最後四分之一的書裡，帕克再次從頭到尾擔任觀點人物。

我想這一點非常為威斯雷克加分，可是這些書幾乎像是交響樂一般的結構，我懷疑帕克眾多的崇拜者其實不曾仔細注意過。我猜他們對情節和人物感興趣，想要找到那些劫盜事件的結果，知道結局有誰終於活下來，誰死了。我不覺得他們關心作者如何寫成這本書。

我們身為作家，去關心及注意這些是有利的，可是過度聚焦於此則未必有好處。重心永遠要放在故事本身。

轉場

我一開始寫作的時候，對於從一個場景轉到下一個場景頗有困難。人物上下場、或是出入空間的問題也讓我煩惱。

這個困難主要出現在第一人稱的小說裡。如果我讓一個人物某晚在酒吧聊天，然後在第二天早上給他事情做，我不確定要怎麼帶他穿過中間那段時間。我覺得我得隨時解釋他去了哪裡，做了什麼事情。

然後我發現這麼做沒必要。我可以讓酒吧的談話自然發展，然後敲一個句點出來，接著寫：「早上十點，我出現在沃德倫的辦公室，穿著我的藍色直條紋衫，他的祕書好像很喜歡。」

幾年前，我在電影這一行學會最佳的轉場方法，就是俐落又突兀地做這件事。記得你以前在電影上看到的緩慢溶鏡（dissolve）嗎？記得電影如何拍攝時鐘的不同鏡頭、有本蠢日曆在翻動，用來暗示時間的經過嗎？電影現在不玩這套了，有個很大的原因，在於他們發現自己不必如此。當代觀眾夠內行，可以自己據見聞來推理。

讀者也是。我藉著讀米基‧史畢蘭的作品學到大量的轉場方法。史畢蘭在早期的作品中，向來鮮少解釋人物如何從一地移動到另外一地，也鮮少浪費時間精心設置場景。這些書裡沒有緩慢的溶鏡，全是緊湊的快剪（fast cut），每個場景的開始，都緊跟著前一個場景的結束。既然這些書對通常很單純的觀眾們有無窮的吸引力，即使轉場安排得如此突兀，我認為很少讀者無法順利跟上情節線。

時間轉換，也就是跳躍於不同時間，最迅速的處理方式，就是直接相信你雖然不過度自我說明，讀者的智商也足以理解。我猜公眾素養主要來自視覺媒體在技巧上的貢獻，包括電影，尤其是電視廣告在三十秒或六十秒內錯綜複雜的交叉剪接（crosscutting）。

我想起自己在六〇年代看《儷人行》（*Two For The Road*）的時候，那是一部奧黛麗‧赫本與亞伯特‧芬尼飾演的電影。導演用倒敘為這部片增加了刺激性，沒有特別指出時間轉換，只是從一組當下的畫面，直接剪到過去的畫面。我對它的觀眾感興趣的程度，就跟對這部片的興趣一樣高。我注意到這部片讓一些年老的觀眾十分困惑，因為他們對時間的感知是線性前進的，所以無法搞清楚到底發生什麼事。可是大多數觀眾，包括所有年輕的觀影者，似乎都十足輕鬆自在。

如果要找技巧特別好的小說當例子，想看一個故事中同時有幾個時間階段彼此關聯，你可以讀珊卓‧史可佩頓的《某個無名之人》（*Some Unknown Person*）。這本書奠基於二〇年代曾與政治家傳緋聞的史塔兒‧費斯佛（Starr Faithfull）的一生。約翰‧

奧哈拉曾被改編成電影的小說《青樓豔妓》（*Butterfield Eight*）中，女主角葛洛莉亞‧旺德勞斯（Gloria Wandrous）的原型，正是費斯佛這個命運多舛的時尚女郎。史可佩頓的小說中，成功融合主角的早年生活、置她於死的諸多事件、將她推向死亡之人的生平、上述此人幾年後的死前數日，再加上故事的其他幾個角度，以極富啟發性的方式，將不同的時期剪接在一起。

前幾年有人訪問羅伯‧派克（Robert B. Parker），問他認為私家偵探史賓賽系列作品為什麼這麼受讀者歡迎。「我不知。」羅伯說：「我想大家喜歡那些書聽起來的感覺。」

確實，讀者怎麼會不喜歡呢？在派克的筆下，史賓賽的聲音非常有吸引力。我們會想繼續聽下去。

我猜這屬於風格的一種，不過另外還有個詞可以形容，就是「語氣」。我不太確定該怎麼準確定義作者的語氣，不過這比風格更為特殊。我們有辦法審慎地創造一種風格，不過只能讓自己的語氣自行浮現。

我們許多人動手寫作，都是希望聽起來像是其他自己仰慕的作家。這樣開始可能是好的，不過在我看來，寫作的終極目標是學著如何聽起來像自己。

為了達成那樣的目標，改善個人的風格，並提升個人行文及對話品質，大聲唸出自己的作品是個非常迅速且有效的測試。我們很可能不知不覺寫下奇怪或笨重的句子，也可能會瞄過去，卻不覺得有什麼問題。大聲唸出來的話，比較容易注意到句子的笨重感。

我該補充一下，我自己從來沒用過這個方法，不過不是我對功效有所懷疑。從打字輸入，到後續回顧自己寫下的東西，我對自己文字的反應比較偏向聽覺而非視覺。我聽得見自己寫了什麼，這可能解釋了為什麼我拼錯的字通常同音異義。我會把「那裡（there）」或「他們是（they're）」打成「他們的（their）」，甚至偶爾會把「知道（know）」和「不要（no）」搞錯。我的耳朵不覺得聽起來有什麼錯，拼字檢查當然也不會發揮作用……

12 篇幅
Length

　　如果你之前的寫作經驗多半是短篇故事，那麼想像自己在寫三千、四千或五千字的章節，而非一本完整長度的小說，可能會讓你覺得比較輕鬆。將書分割成較小分量，寫作任務可能看起來就會更像你能力範圍可及之事。一本書常常讓人無法掌握，但一章卻可以，而且你這樣寫出二、三十章之後，當然也就寫出一本長篇小說了。

寫多長才夠？

吉兒‧愛默生（Jill Emerson）[19]的《三人行》（*Threesome*）中，某個人物想知道書的一章應該多長，另外一個人物向她擔保：就跟林肯的腿一樣長。（你可能記得林肯曾回答某個提問者：人腿應該長到足夠從身體連到地面。）

所以，書的一章應該長到可以從上一章連到下一章。換句話說，一章沒有所謂剛好或適合的長度。

我寫性愛小說時，很容易想限制各章的篇幅。我的書本來兩百頁長，格式通常是二十頁一章。接著我的出版社抱怨這些書有點短，我就將篇幅增加到二〇五頁，二十頁一章與二十一頁一章交替出現，各寫五章之後就停手。回想起來，我可以非常輕易看出這種精密安排對於讀者來說，毫無意義。我相信自己的一般讀者都忙著翻頁，為了那些駭人的影射而喘息，可能一開始就沒發現這本書分成好幾章。在讀者的心裡，淫亂的部分和沉悶的段落分開來反而更加方便。

現在我寫的書不再包含淫亂的部分了，我對於將沉悶的段落分成好幾章，也變得有彈性多了。我的某個系列有四本小說，都在寫奇波‧哈里森（Chip Harrison）的故事（表面上也是他寫的）。我為這四本書各加了只有一句話的一章。舉例來說，「槍卡彈了」就是《零分》（*No Score*）中完整的一章；「奇波，我懷孕了」是《奇波‧哈里森再度得分》（*Chip Harrison Scores Again*）中完整的一章。其他兩本書各有同樣簡潔的一章。我做

19　譯注：卜洛克的筆名之一。

這種事是因為它本身的趣味，不是為了任何特殊效果。

有些事不會改變。我在二○一三年出版《數湯匙的賊》，其中一章沒有任何文字，只有三顆星號。

即使我現在比較不會去限制章節的篇幅，還是很容易將一本書的各章維持在大致相同的長度。偶然有一章短於其他章，可以提供一種斷奏的效果，倒是不無戲劇化的價值。你中斷下來，進入另一章，就等於猝然封閉那個事件，讀者得暫停下來想一下。如果他有時間翻頁看下去就更好了。

有些書完全不分章。作者只在場景之間多空一行，就繼續寫下去。分章的優點之一，或說缺點之一，在於讀者這時可能會選擇停止讀這本書。有些作家避免分章，是因為他們不想鼓勵讀者在心臟狂跳的敘事過程中停下來。關於這點或許會有人反擊，提出如果故事夠吸引讀者的話，讀者自然會一章章讀下去。就我自己的閱讀經驗來說，我發現性格描寫很容易讓我想要繼續讀。我總是自以為能停幾分鐘再看，然後下一章的結尾又出現了。我就這樣持續自以為下去，直到看完整本書。

分章的功用之一，在於作家能將書縮減到可以處理的規模。如果你之前的寫作經驗多半是短篇故事，那麼想像自己在寫三千、四千或五千字的章節，而非一本完整長度的小說，可能會讓你覺得比較輕鬆。將書分割成較小分量，寫作任務可能看起來就會更像你能力範圍可及之事。一本書常常讓人無法掌握，一章卻可以，而且你這樣寫出二、三十章之後，也就寫出一本長篇小說了。

分章的另一個好處在於觀點轉換。但這並不是說每次改變觀點都要新起一章。我以筆名保羅·卡瓦納發表的《不回家找你了》(*Not Comin' Home to You*)，觀點來回轉換於兩個主角身上。對於發生的事件，他們的觀看角度非常不一樣。為了這種觀點轉換而分章，比起單純分段，更能讓讀者有心理準備。

　　最後值得提一點，你的小說形式是分章或不分章，對於出版社是否決定接受你的小說，不會有任何明顯的影響。對方不太可能關心你分不分章，但如果他在意，這在他可能提出的建議裡，屬於最簡單的改動，也是你做起來最簡單的改動。出於這個原因，無論你是否分章書寫，將各章寫得多長，在你寫書的時候，這充其量只是一個輕微的問題，適合自己就好了。

＊　　＊

　　我發現自己近年來每章寫得比較短。這個想法是來自詹姆斯·派特森(James Patterson)，他認為讀者比較可能讀完短一點的章節，而且如果他知道接下來那章也不長，就會接著讀下去，然後就這麼讀完整本書，這個論點對我來說很有說服力。儘管不見得每個人都認同派特森先生的小說家身份，不過他的確是個厲害的商人，對於賣書這件事，他遠比世上多數出版商懂得多。我認為他說得沒錯，所以我最近的章節寫得比較短。

從市場需求考量篇幅

　　你的章節篇幅可能不重要，但小說的篇幅很重要。

就純粹的審美觀點來看，一本小說就像包含開頭與結尾的一章。可是**小說篇幅更嚴格地取決於不同商業條件考量，若有疏忽，作家要為自己負責。**

關於類型小說，篇幅大多是預先決定了。這樣說好了：如果你想為啞劇主角哈勒昆（Harlequin）寫輕羅曼史，你可能已經注意到書報攤上所有哈勒昆羅曼史的頁數都一樣，每一頁的字數也一樣。如果這些書全是五萬五千字，而你交出八萬字的稿子，他們接受這份稿子的可能性就大幅降低。

類型小說中，不是所有的篇幅限制都一樣嚴謹。大多數出版社可能會試著接受超過一般長度的哥德懸疑或西部小說，但前提是出版社認為它強到可抵消不尋常篇幅帶來的損失。然而嘗試做這種事，就是在逆流而上。你如果在這方面沒有順應市場需求，要賣第一本小說，困難度就增加了。

如果你的書太長，編輯對它的喜愛，可能足以讓他建議你刪減；如果它太短，你就真的有麻煩了。太短的書真的很難賣，幾乎沒有例外。短於五萬字的長篇小說，或許有寫出來的可能性，但顯然很難說服讀者，使之相信自己的錢花得值得，編輯也不太可能像建議你刪減一樣，樂意地提供你擴充一本書的各種方法。

你如何確定自己作品的篇幅正確？市場調查應該會引導你選擇理想的篇幅。比方你想寫某一類型的懸疑小說，調查結果顯示該類型最成功的書，篇幅往往是六萬五千到七萬字左右。你算了一下，照你對空行的安排，以及其他風格的怪癖，得寫二百二十五頁，才能得到最佳篇幅。

大綱可以幫助你感覺情節及預先設定篇幅之間的關係，比較容易能看到前五十頁或一百頁應該發生多少事，才能讓寫作進展

順利。即使沒有大綱，你也常常可能邊寫邊感覺到自己寫得太長或太短。

如果你寫短了，就有以下幾個選項：你可以再次檢查情節，看是否有辦法增加場景及複雜度，讓這本書更有分量；你可以判定問題不在於情節，而在於書寫本身，因此將場景寫長一點，主要以對話和描述來添加篇幅；最後，你可以用自己認為最舒服的方式，直接加快腳步寫完，第二稿再以某種方式增加內容。

如果你覺得自己的書太長，選項基本上是一樣的，但這次你可能選最後一個選項會比較好，讓第一稿順著寫完，字數自然就好。許多作家理所當然地這樣做，然後以這個方式寫出他們最棒的作品。

舉幾個例子：羅勃・陸德倫重寫的時候，幾乎一定會修掉第一稿的三分之一。席尼・薛爾頓（Sidney Sheldon）說過，他會將自己想得出的所有東西都放進第一稿裡，讓想像力自由自在地奔馳。一般而言，最後他會刪掉一半以上自己寫下的東西。

我不喜歡這樣工作。就像我之前說的，我的最佳表現，來自先設一個前提再工作，也就是假設我寫的東西會在最後一頁完成後，立刻付印。（有一個作家叫諾爾・羅密士〔Noel Loomis〕，是一個老練的鑄造排字工，所以對他來說用排字機寫作比用打字機快。他會用排字機寫西部小說，將還沒分頁的校樣從活字盤的版框抽出來，然後直接將活字盤交給出版社。如果可以的話，我也想要這樣。）

不過先寫長再刪減是有著極大優勢的，如果你能夠這樣做，讓第一稿包含了你所有的創意與可能性，接下來重寫的時候，就可以專注在濾去渣滓。

寫出「正確」的篇幅

寫長還有另一個好處：如果書的篇幅比你預定的長得多，卻能呈現它的最佳樣貌，它的商業價值可能也遠遠大於你的預估。

這個似是而非的理論需要解釋一下。一方面，一般的驚悚小說大約六、七萬字，如果一本書的篇幅遠遠高於這個字數，對類型小說的出版社會是個問題。

另一方面，偶然闖進暢銷榜的驚悚小說，通常是十萬到十五萬字。這個篇幅妨礙它們出售平裝版，卻將它們直接送上精裝版的銷售櫃檯。

認為較長的書更充實、更有深度、故事價值更強，因為篇幅而更容易受到認真對待。因為這些因素而超越種類，能吸引平常不讀這型小說的讀者。

結果常常證明這個說法是正確的。布萊恩・加菲爾德的《艱苦歲月》（*Hard Times*）是一本寫舊日西部的史詩小說，它與標準西部小說唯一的連結之處就是故事背景。任何暢銷榜都有類似的例子。

即便如此，有些闖進榜單的書，除了篇幅以外，沒有任何值得稱道之處。我最近讀了一本偵探小說，它的作者多年來寫過不少暢銷驚悚小說。這本不像他的其他作品，沒有特別之處，標準直線式偵探情節，單一觀點敘事，字數爆到十五萬字。因為篇幅，所以這本書的內容更差；但也因為篇幅，這本書賣得更好。

歸結這個狀況，恐怕就是因為暢銷書的讀者們——也就是美國的大多數讀者——喜歡篇幅長的書。這當然是他們的權利，也只有想賣書給暢銷書讀者、供應他們所需的作家，才會覺得這件

事合理。

　一本書不會因為太長而導致商業面無法操作，這件事看起來不假。多年來，出版社抗拒太長的小說處女作，表示製作費較高，使這種書甚至比輕薄的小說處女作更難獲利。現在趨勢不一樣了。如果小說處女作的分量夠重，同時也滿足其他商業考量，出版社就可以拿它促銷、大吹大擂，甚至賣掉。

　身兼編劇、導演的小說家詹姆斯・克萊威爾（James Clavell）的小說《獵槍》（Shotgun），幾年前曾經長踞暢銷榜。雖然讀這本書從頭到尾對我就是一次著迷的體驗，我還是無法不在它身上套用文學批評家山繆・強森（Samuel Johnson）對《失樂園》（Paradise Lost）的評論：沒有人希望這本書更長。《獵槍》總共一千四百頁，只讀開頭的人比讀完整本的人多，文學與商業面都是成功之作。沒多少年前，出版社可能會猶豫是否要出這麼長的小說，特別是背景設在中世紀的日本。克萊威爾過去的成績當然幫上了忙，但我認為大家逐漸認同極長篇幅為書帶來的利大於弊，同樣有助於此。

所以我一開始就該志在寫篇幅長的書嗎？

　不是，沒有必要。當然這可能代表你拿短篇攻往暢銷榜的努力，不應該高過你企圖將二十五萬字賣出平裝版的努力。

　可是你的第一個目標，是寫出擁有自己風格的小說。你會從閱讀經驗以及寫作過程中，學到哪一種書最適合你。我後來認為自己最喜愛寫單薄纖瘦的書。這件事就商業觀點來說，無疑限制了我的潛力，但我更嚴格地限制自己，不要為了純粹的商業考量，勉強寫比較不適合自己的書。

儘管如此，有件事值得一提：隨著時間過去，大量作家開始寫更長的書。這不代表他們打算回應市場的指揮，雖然市場的確可能是因素之一，但這些作家如此拓展自己的領域，至少也同樣可能純粹是自然之舉，畢竟寫了一疊篇幅較短的長篇小說之後，嚇人的篇幅也會變得比較不嚇人了。

　　我可以繼續說下去，可是這一章就像亞伯拉罕・林肯的腿，目前已經夠長了。

　　它就該是這個長度。

　　最重要的考量還是書本身。到頭來，這本書就該是最理想的長度，不過長也不過短。

　　一九八一年，我開始寫馬修・史卡德系列的第五本小說。前三本出版於一九七〇年代中期，最初就是以平裝書的形式出版，長度也較短，每本大約六萬字。系列第四本《黑暗之刺》（*A Stab in the Dark*）我想碰碰運氣，於是寫得稍微長了一點。後來由棚屋（Arbor House）出版精裝本。

　　不過第五集就比較有野心。書中安排了好幾條故事線。首先自然是史卡德接下的案件。這個案子相當複雜，有位皮條客委託史卡德調查一起應召女郎謀殺案。

　　他也才剛經歷了酒精引起的種種問題，得想辦法處理自己身上越來越多酒精成癮的跡象。他掙扎著保持清醒，開始參加匿名戒酒聚會。

　　最後這本書還有個主題，探討人生（特別是紐約人）的脆弱之處。他一邊處理案件，一邊處理酒癮，同時也持續留意著報紙及電視播報的暴力死亡案件。警官喬・德肯（Joe Durkin）想起

一齣老電視劇（史泰靈・薛立芬[Stirling Silliphant]的《赤裸城市》[*Naked City*]），史卡德這位警察朋友堅稱，紐約不是有著八百萬個故事，而是八百萬種死法。

動筆之後很快就知道，這個故事我不會用六萬五到七萬字寫完。雖然那大概是推理小說最適合行銷的長度，而我手上正在寫的這本書：由私家偵探第一人稱進行的系列作，毫無疑問就是推理小說。

我沒有做多餘的鋪陳，書中每個場景都有其目的。我下定決心以最適切方式來寫場景，讓書自己找到應有的長度，寫完之後，大約十二萬字。比系列作前三本書都來得長。

我擔心這本書可能太長，不適合讀者閱讀。畢竟十二萬字聽起來非常多，而且還是單一主角敘事。我也擔心棚屋出版社的唐諾・芬恩（Donald I. Fine）可能會希望這本書刪減到對虛構小說而言比較好賣的長度。

無論唐諾・芬恩，或者我的編輯阿諾・埃爾希利，沒人提到書的長度，更沒有要我刪掉半個音節。這本書在書評和讀者的反應都很好，並且被列入許多最佳推理小說的書單。

我不知道自己為什麼把這本書寫得這麼長，是出於創作的堅持，還是純粹的固執。無論是什麼，我都十分感激。

有評論認為，這幾年作家交出的稿子有變長的傾向，而這個現象多半歸功或歸咎於電腦。如果是用電腦寫作，大概比較容易嘮叨個沒完沒了吧？

或許真是如此。我從史密斯可樂娜打字機換成蘋果電腦之後，每本書都多個幾磅重。

但是請看這個例子：我在一九九八年前往愛爾蘭西部，打算在凱里郡的利斯托爾寫睡不著覺的密探譚納系列第八集。這是睽違大概二十八年的嘗試。前面七本譚納系列都在六萬字左右，我假設第八集也會收在差不多的字數。

　　結果我寫了大概八萬字。

　　對呀，都怪電腦吧？並非如此。其實要把電腦帶到某個愛爾蘭的小鎮，這事讓我不太自在。要是電腦出了什麼問題呢？要是旅館的電力不支援呢？現在我到哪裡都帶著蘋果電腦的筆電，不過當時的世界還是有點不一樣。

　　於是我帶著一把原子筆和兩三本記事本，寫完了整本書。

　　不能怪科技對吧？不能把我的嘮叨推給電腦。最簡單的解釋大概就是：隨著年紀的增長，我的話變得更多了。

　　書本長度的還有一點：約翰・奧哈拉（John O'Hara）出版短篇小說集《奧哈拉在此》（Here's O'Hara），這本選輯中的作品橫跨相當長一段時間，前言中提到編輯艾伯特・埃斯金的觀察：早年的作品通常滿短，而近年的故事通常較長。另外，埃斯金覺得長一點的故事比較好。

　　他接著說，自己不認為後來的故事是好在篇幅較長，而是故事比較好，所以篇幅才變長。換句話說，奧哈拉漸漸成了更好的作家，而且把天賦和觀點帶進故事，因此需要更多的文字講述更為飽滿豐富的故事。

13 重寫
Rewriting

　　暢銷作家賈桂琳‧蘇珊（Jacqueline Susann）過去常常跟脫口秀的觀眾說，她每一本書會重寫四到五次，一稿用黃色的紙，二稿用綠色的紙，三稿用粉紅色的紙，四稿用藍色的紙，最後用白色的高級文件紙寫完稿。我似乎想不到這個彩虹校訂法的意義，也不確定自己是否相信蘇珊真的這麼做。像她一樣如此擅長自我推銷的人，可能都有粉飾的能力。

一口氣重寫，還是邊寫邊回頭改？

> 我常常重寫。準備要印的每一頁，一定都有五個版本在
> 垃圾桶裡。寫作最難的，就是要接受過程是如此浪費精力，
> 但這樣是必要的。我懷疑整個文學史裡，一部作品沒有因為
> 作者重寫而變更好的機率，不到千分之一。
>
> ——羅素·圭南（Russell H. Greenan）

專業作家的重寫方法大相逕庭。有人贊同上述看法，有人則
將它貶為無稽之談。有人認為重寫是這一行十足讓人愉快，在重
寫的階段，可以看到書形成最終的樣貌。有人討厭重寫，但還是
會做。有人反覆重寫，直到書讓他們滿意。有人會修飾每一頁，
修完一頁再修下一頁。有人會寫到五稿以上，才認為書寫得沒問
題了。有人直接交第一稿。

我不認為重寫有任何正確或錯誤的方法，眾多專業作家使用
大不相同的方法，結果也都非常成功。寫作有那麼多面，每個作
家必須決定對自己最有效的方法為何——哪個方法能生產出最棒
的作品，讓作家自己覺得最舒適。

我本身一直是極度討厭修訂的作家。回顧這些年，我看得出
有幾個因素能幫助說明這個態度：我對成果的關心一向大於行
動，如果拿寫作成果與寫作本身相比的話，你可以說我對後者比
較沒興趣。我一旦寫完一個短篇故事或長篇小說，我就希望能認
為自己永遠完成它了。沒錯，打出「全文完」的那一刻，我就希
望自己可以深呼吸一口氣，繞過街角，看到我已印好的作品出現
在書報攤上。這種時刻，我最不希望的就是坐下來，呼吸更深的

一口氣，開始將整個作品再次送進打字機。

　　因為我天生就行文流暢，所以就像幾章之前提到的，我交第一稿就能過關了。我的第一稿看起來不粗糙，而且因為我的想像力極度偏狹，所以不太可能為一本書找出一種以上的寫作方式。

　　我寫軟調性愛小說時，經濟上的考量大幅排除了重寫的可能性。誰負擔得起啊？誰有空重寫啊？如果你一年要寫十二到二十本書，就算我欣然同意圭南的想法，也依然一行都不會重寫。如果每一頁在打字機重新跑一遍都會變得更臻完美呢？但事實上我根本沒空為每一頁潤飾到這種地步，而且也沒動力這樣做。讀者不會注意到差別，出版社也可能不會注意到，就算注意到，也不在乎。

　　還有一個反對修訂的看法，而且可能適用早期的性愛小說。傑克・凱魯亞克（Jack Kerouac）提出過這個想法，說自己的寫作是「自發性的波普韻律學」（spontaneous bop prosody），將自己的寫作方式比擬爵士音樂家的創意即興發揮。更憤世嫉俗的是白瑞・馬士堡（Barry N. Malzberg）筆下《赫羅維特的世界》（*Herovit's World*），主角是一個庸庸碌碌的科幻小說家，極度瞧不起自己的作品，認為重寫會搶走他那些垃圾的唯一優點，也就是新鮮。赫羅維特認為，你一旦開始重寫，就沒有辦法停下。文章的平庸與材料的缺乏價值，會隨著每一稿變得更加明顯，元氣與流暢度也同時枯竭。你最後唯一在做的事，就像威廉・勾德曼（William Goldman）對於開場前重寫不妥劇本的痛苦所給的一個形容詞：「洗垃圾」。

　　我那時從來不洗自己的垃圾。回想起來，我很震驚於自己竟然敢冷靜地完全不打算修訂。我很少為某一頁重新打字。

我清楚記得有一次在一天工作結束之後，我檢查稿子，發現自己明明從第三十一頁寫到第四十五頁，但不知為何，頁碼從第三十八頁直接跳到第四十頁。我沒有重新為這幾頁編號，只是坐下來寫出第三十九頁來搭配。第三十八頁停在一句話中間，在第四十頁才說完，因此，要悄悄放入第三十九頁就花了一點花稍的手腕，但年輕人的無恥自滿，顯然足以對付這種挑戰。

　　暢銷作家賈桂琳・蘇珊（Jacqueline Susann）過去常常跟脫口秀的觀眾說，她每一本書會重寫四到五次，一稿用黃色的紙，二稿用綠色的紙，三稿用粉紅色的紙，四稿用藍色的紙，最後用白色的高級文件紙寫完稿。我似乎想不到這個彩虹校訂法的意義，也不確定自己是否相信蘇珊真的這麼做。像她一樣如此擅長自我推銷的人，可能都有粉飾的能力。

　　可是這沒關係。我認為切題之處，在於蘇珊了解自己的觀眾。大眾顯然樂於見到自己讀的書曾經過作者無止盡地為之賣力。這本書從作者的打字機出現時輕鬆地像水從石頭裂縫流出來一樣，但我卻付了八塊九五美金買下來。如果腦中出現這樣的念頭，讀者可能也覺得可恨吧？這玩意應該讀起來好像渾然天成，寫來全不費工夫，但大家一定想確定它真的費工到令人打從心裡滿意。

　　得知著名電視主持人迪克・卡維特（Dick Cavett）可能拿起你的書，問你怎麼寫成它，這樣是很令人高興；但你同時也該更在意自己是否寫出最棒的小說，而不是如何推銷它。修訂是必要的嗎？妥善修訂的方法是什麼？

　　對我來說，最棒的修訂方法需要一種矛盾思想。如果我寫書的時候，認為之後本來就該坐下來再寫一遍，我會鼓勵自己發

懶。我不用找正確的字眼或詞語，不用想清楚一個場景，決定自己想用哪個方式解決。我可以直接把舊玩意隨便扔到紙上，跟自己說重點在於讓紙上有字，反正永遠可以在重寫時，幫自己收爛攤子。

要擺平自己在打字機前的壓抑，下面這個方法或許正符合你的需要：我稍早提過幾個作家會寫很長的第一稿，把自己想到的每樣東西都丟進去，然後在第二稿狠心地刪減。

不過就我個人，**我一定得認為自己正在寫的是最後一稿，才會夠認真對它全力以赴**。出於這個理由，我一邊寫一邊校對。第一稿寫在極度昂貴的白色高纖高級文件紙上，每一頁都寫好才進行下一頁。我不必一邊寫一邊重寫，但如果有某處讓我煩惱，我也不會把它留下來。我寫完每天要寫的五頁完稿時，有時垃圾桶已堆滿二十到三十張揉爛的紙。有時我一頁也不用扔掉，但即使這樣，我也會做你可以稱之為「預先重寫」的工作，先在心裡思考寫這些句子跟段落的不同呈現方式，然後才寫下它們。

在「開始寫小說」的那一章，我提到自己常常重寫一本書的頭幾章。除此之外，我通常一路寫到結尾，不會重寫，頂多就像上述那樣邊寫邊潤飾。然而我每天開始工作前，先校對前一天稿子的時候，偶爾會發現最後幾頁出了問題。原因可能在於我在夜裡無意識為了接下來的發展而費神，想出一些東西，因此需要更動緊鄰的部分前文；也可能是我昨天到工作結尾時已經累了，疲勞帶來的結果，在晨光中昭然若揭。若有這種狀況，我自然就會重寫出問題的那幾頁。這麼做有兩個效果，一個是讓我融入敘事節奏，一個是改善昨天的作品。

有些作家仔細調整這個方法，改為一邊寫一邊重寫整份稿

子。他們每天一開始就完全重寫昨天完成的第一稿,然後繼續寫下新的內容,第二天早上又再修訂它,這樣每天一次,直到這本書完成。這個方法有很多好處:**如果你的第一稿在文體上鬆散到必須修訂,但從頭到尾重寫一次的想法很不吸引你,那麼這種打帶跑的修訂手段就非常值得推薦給你。**別的不提,既然你必須修改的報應不久就會出現,你就不會慫恿自己隨隨便便地處理第一稿。

附帶一提,如果你寫的第一稿需要實際修訂結構,像是大量刪減與接合的那一種,這個方法是行不通的。

修訂結構

幾頁之前,我將自己現在寫作與重寫的方法描述成一種矛盾思想。我這麼說的意思,是我雖然第一次下筆就帶著完稿的目的,但我讓自己對一個可能性抱持開放的態度,那就是有可能需要完整寫出第二稿。如果我決定需要有第二稿了,即使第一稿實際上俐落地寫在嶄新白色高級文件紙上,也不會改變我得從頭到尾重寫它的事實。

我寫《別無選擇的賊》時,停在結尾的某一章,然後重寫了整份稿子。我猜想自己可以先寫完第一稿的最後一章,然後再開始重寫,但我看不出這樣有什麼意義,因為我知道自己對稍早章節的修訂,之後會影響最後一章,所以那樣做只會讓我最後得整個重寫過而已。

我從頭到尾重寫《別無選擇的賊》,有幾個原因。其一是我其實寫到差不多全書四分之三之後,才知道凶手是誰。我偶然想

到的解答，需要沿著故事做一定程度的改動。我想繼續寫到結尾，或者我已經幾乎寫到結尾，然後再去做那些改動，但它們的確非改不可，改了才能讓這本書站得住腳。

除此之外，我對這本小說的步調不滿。雖然大部分場景都寫得還不錯，我就是覺得故事線裡浪費了太多時間。我重讀了一次，深信自己可以從情節裡刪掉一天，讓過程大量收緊。

我可以嘗試用剪貼和重寫各處的特定幾頁來做這些改變。我考慮過，但無法避免一個結論，那就是完整重寫一遍，會大大有利於這本書。雖然在我看來，這本書的某些部分，除了偶然的幾句話之外，不需要任何改動，但還是決定要重新寫出每樣東西。

藉著這樣做，我做了不計其數的改變。我不可能在毫不改動的狀況下，將自己作品的某一頁重新謄到紙上。有時我很清楚這些改動構成重要的改良，雖然這個改良可能對大多數讀者看來並不明顯。就別的狀況說來，我做的改變是讓作品變好或變壞，還很難說；但我有時感覺自己改變詞語，只是為了要從純粹抄寫的無趣中休息一下。

我絕不會只為了文筆風格上的理由就回頭去重寫《別無選擇的賊》。我第一次就將這本書寫得夠流暢了，如果不用做結構上的改變，我會照原狀交出第一稿。回想起來，我很高興自己被迫重寫它，因為額外對它下功夫之後，它變成更好的書了。

必要的修訂

你寫出的第一稿，可能看起來不用大幅重寫就能交。然而你可能會發現，寄出稿子之前，稿子必須重打一遍。

如果是這樣，我有一個建議：除非你真的完全受不了，不然就親自進行最終的謄稿。

你可能從我談《別無選擇的賊》的修訂猜到理由。無論你用原子筆或鉛筆做了多少校訂，無論你將素材修改得多徹底才打字，你真正親自敲打鍵盤的時候，才會發現更多真正該做的小改動。

我的某個朋友常常這樣做，然後開始得到更高的預付款，賺到更多附帶收入，她因而決定自己可以開始闊氣地雇人來為她的完稿打字。她非常努力地做這件事，先用鉛筆做了無數訂正，然後才匆匆將稿子送給打字員。可是她最近的幾本書裡，風格沒有那麼洗鍊了，因為不是她自己謄稿。她忘了當初自己何以會修訂作品，雖然書依舊寫得很好，我認為還是以前的作品流暢得多。

稍早在「障礙與死巷」的那一章裡，我建議你寫作遇到問題時，不要將之擱置一旁。雖然這可能看起來像一個好主意，但幾乎不會讓你對自己的小說發展出新的觀點。我半途拋棄的書，就這樣永遠漂離我的人生，再也沒見過面。

然而你**完成第一稿之後，我認為你應該先給自己呼吸的空間，再投入重寫的工作**。鐵打的事實是你可能累了，需要休息一下，不過這樣做還有別的原因。

剛完成一本書的作家，通常無法充分客觀地看它，所以無法以修訂的角度來好好檢視。就我來說，要客觀去看自己出版十年的作品都已經夠難了，更別說是一篇紙張還溫熱、墨水還未乾的稿子。我在這個階段，不只是太靠近這本書，甚至還身在其中。休息幾週會讓我放鬆下來，等坐下來讀它的全文時，我可能就會

對它帶一定程度的洞察力。

　　你處於這種冷靜期，可能會想找別人來讀這本書，但也要身邊有判斷力讓你信任的人。如果負面反應有讓你動彈不得的可能性，那就不要冒險。你還未完成重寫工作，不要拿書給任何人看。

　　如果你擔心自己在某個領域缺乏專業知識，此時正該來找見識多的熟人讀這本書。舉個例子好了：假設這本書的背景涉及蒐集硬幣，你對這個主題已做了大量調查，但你不是貨幣學家，無法肯定自己沒有寫錯術語。說不定你犯了醒目的錯誤，事後可能讓讀者寄來傲慢的校正信。

　　讓擁有該背景的人來看這本書，向他說明你的疑惑之處，請他帶著這份考量來讀這本書。讓他清楚知道你想要他看出錯誤來，你給他看這本書，不是因為你希望他讚美這本書（你必須告訴大家這件事，因為多數人以為作家不想受到批評，只想得到讚美。附帶一提，就多數時候來說，他們絕對猜對了）。等他跟你說哪裡錯誤、如何修正之後，你可以將他給你的資訊加入重寫版裡。如果他跟你說一切都沒問題，你的書提到貨幣的時候都很正確，你重寫時就可以停止擔心這一點。

　　此外，如果他對你的故事、人物、寫作風格提出大量與貨幣無關的批評，你可以禮貌地向他致謝，然後不必太在意他說的話。記得，你給他看這本書，是因為他對稀有貨幣的知識，不是因為你認為他是曾為費茲傑羅、海明威編書的麥克斯威爾·柏金斯（Maxwell Perkins）之後最敏銳的編輯。

如果你的書可以更好，那就改吧！

這個討論俐落地帶我們進入重寫課題的另一個範疇。**之前我們討論你交稿前是否要做修訂工作，但你如果受經紀人或出版社建議而做的改變，那就完全變成另一種問題。**

多數新作家為了讓書出版，幾乎願意做任何改動，新手作家可能也該如此。就像大自然的第一法則非常理所當然地是自我保護，推出處女作的小說家，若有將作品出版的機會，第一條戒律也是自我保護。如果只是照編輯建議修訂稿子，就能讓作品出版，你不這麼做也是蠢貨。

有前途的作家對這件事有一個相當普遍的幻想。這個幻想通常包含一個冷硬派的編輯，想要引誘作家做愚蠢的商業改動，導致這本書在藝術面受到損害。結果是作者做了改變，但因此發現財務上的巨大成功多麼空虛，自己為此付出靈魂當代價；不然就是作者堅持自己的信念，叫編輯滾蛋，然後（a）找到更明理的出版社，通過對方的努力，這本書帶給作家無法想像的財富與榮耀；或者（b）義憤填膺地將自己灌酒灌到死。

這些都是令人銷魂的幻想，但沒有多少現實的根據。一個經紀人或編輯會建議你改動作品，是因為他認為改動會讓它更好，不是因為他渴望搞爛它。他的觀點可能部分來自商業取向，畢竟實際上若非如此，那表示他做這行的能力可能不是太好。不過，我從不認識哪個編輯會要求改動他認為改了也不會讓書變強的問題。

然而想法不代表事實。經紀人和編輯也很常犯錯。在小說的世界裡，正確和錯誤常常很主觀。

言歸正傳，編輯想要你更動某處，但你不同意，你會怎麼做？你會咬緊牙關改下去嗎？你會堅持自己的信念嗎？對了，你怎麼知道自己該相信什麼？

　　你能將自己的感受看得多重要啊？畢竟你只是寫出這個東西來而已。

　　這個問題很棘手，你在這幾行待過幾年之後，仍然可能偶爾回答不出這個問題。有一件事可以確定，那就是決定權在你。這是你的書，上面會有你的名字，只有你知道自己對書中內容的感覺有多強烈。如果你拒絕做某些改變，可能就是拒絕出版，而且另一個出版機會也許永遠都不會來。你不能假設永遠不會有別人買下這本書，但也得承認有這種可能性，尤其這是一本小說處女作。

　　一般說來，作家的自信會隨經驗增長而增加。我的第一本書，也就是稍早提過的那本女同性戀小說，我寫它的時候，因為某位編輯的建議而做了一些改動，其中一個改動是一個壞主意，我不喜歡做這個改動，但沒真的想過要表示異議。我當時二十歲，一想到要出書就興奮無比，對於出版社要給我的兩千美金預付款肅然起敬。我現在知道，自己原本可以說服對方，讓我不用做自己真的很討厭的那個改動，可是我連試都沒試。

　　這個例子還算輕微。幾年前，由於某個可敬的編輯提出建議，我的某個朋友果斷刪減一本篇幅很長的小說。他當時覺得那本書經過刪減後，在商業與藝術面都會變得比較弱，然而他也同時覺得那個編輯的意見比他自己的意見更有價值。或許大多數的狀況是如此，但顯然不包括這個例子，他現在對於那次刪減非常後悔。有了那次經驗，加上之後以暢銷商業小說家身分累積的成

續，現在的他拒絕做類似改動的可能性強多了。

經驗給人自信與自恃，卻也可使人變得謙恭，讓人更得以承認並接受自己作品中的瑕疵。拿我自己來說，我知道自己比幾年前更能接受修訂上的建議，然而我若確信自己的立場正確，往往會更能堅守立場。

我確信自己某些時候容易採取反對修訂的立場，原因單純是懶惰。我不想要做這項工作，所以腦袋熱心提供了一些藉口，表示對方指出的改動何以不是好主意。我仍然有如此思考的癖性，但我現在更容易看穿它，所以不會輕易認為那意味著藝術上的完整性。

所以你的決定就是你的決定。時機來臨，你就得自己解決。這可能會幫助你明白，幾乎所有小說在得到編輯的注意力之後，都還要下一些其他功夫，而且其中有大量需要重寫的部分。雖然約翰‧奧哈拉可能會咆哮：寫完故事之後，你改善它的唯一方法，就是叫編輯去死。然而對於要你做改動的編輯，你可能不會想這麼快就向他提出一遊地獄的建議。而且看看奧哈拉的書信，你就會知道他其實也沒有一開始就那樣——直到他建立的名聲足以讓他這麼做為止。

可是這全是本末倒置，不是嗎？因為無論如何，首先你得找到出版社欣賞你的書，而且欣賞到一開始就想建言更動。

這也就順水推舟地帶我們到下一章去。

* *

在電腦時代，重寫文章完全是另一回事。主要的核心沒有改

變，作者還是需要調整自己的文字，試著改善成品，使之完美。說服自己並不容易，但一旦下定決心，做起來會比以前簡單許多。

閱讀自己一九七八年寫下的內容，想到那些一再重複的繕打，還有字紙簍中的廢紙，我只能搖搖頭。現在我們可以選取那些不受控制的怪字，輸入替代的選項，然後就搞定了。改變心意了嗎？敲下Ctrl+Z（或者你電腦上的快速鍵），原始的句子就在眼前。

印象中《別無選擇的賊》（*Burglars Can't Be Choosers*）出版以來，我只有一次從頭到尾改寫的經驗。（應該就是《愛瑞兒》[Ariel]，這本困難的小說來自出版商的建議，不過對方一看到書稿就改變了心意。一段時間之後，新的經紀人把書稿交給棚屋出版社的阿唐‧芬恩，阿唐的建議加上我的想法，讓我又在打字機前重新寫過。）

近年來我確實比較常重寫，不過那是因為這麼做很輕鬆。不需要重新打字，不需要劃掉句子，書頁空白處也沒有無法辨識的注記。檢視自己的文字，可以迅速又輕易地處理任何不適用的字詞，不會搞得一團亂。要是第二章需要配合第八章的劇情調整，對我來說也是輕而易舉。

雅賊羅登拔的第六本書是我頭幾本用電腦寫成的書，書名是《把泰德威廉斯交易掉的賊》（*The Burglar who Traded Ted Williams*）。快要寫到結尾我才發現，有個重要角色的姓氏亂七八糟的。你應該很難想像過去要做這樣的調整有多困難。閱讀，尋找「湯普森」這個字，用彩色筆標出來，並且用粗黑筆寫下「湯普金」，然後不停重複這個過程。結果書稿還是很難看，可

能還有幾個「湯普森」沒改到，不過你還能怎麼辦呢。重打整本該死的書嗎？

你比較有可能會採取以下的做法，至少我自己會這麼做啦：反正「湯普森」也還好，就別改稿了。

不過我是用電腦寫這本書！我想應該有人說過，每章分別存檔比較安全，或者比較好用，因此當時我每章都是不同的檔案，我得逐一打開檔案，執行「搜尋並且全部取代」的功能，接著我的湯普森就都變成了湯普金。後來的幾本書，我發現用一個檔案就能完成，我會改變角色的名字或地址，或者想到就改點什麼。

這些功能都很棒，讓我更加無法想象不用電腦寫作的日子。不過話又說回來，作家的確可能會一再重寫，這是個危險的習慣。這麼做門檻不是很高，現在又不會塞滿字紙簍。為什麼不把書稿改得更完美呢？

而且啊，只要你忙著重寫，就不需要硬著頭皮寫完，也不需要冒著被拒絕的風險投稿，更不需要冒險出版，不會被父母／朋友／情人／貓咪討厭或者鄙視。

有些作家偶爾會潤飾作品，但或許根本不值得這麼做，畢竟有些作家會就這麼寫下去。其間的差別或許可以從兩位特別有才華的作家身上看出來，那就是史丹利・艾林（Stanley Ellin）還有伊凡・杭特。

史丹・艾林多半創作短篇故事，早期寫作非常緩慢而謹慎，就我所知十分出色。他大概會同意本章開頭所引用的羅素・圭南。艾林追求完美，開頭有時會改上二十幾次。接著重寫第二頁，寫到自己滿意為止，重複著這樣的流程，直到完成這個

故事。

　　伊凡‧杭特則很不相同，他天生就是個快手，他能夠寫出順暢又精良的稿件，第一稿就好比其他人的第五稿。兩個人都很喜歡對方的作品，也成了朋友。伊凡認為史丹的方式才是正確的，快速的節奏讓他自己無法抵達文學的更高殿堂。

　　於是他決定放慢腳步。接著幾週之後，他滿心喜悅地打給史丹。他說：「我終於讓自己每天進度只有八頁了。」

　　至於八頁需要寫上一整週的史丹怎麼回答，我們就只能想像了。

14 付諸出版
Getting Published

科幻及推理小說家費德力克·布朗在《尖叫的美美》(*The Screaming Mimi*)說過：如果你對一樣東西渴望到極點，你就會得到。如果得不到，只代表你不夠想要它。

使用電腦和使用打字機寫作非常不同，在線上查資料和跑一趟圖書館非常不同。不過無論使用什麼樣的工具，寫作的本質仍然幾乎相同。你必須搞清楚自己想說什麼，打算怎麼說，無論是寫在楔型文字的泥版、一整疊的白紙或者電腦螢幕上，面對的都是同樣的挑戰。

查資料也一樣。無論你怎麼進行、在什麼地方進行，都是在發掘自己的小說所需。

只不過打從這本書出版以來，出版和銷售的意義幾乎完全不同，而且改變的腳步仍在持續，從未減緩。顯然沒人知道未來會如何。（其實向來沒人知道，「可預見的未來」一直都是個矛盾的修辭，不過近日很少有出版從業人員敢打包票六個月後會是如何，十年後就更別提了。）

我想過完全捨棄本章，直接加寫新的章節，告訴大家目前出版業的運作模式。考慮後，決定像之前章節那樣，保留原始內容，並且增添有用的補充。我在想，本章增補的片段會比之前的多。

首先，你已經贏一次了

你一旦寫完小說，可能就會想出版它。

上面這句話幾乎不用明說，這是整個寫作行業中共通的奇妙事實。大多數作家寫作的目的無疑都是為了想出版。

其他藝術工作就不一定是如此。喜歡畫畫的人，不一定渴望在美術館陳列作品。一週一次在業餘弦樂四重奏拉大提琴的女人，不一定因為自己沒在卡內基音樂廳表演就自認失敗。

作家就不一樣。作家認為始自點子的這套程序包含出版。稿子不像藝術家完成的油畫，稿子不是完成品；小說只有在排字、印刷、裝訂後，才算是完成。

這很倒楣。雖然寫作無疑是一種專業，但也當之無饋是一個嗜好，而且在這個身分非常盡職。關於那些寫作的人，我猜能寫出可賣、可出版作品的人，比例永遠偏低，大多數人寫作根本就是為了自娛。這沒什麼錯，所有藝術行業都有同樣比例的人在自娛。悲慘之處，在於業餘作家很可能因為作品無法出版，就認為自己失敗。

我猜很多作家，無論是專門寫作或兼職寫作，或多或少都會認為自己失敗了，這似乎是人類的天性。不過如今有個無可否認的轉變，那就是任何人都可以出版。我們之後會好好討論這件事，不過目前聲明這一點很重要，最好還要加粗強調：**任何人都可以出版。**

一九七八年，在寫這本書的前一陣子，我在《作家期刊》的專欄討論過只利用週末寫作的所謂「週日作家」（Sunday writer），提議作家不需要經過出版來自證成功。數量多到振奮人心的讀者寫信來，表示我的看法鼓舞了他們。現在就讓我這麼說吧，我覺得寫完一本長篇小說的任何人，都應該認為自己成功了，這無關作品的優點與出版的可能性。如果你寫完一本長篇小說，你就已經是贏家了。無論你是否嘗試出版它，無論你努力的結果是成功或失敗，你跑了一場馬拉松，而且以自己的雙腳完成了它。

恭喜你。

出版第一本小說

　　即便如此，假設你決定在把稿子塞進置物箱之前，先嘗試幾次，看看會不會中獎，你認為成功的機會多高？你可以做什麼事來強化作品？

　　我們別想得太天真，沿路不會都是冰淇淋跟蛋糕。就像廉價小說裡的英雄，你會需要運氣跟勇氣，兩者的需求量都很大。

　　我可能會忍不住提出老套的教誨，告訴你如果書夠好，如果你夠努力將書提給各家出版社看，每一本小說遲早都會出版。這個觀念老掉牙了，也是大家喜歡聽、會選擇說的那種話。

　　但現在我開始懷疑這種話的真實性了。

　　以下是一個明證。一九七七年，一個叫查克‧羅斯（Chuck Ross）的人著手證明新小說家會面臨的諸多困難。他交了一本長篇小說給十四家出版社和十三個文學經紀人。

　　他交出去的小說，不是自己寫的，而是波蘭裔美籍小說家澤奇‧柯辛斯基（Jerzy Kosinski）的《步驟》（*Steps*），一九六九年的美國國家圖書獎得獎作品。

　　雖然有一個編輯將作者的風格跟柯辛斯基比較，但沒人認出這份稿子，也沒有任何出版社想發行這本書，沒有任何經紀人想代理這本書。無可否認，柯辛斯基的小說是實驗性作品，不是偽裝出自陌生作家之手後，仍然充滿暢銷氣勢的那種書。這個實驗不是證明經紀人和出版社都是笨蛋，或國王沒有穿衣服之類的事。

　　不過你該因此對自己將面臨的狀況有個初步概念。

那我到底該面對什麼？碰壁嗎？新作家面對的出版機率一定是零，我最好把自己的書放進梳妝台抽屜？或是一開始就不要寫？我應該改當週日畫家嗎？開始學拉大提琴？

　　你想做這些事的話，任一件都可以做，全部做也可以。我跟你說過，從來沒人說你非寫小說不可，現在也沒人說你非出版小說不可，就算是嘗試出版也一樣。天啊，這是你自己的小說。你可以在朋友之間分享這些作品，將它鎖在出租式保險箱，或是用它為閣樓隔熱。你可以將它交給十四家出版社與十三個經紀人，接著對自己做的努力感到滿意了，就將它放到屋外的廁所裡，塞在蒙哥馬利・沃德百貨公司的商品目錄旁，這樣就不會浪費它了。

　　或者，你可以盡速將它寄給第十五家出版社，第十四個經紀人。

　　科幻及推理小說家費德力克・布朗在《尖叫的美美》（*The Screaming Mimi*）說過：**如果你對一樣東西渴望到極點，你就會得到。如果得不到，只代表你不夠想要它。**

給你幾個好建議

　　對於銷售你的小說這件事，沒有多少具體建議的空間。銷售條件常常改變。《作家市場》（*Writer's Market*）的年度版，以及《作家期刊》的市場欄，可以讓你持續知道出現了哪些改變。如果你在寫類型小說，每天調查書店及書報攤，會讓你詳細知道誰在出版什麼作品。

　　然而觀察市場可能會對更你有幫助。

最近出版社採取的方針有一個趨勢，那就是謝絕閱讀主動上門的稿子。這不代表出版社全是一夥鐵石心腸的老傢伙。這只代表他們有越來越多人發現主動提來的案子，因為最後獲得出版的數量幾乎是零，所以讀稿的代價高得讓他們承受不起。出版社限制自己只讀經紀人代理或帶著推薦函上門的稿子，如此一來，一年就可以省下成千上萬美金。

這對你來說是什麼意思？先讓我說一下：這個狀況沒有看起來這麼具毀滅性。它絕對不會讓小說寫作這一行關門大吉。過去的寫作成績、經紀人，或甚至作家聯盟的會員卡，都不是別人考慮出版你作品的必要條件。

你需要的是對方允許你遞交小說，我對此的建議是寫詢問信。假設你寫了背景在得文郡荒郊的哥德小說，市場調查可以讓你找到某六家出版社最有可能接受這本作品。你查過《作家市場》，知道了每一間出版社可能負責哥德小說的編輯姓名。現在你坐下來，為那六個編輯各寫一封信，差不多像這樣：

親愛的溫波小姐：

　　我最近完成了一本哥德小說，書名暫定是《特瑞菲利安之屋》。它的故事背景在得文郡，女主角是一個美國的年輕寡婦，受雇去狂風掃蕩的孤寂荒野，在一棟吱嘎作響的老宅裡為古董家具鑑價。

　　您願意看看原稿的影本嗎？隨函附上給您使用的回郵信封，期待您的回音。

我建議你寫一封這樣的信給各家出版社，不管對方讀不讀主

動上門的稿子。你會得到一封回信，而且回覆速度遠遠快於你直接交完整稿，因為讀信比讀一本小說快很多。如果對方回信跟你說：「謝謝，但是不要。」並告訴你哥德小說已經不再是生意興隆的市場，說發生在得文郡的故事已經太多，或是其他任何一種負面回應，你就省下交出小說給對方的代價，以及等待對方寄回的時間。

如果編輯同意考慮這份稿子，你就清掉一個障礙了。《特瑞菲利安之屋》不再是一份主動上門的提案，不再是完全自溺的故事，而是有一個編輯同意要讀的稿子。

當然，**這不代表溫波（Wimpole）小姐會買下你的書，也不代表你該開始樂觀，因為那樣只會讓你被退稿時又再次洩氣。不過這的確代表你稍稍提高了自己出版的機會。**

你寫詢問信還有另一個目的。你已經在信中描述自己要寄的東西，不是這本小說的性質，而是這份提案的性質。你沒有稱它為原稿，而是稱它為原稿的影本。你要交的就是影本。

把稿子交給多家出版社。同時交出去。

出版社就像這不完美世界的每個人，想照自己的方法做事。有幾年，出版處理這件事的方法，是設法批評，說作者同時將作品交給不同出版社不道德。他們從不在意事實是一份稿子可能會連續好幾個月在出版社的桌上發爛，他們只讓你得到一個印象：一稿多投不公正也不公平。

管他們去死。要說一稿多投可能產生的問題，除非你刻意讓一些編輯誤以為只有自己在考慮這本小說，但事實不然。你說自己要寄的是一份影本，在詢問信與寄送影本的附函都這麼寫，就剔除了可能會導致這種誤會的因子，而且不是以令人不愉快的挑

釁方式表現。你總不會想說：「我同時還把這個小說寄給其他十個人，所以你如果想提出最快又最優渥的邀請，最好趕快開始看。」因為溫波小姐聽了可能不會高興。

不用說，我們在講的是印得俐落好讀，品質跟原稿一樣好的影本，不是複寫本，也不是印在發臭的紫色塑料紙上的那種老式影本。如果你只拿得出這種東西，你必須表現得更好。

我建議你讓小說有四到六份影本在流通。多過這個數字，狀況就會亂了。你交出小說的時候，再次稱它為一份影本，清楚說明是編輯鼓勵你寄來的。不要理所當然地認為她會想起你的名字，或關於你的任何事。你可能很難理解這一點，不過在這個階段，溫波小姐在你生命中的地位，遠遠高過你在她生命中的地位。

你可以這樣寫：

親愛的溫波小姐：

　　非常謝謝您在 2 月 19 日的來信。如您建議，我附上我的哥德小說《特瑞菲利安之屋》影本。希望您喜歡它，也希望它會符合您的出版條件。

　　隨函附上回郵信封。

同時交稿給一家以上的出版社，你其實不可能不幻想有兩家或兩家以上的出版社，在同一天接下這本書。這些幻想出現時，你要記住三件事：

1. 沒這種事。

2. 那你最大的麻煩就來了。

3. 你的經紀人會處理。

＊　　＊

如今投稿當然多半以電子化的方式進行。你只需要附件夾檔。

這節省了你投稿的郵資，而且再也不用附上回郵信封。還省下印出稿件的費用。

以上是好消息。壞消息是，這種方式能讓任何寫完小說的人想怎麼投稿就怎麼投稿，完全不耗時也不必支付任何成本。對於早已過勞的諸位編輯，主動投稿的稿件更多，能夠處理的時間則更少。

這代表你每次只該投一間出版社，減少編輯的負擔嗎？不是的，因為就算這樣他們還是要花上非常長的時間才能處理到你的書稿，甚至可能根本不會打開。往日編輯的辦公桌總被實體書稿占據，其他主動投稿的稿件則在一旁隱隱進逼，往編輯的心上添加罪惡感。編輯採取行動把那些稿件清出辦公室是早晚的事。他可能不會閱讀那些該死的玩意兒，不過他至少會用現成的回郵信封退回稿件。

現在少了成堆的書稿，只剩下大量夾帶附檔的電子郵件。編輯或許不忍心把實體稿件丟進垃圾桶，但可能會說聲「去你的」然後按下刪除鍵。

那麼，你該在投稿幾個月之後詢問書稿的命運嗎？編輯有可能搜尋上百封未回覆的郵件，只為尋找你的那封信與附件嗎？還

是他會敲下「抱歉，你的小說不太適合我們出版」，並且點擊送出，接著徹底忘了你和那本書的存在？

不，你不會在所有出版社都碰上同樣的情況。而且沒錯，你得到了溫波小姐的認可，出版社接受書稿的機率高了很多。不過以下的事實不會改變：百分之九十九的情況下，你的投稿對編輯來說沉重又麻煩，而且幾乎不可能得到溫暖的回覆。

這剛好可以帶到接下來的問題……

找個經紀人

講到經紀人，你需要一個嗎？如果你需要，要怎麼得到？

你當然可以當自己的代理人，就像你可以當自己的律師，或是割掉自己的盲腸一樣，而且代理自己的潛在性風險，比你在法庭或醫院面臨的低。

有些非常成功的作家做自己的經紀人，自己談生意，而且做得相當不錯。他們讓出版社做他們在國外市場的代理人（這份酬金通常高過多數經紀人的收費）。一般說來，他們與同一家出版社會持續合作多年。

我個人認為他們是在浪費錢，但你很難向他們證明。他們看到自己省下的一成酬金，沒看到他們因為單打獨鬥而少賺的錢。他們合約的某些條款，優秀的經紀人會堅持要改動，但他們看不出來，也不知道自己或許能得到更高的預付款及更高的費用。不過這是他們的事，我的工作是寫作，而我樂於將純粹談錢的那一面留給我的經紀人。

對於新作家來說，有一個經紀人讓人非常稱心如意。他天天

接觸市場，知道某個編輯在找某種素材，他可以拿起電話，就讓事情開始運轉。他辦不到的事——這點值得強調——就是讓編輯買自己原本就不想要的書。他可以帶馬去喝水，或是把水拿給馬，但最多就是這樣了。

你要怎麼找到這樣的人？就跟你讓稿子得到編輯注意的方法一樣，寫一封詢問信，像你寫給溫波小姐的那一封，信中稍微解釋你的書，詳述你的所有寫作經驗，問這位經紀人是否願意看看你的能力。此外，我要提醒你：附上回郵信封。

這位經紀人可能已經有一堆客戶。他可能沒有興趣代理你寫的那類素材。如果他願意看看稿子，那就寄一份給他；如果他讀了，表示願意代理你的作品，那你就有經紀人了。

假設你全靠自己與編輯聯繫。你交了一本小說給溫波小姐，她回信說她想出版，可能提出了條件，可能她附上了合約，可能完全沒有提條件或合約，但是要你修訂。可是……

現在，你可能就需要經紀人了。

你可能覺得現在找代理人有違你的本性，畢竟你已經完成困難的部分，也就是找出版社。然而在這個階段沒有經紀人，有時真的會把你搞死。你簽署任何東西，做任何進一步的臆測之前，或簡單地說，在你做任何決定性的動作之前，應該要取得專業建議。你為此要付的酬金不算多。

聽起來是一個好主意。不過如果我跟溫波小姐說：沒有經紀人，我什麼都不想做。她不會暴怒嗎？

她不應該暴怒。如果她是能幹的編輯，為可敬的出版社工作，她聽到這個消息可能會很高興，因為她知道，比起沒相關知

識、可能還精神渙散的業餘作家，跟專業經紀人打交道會比較容易。她甚至可能會主動建議你找經紀人幫忙。

即使她不這樣做，她也仍是你諮詢這方面意見的好對象。我知道許多作家對經紀人的選擇，大幅依據合作出版社的推薦。

不過有些出版社的確特別聲譽卓著。雖然所有一流出版社都誠實行事，你最後入行的時候，依然可能是在為某個黑心出版社寫作。你可能深信自己不需要經紀人，深信這家出版社更樂於不通過經紀人來處理事情，而且你可能會產生一種感覺，那就是如果你堅持要用經紀人，整筆交易可能會取消。

如果這會讓你犧牲這筆交易，你最好就別要它。

我要去哪裡找經紀人？假設沒有編輯推薦一個給我呢？

《作家市場》有一份經紀人名單。從這裡下手很明智。

如果你的熟人認識經紀人，那就更好了。我認識的幾個經紀人，老是有一大堆新客戶來自其他客戶的轉介。你可以善用任何第三者的名號，以便讓你的詢問信更容易獲得正面的回覆。但人脈能為你做的所有事，就這麼多了。之後，書的銷量要靠自己。

作家期刊出版社每年都會出版實體版和電子版的《作家市場》以及《文學經紀人指南》（*Guide to Literary Agents*），相關資料無論是實體或線上形式都十分豐富。

就我所知，作家研討會多年來促成不少作家與經紀人的合作。經紀人如果參加了研討會，至少有意願簽下新的合作客戶，不然他們為什麼要跑這一趟呢？我不確定你該不該為了找到經紀人而跑遍研討會，不過如果手頭上已經有考慮參加的場次，那應

該可以增加你參加的動力。

　　我應該補充，不是每個人都想要經紀人，當然更不是必要。克莉絲汀·凱瑟琳·魯斯（Kristine Kathryn Rusch）的論點很有說服力，她認為經紀人多半有害而無益，也確實有大量的作者在轉換成自出版後拋下了他們的經紀人。我依然很珍惜自己的經紀人，把他當成我自出版冒險的一份子，就像傳統商業出版的狀態。

審稿費呢？

　　別管審稿費了。

　　有些經紀人會向潛在客戶收一筆費用，好負擔審稿跟評估作品的成本。這件事的原理，在於經紀人因為付出時間而該獲得報酬，可是最後常常是本末倒置。要求審稿費的經紀人裡，絕大多數幾乎沒有名符其實的專業客戶名單。如果沒有審稿費，這些經紀人連找辦法付掉每月電費都成問題。

　　結果是你最後會付一筆費用，希望對方來代表自己，但對方反而對出版有負面的影響。不僅如此，你無法相信他給你的批評，因為他出於利益，會慫恿你繼續寫作、繼續寄稿子，隨函附上支票。

　　我在一九五七到一九五八年曾經跟這種經紀人合作過。我在短篇散文集《生活中的罪行》（直譯：*The Crime of Our Lives*）寫過一些關於這段時間的故事。

　　某些例子中，收費經紀人也同時做編輯這一行。他不是只想

從你身上拿到那筆費用而已，他也提供重寫稿子的服務，只要你付錢就行。

不是所有收費的經紀人都如此看錢辦事，我猜也有一些經紀人收集專業客戶的原因，真的只是要負擔日常開銷。即便如此，既然你找得到別的經紀人免費做一樣的事，何必付錢給某個經紀人？

收費經紀人當然是穩當的選擇。你不用寫詢問信給他，然後憋住呼吸等他回覆。而且他讀完你的書之後，你可以確定他一定會寫一封禮貌的信來，以不同角度稱讚你的作品。一個不收費審稿的經紀人，送回稿子的時候，可能只會附上「不適合我們」的短箋。

你想想這件事。你想付五十或一百美金，讓人寫一封友善的信給你嗎？我們應該要因為我們寫的東西獲得酬勞，不是付酬勞給寫信來的人。記得嗎？

我猜你對自費出版社（subsidy publishers／vanity publishers）**也是同感？**

那當然。

如果你是詩人或非小說類的作家，自費出版作品的確有一些正當的理由。對大多數詩人來說，這是出版作品唯一可行之路。而且既然詩反正就是不賺錢，自費出版更沒有什麼恥辱可言。

有些非小說類作品值得出版，而且在商業面或許可行，但太專注去爭取商業出版社的興趣。地域性較強的素材尤其可能發生這個狀況。

遇上這種情形，作者沒有理由接受糟糕的意見，承擔出版自

己作品的代價。我個人認為，自己計畫出版，遠勝付錢請自費出版社為你做這件事，但這是在那些情況下。現在我們談的是小說，而一個小說家付錢出版自己的書，這件事就是不合理，唯一可能這樣做的理由就是虛榮心。

你跟自費出版社合作出小說，除了花你的錢以外，各方面都沒什麼用。不會有任何重要媒體評論它，商店不會經銷它，它的販售量不會達到任何境界，甚至對你的虛榮心幫不了多少忙，真的，因為有見識的人會看看這本書，注意到上面有自費出版的標記，進而發現它的身分，知道你得自費才能出版小說。

跟自費出版社合作永遠不是好主意，他們的生意踩在偷搶拐騙的界線上。電子書革命最棒的成果之一，就是讓這些自費出版社消失。（即便如此，還是要多加注意，有些旁門左道的自費出版方式還是不脫作者自費出版社的核心價值：靠著剝削自己的客戶來賺錢。「作家方案」就是一例，他們的做法很卑鄙，就是現代的剝削。）

你可以避開最後一個危險，方法是自己出版，但使用「特製」的標記。如果你想要以這種方式少量製作，將書分給朋友，這樣做真的一點錯也沒有。寫作是一個不錯的嗜好，如果你寫的小說沒有商業傾向，沒有理由不讓自己任性地滿足一下，看自己的作品付印。噯，花費仍然大大少於業餘攝影師為了買裝備和底片而賣掉的東西。

所以自出版沒問題，只要你負擔得起，並且心知這條路並不通往財富、名聲或專業地位。

哪條路才會通往這些好東西？

你繼續寫就是了。必須不屈不撓地投稿，不怕被拒絕，然後在稿子被退回當天就送給另一家出版社。你就是不能讓退稿使你不開心，不管對方是以印刷紙箋或個人短箋的形式拒絕，或是一開始就拒讀你的書。你可以提醒自己：拒絕只代表這個人決定不出版你的書，不代表你的書很爛，甚至不代表那個編輯覺得它很爛。而且這絕對不代表你很爛。

你也可以提醒自己：大多數小說都花了一段時間才找到出版社，許多成功的暢銷作品，是在遭到十家、二十家、三十家出版社拒絕後，才有人認同它們的潛力。你可以跟自己說：成功不單取決於優點，如果你要得到某種成績，下定決心繼續賣你的書也一樣重要。

你已經表現出自己有決心。你需要大量決心才能將小說從第一頁寫到最後一頁。現在沒有要放棄吧？

沒有祕訣嗎？沒有方便又家喻戶曉的提示，可以讓這件事變容易嗎？

是有一個祕訣。

這個方法可以讓你對遭到退稿釋懷。

去為另一本書忙碌吧。深深投入另一本書，專注到第一本書的退稿高高疊起來，也一點都不會使你如此傷心。我想你會大大驚訝於第二本書寫起來容易多了，也會發現自己為第一本書下的功夫，使你成長了多少。

經紀人的職責之一，就是讓你不必費力兜售自己的作品。這不只是因為他比你擅長賣書，也因為這樣能使你不必同時專注在

兩件事情。找到一個經紀人之前，你要一人分飾兩角，同時戴著經紀人的鴨舌帽，以及作家的遮陽帽。要維持銷售過程不讓你從寫作上分心，就要盡可能讓投稿自動化。此外，要消滅小說沿路累積的退稿之痛，只能全力以赴地投入你的第二本小說。

＊　　＊

近年來，儘管出版業在各方面皆有莫大的改變，改變幅度最大的絕對是自出版這一塊。

我過去曾說：「自己出版沒問題，只要你負擔得起，並且心知這條路並不通往財富、名聲或專業地位。」

嗯，現在我不能再這樣講了。因為真的是每個人都負擔得了自出版。雖然不到免費的程度，花費少得驚人。而且不只一、兩個作家因此獲得了財富、名聲與專業地位。

這就是為什麼現在自出版需要獨立的章節。

15 贊成自出版的理由
The Case For Self-Publishing

　　如果你自出版，你的書當然能夠出版。不過不管如何，這就是你一直以來的目標。你之所以能從第一頁寫到最後一頁，就是想看到這本書印出來。

自出版大冒險

　　出版自己的作品不是什麼新鮮事。雖然還是沒有那幾個騙人網站宣稱的那麼多，不過許多知名作家都自己出過書。當年史蒂芬・克萊恩（Stephen Crane）出版第一本小說《阻街女郎瑪琪》（*Maggie: A Girl of the Streets*），他還得找到印刷師傅，並且付費印刷一定數量，接著說服書店在架上空出點位子給他。我不認為《瑪琪》有讓克萊恩賺到錢，不過他可能因此得到一些關注，於是商業出版社買下了他後來的作品，包括人盡皆知的《紅色英勇勳章》（*The Red Badge of Courage*）。

　　（還記得「寫你知道的東西」這條準則嗎？從未上過戰場的克萊恩卻寫了關於戰爭的精采小說，而且即便在一百年後，故事看起來還是十分真實。不過我離題了……）

　　與其付錢給自費出版社或費用補貼出版社（subsidy publishers／vanity publishers），自出版（self-publishing）絕對是比較好的選擇，前面的章節也提過，考量許多作家的目標和狀況，採取自出版多少比較合理。以個人回憶錄或家族史為題的書籍，寫作時的目標讀者比較少，自出版永遠是最好的選項。詩人當中只有少數擁有足夠粉絲，或者聲名在外，足以引起商業出版社或大學出版社的興趣，因此自出版作品是個好選項，常常也是唯一的選項。

　　有利潤嗎？不，大概沒辦法，不過能夠讓自己的作品印刷成冊令人心滿意足，而且成本也沒那麼高。爺爺自出版之後就能有點什麼交給孫兒，而且還能期待尚未出世的後代閱讀自己的文字。詩人自出版之後，名下就有出版作品，不但豐富他在學術界

的作家資歷，也能在朗讀會或見面會上銷售。

我在一九八六年自己出版過一本書。甚至不是小說，而是一本寫給作家的工具書，書名叫做《寫出自己的生命》。我已經出過兩本給作家的工具書：《卜洛克的小說學堂》和初版《八百萬種寫法》，當然可以找間出版社買下《寫出自己的生命》。

但我甚至沒費事去找，我偷偷幻想出版自己的作品很久了，這本書顯然就是最理想的標的。那時我太太和我花了幾年在國內到處跑，舉辦給作家的研討會，研討會的名稱不意外的就是「寫出自己的生命」，我想要把這些研討會製作成書本形式，提供給無法親自參加的人。

我們自然會在現場直接販售，也透過廣告推銷給研討會的潛在觀眾。雖然沒有人認為這本書會成為書店的暢銷書，不過應該也可以賣得不錯。

時間對我來說也很重要，我認為這樣的研討會再辦個一年就差不多了，又想打鐵趁熱。如果找上商業出版社，《寫出自己的生命》至少要等個一年才能出版。我不想等這麼久。

我到處打聽，得知有些在出版社上班的人除了每天朝九晚五的工作，偶爾會接點案子。我找到這麼一個人，他領著我的書稿走完一趟書本製作流程。所有決定權都在我手上，不過他告訴我要做哪些決定，還包辦了最困難的任務。我得到的成品是儲藏室裡的五千本書，後來開賣不到一年，庫存就只剩一、兩本。

雖然不是很多，但是我們賺了點錢。不過這需要投入時間和金錢，而且還很費工，我家有一陣子到處都是亮黃色封面的《寫出自己的生命》。投身這場冒險我一點也不後悔，不過也從沒想過要再來一次：不會自出版寫給作家的工具書，小說當然也沒這

打算。

不過那是當時的想法。

電子書開創的可能性

二〇一一年我在部落格發表了一篇文章，內容關於自出版，並且特別著重電子書。（篇名為「向約翰・洛克（John Locke）點頭致意，對羅素・布雷克拋個媚眼」，我不會在這裡重複文章的內容，不過網站上還有，你能在 lawrenceblock.com 找到。）

我的部落格一向沒有太多讀者，而且很可能永遠都不會有太多人關注，不過那篇文章的回應數相當可觀。光我上回看到的，就有一百二十七則回應，而且其中許多回應甚至比我的文章內容更有意思。下面是我最喜歡的一則：

> ……我之所以開始寫作，大概可以歸功於您那本《寫出自己的生命》。當年收到紐約那邊的訊息，說我的浪漫愛情喜劇不符合他們的行銷需求，我又重讀了你的書，書封好幾年前就被我剛收養的狗給毀了。我寫下對自己的期許，這讓我能繼續前進，並且相信自己所寫的東西。

> 後來世界終於等得夠久，Kindle 開始投入市場，我因此有了機會可以測試自己的信念，測試我所寫的東西。你猜結果怎麼樣？我是對的。我的書有市場！我出版了四本浪漫愛情喜劇的電子書。不到四個月就賣出超過八萬本。沒錯，這跟約翰・洛克沒得比，不過我很滿意，也很開心能有讀者欣賞我寫的故事。

> 我不太使用臉書或推特，不過，我每天都會發表部落格
> 文章……

是的，你沒看錯。瓊安‧里夫（Joan Reeves）四個月內賣出八萬多本電子書，那些她多年來四處推銷卻毫無進展的書。我查了一下她的亞馬遜清單，目前她已經上架十五本浪漫愛情喜類別的電子書，多半定價美金 3.99 元。我不知道她最近寫了多少，也不知道她的書賣得如何，不過這不是重點。重點是，有個一開始無法引起出版社興趣的女子，因為電子書與自出版改變了一切。

發出這篇部落格文章沒過幾個月，我盯著私家偵探馬修‧史卡德系列的短篇故事。我寫了十篇，已經夠一本書的篇幅，而且我可以再多寫一篇。

我想自己出這本書。就算我能說服經常合作的編輯接受這篇書稿，他們應該也不會太關心這本書。這不可能是熱門暢銷書，連鎖書店如果願意上架，大概也只會塞在角落。

長話短說，我寫了第十一個故事。我的朋友布萊恩‧考波曼（Brian Koppleman）是史卡德系列的狂粉，他自願提供一篇前言。我找上一間專門的製作公司，提供製作電子書和接單即印平裝書的服務。他們的服務屬於直接收費買斷，書本收益全數歸我。

我開了幾張支票，花了幾千元，而不是先拿到出版社的預付款支票。我算了一下，覺得自己應該不用賣掉太多本書就能賺錢。

這次的體驗很棒。我立刻就擁有電子書檔案，可以在 Kindle、Nook、Kobo 和蘋果平台上架，此後沒多久我也開始在

亞馬遜和邦諾書店銷售漂亮的平裝本。我並沒有因此發財，但是《蝙蝠俠的幫手》（*The Night and the Music*）過了四年還繼續銷售，賣出電子書也賣出平裝書，每個月我都有收入，而且看來沒有減緩的跡象。

如果走商業出版，大概很快就會變成庫存清倉品。不過出版社還是會永遠抓著電子書版權，收取四分之三的版稅。

見鬼去吧。

我猜你從此就打算走自出版囉？

不是喔。《蝙蝠俠的幫手》之後我又自己出版過幾本書，也有幾本交給商業出版社。還有過一、兩次混合協議，出版社出實體版本，我自己保留電子書（偶爾還有平裝書）的版權。

個人在自出版最大的放手一博發生在兩年前，我寫完《數湯匙的賊》，那是隔很多年後又一本雅賊系列新作。我很清楚自己可以從傳統出版社那裡得到一筆可觀的預付金，不過我主要是想自己出版才寫了這本書，我覺得應該自己出版，於是也就這麼做了。

我推出三種版本：電子書、平裝本，還有收藏限定的奢華皮革封面精裝本。三個版本都賺了錢，三個版本都持續銷售，不過過程的確是有好有壞。

缺點如下：我以為那些專門銷售推理小說的書店會進貨，不過這本書沒能上架。我以為線上的媒體還有部落格會有幾篇書評，但也沒有。（出版一年之後，地下媒體的威廉・謝弗推出精裝書，對圖書館寄予厚望，《出版者週刊》登了書評，銷售數字令人振奮。）

所以你認為呢？自出版有賺到錢嗎？

很難說。商業出版的話，就算後來賣得不好，還是可以先拿到一大筆預付款，這讓我增加不少銀行存款。我確定自己的書短期結算不賺錢，不過之後都有持續的銷售數量，我相信長期有賺。

你當然想這麼相信囉，對吧？

說得有理。

那還有另外一個問題。自己來開心嗎？你會選擇再來一次嗎？

那是兩個問題。答案分別是，是的還有不會。是的，我很開心自己出版了《數湯匙的賊》。還有不會，要是我再寫另一本雅賊柏尼系列（或私家偵探史卡德，或殺手凱勒，或者任何商業出版社感興趣，並且願意先支付可觀預付款的熱門系列），我不認為自己會想自己來。

不過你看，我已經試過自出版了。就像了不起的梅‧惠斯（Mae West），面對兩個惡魔時，我永遠會選擇自己還沒嘗試過的那一邊。

新手作家的出版途徑

我想透過詳細描述自己的自出版經驗，讓作家們明白這是個可行的選項。就算我自己在這個產業已經待了五十年，大可不用自出版，部分讀者也會認為我這樣的老手在新時代中擁有優勢。

「您有過去的出版成績還有粉絲。」有個傢伙這麼寫道：

「無論是由誰出版您的書，自行出版或交給克諾夫出版社，都會有死忠的粉絲和現成的讀者。不過從來沒有人聽過我的名字，要是背後少了有力出版商的支持，我又怎麼能期望賣掉任何一本書呢？」

　　我懂你的意思。不過事實上**新手作家絕對是最積極投入自出版的一群。**

　　的確有許多經驗豐富的作家試著涉足這個新領域。有些在過去書賣得不錯，但是這樣的銷售數字在越來越競爭的出版業界已經無法獲利，於是數年來只有穩定銷售數字的狀況下，出版社不再替他出書，唯一的選項就是自己來。還有越來越多作家雖然仍然得到出版社重視，不過厭倦了業界的手法，也痛恨出版社拿走電子書的大半收益，自己根本拿不到錢。

　　不過大多作家都維持原有的出版方式。這不難理解。他們拿到大筆預付款，被帶去昂貴的餐廳吃午餐。整個團隊都替他服務：編輯、審稿、公關、行銷等等。連鎖和獨立書店大量訂購他的書，並且擺在櫥窗展示。

　　要放棄的事情太多了，作家多數選擇維持現狀，也就不太令人意外。

　　不過各位親愛的讀者，你們並沒有處在那令人羨慕的位置。你正在撰寫頭一本小說，而且從古至今沒人聽過你的名字。

　　假設你已經寫信給溫波小姐以及她的同事，告知你投了書稿給她，另外也給了其他五位願意看看的編輯。現在已經過了三個月，其中三位回覆這本書不太符合他們的需求。

　　另外三位還沒回覆，你寫信了解進度，這才發現D編輯想多

花點時間陪伴家人而離職，辦公室其他人都不知道你投了書稿。
Ｅ編輯兩週沒消沒息，接著寄信說自己還沒有機會閱讀《就讓樹長大》，只要讀過就會跟你聯繫。對方拼錯了你的名字讓你有點不安，而且你的小說名叫《再見活屍》。

Ｆ編輯音訊全無。

你可以繼續投稿。你聽過許多故事，書稿連續被二十或三十或五十間出版社拒絕，直到被第五十一間出版社搶下，結果接下來一年半長據暢銷榜。沒錯，這不常發生，不過誰說這不會發生在你身上呢？

你對那本書有信心對吧？你也相信一本好書最終會找到出版社。不過隨著日子過去，你開始覺得自己像是信仰基督教的科學家，而且得了盲腸炎。你沒有失去信仰，還是相信自己的書，也相信出版的流程，不過該是看醫生的時候了。

為什麼你應該自出版？

1. 這樣你的書就能出版。

這夠明顯了吧。天啊，這真是多說的。如果你自出版，你的書當然能夠出版。

不過不管如何，這就是你一直以來的目標。你之所以能從第一頁寫到最後一頁，就是想看到這本書印出來。而如果採取傳統途徑，似乎就不會發生了。你會開始懷疑那本書一無是處，或許應該擺到旁邊然後寫下一本。你當然應該再寫一本，不過你的第一本書像屍體那樣攤在桌上，你又對下一本書又能有多少熱情呢？

要是第一本書能找到歸處，第二本書不就比較好下手嗎？就算那個歸處由你出錢，不也是一樣的意思？

2. 自出版很快。

傳統出版需要時間。就算第一間出版接受了你的書，最少還是需要一年，通常則將近兩年，才會上架銷售。

你自己來的話快很多。幾週之內就能開賣小說的電子書。再加個一、兩週就能發行接單即印平裝本。自出版的小說不用多少時間就能送到讀者上，或出現在他們手中的 Kindle 裡。

3. 收款比較快。

三月底左右，你會收到一月的銷售所得。三十天之後收到二月的銷售。依此類推，你上架的平台每個月會支付一次款項，通常直接存進銀行戶頭。

商業出版社的話，你通常一年收款兩次，四月會收到你的出版商在前一年度下半年的收款，十月收到的則是上半年的結算。

4. 收入比較多。

很快計算一下：你的 Kindle 電子書定價美金 9.99 元。有個客人買了電子書，亞馬遜收款之後會支付其中的七成。你的收入：美金 6.99 元。

你的出版社同樣定價美金 9.99 元。客人買了書，亞馬遜收款之後支付其中的七成給出版社，也就是 6.99 元。根據你們的合約，你的出版社支付所得的四分之一。你的收入：美金 1.75 元。

5. 設計、行銷和定價都由你掌握。

商業出版社能找到很棒的藝術家和書籍設計，你的書從裡到外都會看起來很棒。出版社的行銷和公關部門會想出企畫來最大化你的書本銷售量。他們也知道該怎定價以獲得最好的報酬。

或許吧。

不過你的書只會是出版社當月出版書目之一，而且其他的書還是史蒂芬‧金、克里夫‧卡斯勒，以及丹妮爾‧斯蒂爾（Danielle Steel），那麼你的書本會得到多少關注呢？如果你是當中最沒份量的作家，你會對他們提供的封面照單全收，你大概不敢說自己不喜歡。（要是你真的表示不喜歡，他們會解釋你錯在哪裡，並且保證行銷單位都非常喜歡這個封面。）

諸如此類。他們會將電子書的價格訂得太高，還說「不希望影響精裝本的銷量」，他們根本不知道自己到底在說什麼。

我不想講得像是恐怖故事，因為很多出版社的從業人員非常聰明能幹，有些時候他們一切都做得很好。不過也常常不是如此，如果你自己出版，對一切會更有掌控力，也更有彈性。

你可以雇用藝術家製作封面。許多藝術家都會接這類案子，花上幾百元就能得到相當不錯的成品。如果你有這方面的天賦，可以自己來。我最好的幾個封面都是圖庫找到的，我用 Picasa 這個軟體裁減圖片、擺放文字，如果我知道該怎麼用 Photoshop 或許能有更多發揮的空間。那些封面的成本是購買圖庫照片的美金 4.98 元，再加上……加上我半個小時的人工。這整件事的開銷，大概等於一杯摩卡咖啡。

你的封面會跟出版社做的一樣好嗎？應該不會，他們是專業人士，而你不是。不過看起來「夠好」其實不難。如果你的書會

被擺在邦諾書店的展示架上，那可能就是另外一回事，不過目前消費者只會在網路上看見書封。如果只需要出現在網路上，你不需要平面設計師奇普‧吉德（Chip Kidd）或米爾頓‧格拉瑟（Milton Glaser）來製作封面。

你提到彈性……

對啊，沒錯。你可以在半小時內改變電子書或接單即印平裝本的價格。你輕輕鬆鬆就能提高或降低售價，而且幾個小時之內，各個線上平台就會顯示最新的售價。

我有兩本書由地下出版社發行精裝本，我自己保留平裝版和電子書的版權，分別是《抓與放》（*Catch and Release*）和《無辜者的辯護人》（*Defender of the Innocent*）。地下出版社推出精裝本後，我也上架電子書，定價美金 9.99 元。過了六個月的銷售期，我將電子書的價格調降為 4.99 元，欣慰地看著銷量激增。

某幾本較舊的書，我後來會覺得自己塞給它們的封面不太對，有好幾次又花了美金 4.98 元和另外半個小時，製作替換的新封面。只需要幾分鐘，新版很快就能出現在亞馬遜和邦諾。

彈性也適用於書籍的內容。打從我寫作以來，時不時會收到讀者來信，告訴我書中有哪些嚴重的印刷錯誤，有時候更糟，是我自己搞錯。雅賊系列提過一首歌，我以為是出自《窈窕淑女》（*My Fair Lady*）但其實是《蓬島仙舞》（*Brigadoon*）。（或者相反。你可能會覺得我應該記住，不過提醒我書中錯誤的好心讀者多到令人不敢置信。）

要是發生在出版社印刷的實體書，你只能記下來提醒編輯，這些提醒會歸檔，等到他們再版或發行平裝版，而且你的編輯還記得的話，或許就會修正。

如果是出版社出的電子書，修正會快一點，也比較簡單。你寄電子郵件給編輯，她再將這些指示轉給電子書部門，可能就會有人修正內文。不過也可能不會。

　　如果你自己就是出版者，就能自己叫出電子書檔修正，然後登入 Kindle 自出版帳戶，上傳修正的檔案，接著在其他平台重複這個流程。這得花點時間，而且如果常常這麼做也很煩，不過不到一天就能完成。

　　好吧，我被說服了。出版我自己的作品顯然就是唯一的作法。你覺得呢？

　　我覺得，各位自出版的朝聖者，別決定得太快。

16 反對自出版的理由
The Case Against Self-Publishing

　　身為一名作家，尤其是新作家，最重要的任務就是寫小說。你已經寫了一本小說嗎？那麼你應該再寫一本。自出版第一本小說可能會提供正向回饋，為下一本書增添燃料。這樣非常理想，不過最好的狀況也就如此而已。但要是反而耗盡了應該用在下本書上的能量，那可能就不是個好主意。

我對自出版還有另一面的看法，應該自成一章。

你為什麼**不應該**出版自己的書：

1. 出過書的作者和自出版的作者差別非常大。

社會大眾的觀感就是如此，而且你自己可能也是這麼想的。吹噓起來的感覺差很多。想像你母親說：「藍燈書屋最近出了我女兒茉莉的書：《要是我知道》（*Had I But Know*）。每間書店都找得到，就連布魯克郡大道的邦諾連鎖書店都有！」或是，「我女兒茉莉的書《要是我知道》（*Had I But Know*）最近出版了。其實呢，她是自己出版，你們在亞馬遜就買得到，雖然我不太清楚那是什麼……」

你懂我意思了吧？如果自稱作家，其他人就會立刻問你出過什麼書。根據你的回答，對方的反應也會有所不同，很多人的反應就像茉莉的母親那樣。就算對方是比較有見識的點頭之交，自出版顯然還是很像洛尼・丹格菲爾德（Rodney Dangerfield）[20]那樣，沒人尊重。

以後會不一樣嗎？某種程度上已經有所改變，不過還得花點時間。而你必須搞清楚自己對這一點的介意程度。

而且這完全看個人。我認識一個女生，她多年來一直致力於出版自己的小說。一堆人都稱讚她的作品，有些還講得很誇張，但光是誇讚不會換來出版合約。

---

20 Rodney Dangerfield：美國的單口相聲演員，口頭禪為「沒人尊重我！（I get no respect!）」

後來她的母親過世了。她母親同樣是寫作者，幾年前出過幾本書。她過世之前剛寫完新的小說，我的朋友認為自己的任務就是讓這本書編輯並且出版。由於找到出版社的機率太低，她乾脆直接自行出版電子書以及接單即印平裝本。

　　我不知道那本書賣得如何，不過這不是重點。她希望那本書能夠出版，那本書也的確出版了。

　　她還在努力推銷自己的小說。這個任務從一開始就十分艱辛，情勢顯然只會變得更加困難。

　　當然囉，她也可以自出版。她清楚這個選項，不過否決了這類建議。她說：「我想要真正的出版社接受我的書稿，我需要這樣的認可。」

　　如果你也有同樣的需求，自出版對你來說大概行不通。

2. 你賺不到錢。

　　的確有些例外，不過相當少見。畢竟也有人用一美金買彩券，結果賺到百萬獎金。自出版的中獎機率高很多，不過你不能期待靠著出版自己的書來致富，甚至最終能不能獲利都不一定。

　　如果商業出版社接受你的書稿，你可以先收到預付款。即便金額很小也還是一筆錢。一筆五千美元的預付金，可能就高過你自出版能賺到的利潤。

　　我不確定這一點對你的決定有多大影響。你坐下來寫第一本小說的時候真的覺得可以賺大錢嗎？

3. 一大堆事都得自己來。

　　贊成自出版的第五個論點：「一切都由你掌控」，但反過來

說，從頭到尾就只有你一個人。

如果你跟出版社簽約，這些瑣事就會由出版社的員工接手。你簽約之後可以直接訂一張前往釜山的機票，因為就算你不在，封面還是會有人搞定，書稿有人負責編輯，有人排定出版日期，然後發送書評用的稿件，並且把書賣給書店等等。

他們可能會處理得很好，也可能會搞得一團糟，不過一切都會搞定，你不必擔心自己對此一竅不通。

如果選擇自出版，要不就是自己學會該怎麼處理一連串繁瑣的小事，不然就得找來一組人馬協助你處理。（我們會在下一章看到該怎麼進行。）無論採取哪種方式，事情都與你有關，也由你定奪。

就算你很擅長（可能真的是），就算你很享受（說起來其實也沒什麼了不起），這些事就是非常耗費時間與心力。一個人能夠分配的時間、精力總體來說有其極限，只有一定的彈性，你耗在出版第一本小說，就沒辦法用來寫你的第二本小說。

身為一名作家，尤其是新作家，最重要的任務就是寫小說。你已經寫了一本小說嗎？那麼你應該再寫一本。

自出版第一本小說可能會提供正向回饋，為下一本書增添燃料。這樣非常理想，不過最好的狀況也就如此而已。要是反而耗盡了應該用在下本書上的能量，那可能就不是個好主意。

4. 你的書不會出現在書店或圖書館，《紐約時報》不會替它寫書評，更不會上「今夜秀」這類脫口秀打書。

看起來似乎跟第一點沒什麼兩樣，不過不只是關乎形象，也關乎銷售。

雖然實體書店已經不是書本唯一的銷售管道，書店仍然相當重要。如果你的書可以在地區連鎖書店或獨立書店上架，潛在讀者就算從來沒聽過你的名字，仍然可能會因為封面而拿起你的書。前提是你的書得上架，而自出版無法滿足這個條件。

　　（好吧，可能會啦。你可以透過隨訂即印的服務，訂個幾箱書，然後把這些書裝進車斗。接著打給當地的書店，說服他們展示幾本。有些狀況下這很管用。比方約翰・埃里克森（John Erickson）出了一系列的漢克牛仔犬大冒險（Hank the Cowdog）。這個系列作賣得非常好，他開車在西南部到處跑，向書店兜售自己的作品，後來就以此為業。我在部落格提過他的故事，詳情請上：lawrenceblock.com搜尋〈一切都變了，徹底變了〉（All Changed, Changed Utterly）。無論是虛構或非虛構作品，他的做法都能適用，而且可在地區型書店創造可觀收益。不過即使這種做法可行，在全國的書店鋪貨上架還是另一回事。）

　　同樣地，你可能也可以說服地區報紙刊登書評，不過也可能無法，很多紙本媒體對於自出版的作品規範相當嚴格，無法刊登這類書評。

　　以我自己為例，如果找出版社出書，我的書會在書店占有一席之地，還會有人寫書評。我自己出版的話就都沒有，以上。

　　圖書館參考出版社的目錄訂書，來源可能是《出版者週刊》或《書單》雜誌還有《柯克斯書評》。圖書館對電子書的興趣漸長，這個風潮似乎會持續下去，不過根據目前的流程，他們就算想也無法訂購你的書。

　　（儘管一切都在改變。獨立出版宗師喬・卡拉斯[Joe Konrath]創立的新企業EbookRForever目標就是將更多自出版的

電子書推給圖書館。如果這樣行得通，對所有人來說會是場及時雨，不過還有許多不確定性。）

　　至於電視宣傳，我上過克雷格‧費格斯（Craig Ferguson）的深夜秀，而且沒想到還去了十次，其中至少有一次是宣傳我自出版的書本。不過那算是特例。克雷格是史卡德的大粉絲，所以當初才會邀我上節目，而這幾年來我們成了好朋友。因此等到我自出版《數湯匙的賊》，自然可以上節目聊聊那本書。唯一的差別在於這筆機票費我自己出，所以不必考慮出版社的成本。

　　這可以帶到下一點：

5. 你得花點錢。

　　不是很多。你想花一堆錢當然也沒問題，比方拿很多錢找藝術家設計封面，並且雇用公關行銷，然後寄一堆公關書給書評人。你可以執行作者自費出版社最新的那一套，簽訂作家方案（Author Solutions）這類剝削條款，他們會敲詐你一大筆，而且還不怎麼擅長賣書。你可能會花上大把鈔票來行銷。

　　你甚至買得到五星書評，前提是這種做法不會讓你反感。

　　諸如此類。

　　不過就算你能避免這些過度開銷，還是得自己墊付費用。金額高低看狀況，包括你貨比三家的能力，還有自己多會打理這些瑣事，不過墊個幾百元肯定跑不了，甚至可能花上幾千元。

　　而且就像前面說過的，不一定能打平開銷，更別說賺到錢。

天啊，前一章這還看起來像是好主意呢。

　　至少對你們當中某些人來說，這還是個好主意。我肯定覺得

自出版是個合理的選擇，不然就會替這本書找家出版社。畢竟這本書之前在作家期刊出版社已經賣了將近四十年，再找間出版社賣這本全新增訂版又有多難？

這點我恐怕永遠也不會知道了，因為我看不出來為何要費事尋找。我一直都很清楚，這本書我想要自出版，而且我願意為此錯過書評和擺上書店販售的機會。

或許衡量過所有選擇，並且考慮自己這本書的特性，你會開始覺得自出版這條路或許很適合你。

下一章，我們會細細檢視如何進行。

17 如何出版自己的書
How to Be Your Own Publisher

　　一切都準備好之後（稿件經過編輯、排版與校對，並且完成書封），你的書就可以出版了。你很可能會選擇製作接單即印的平裝書，不過也肯定會想出版電子書。電子書開創了這個時代的自出版產業，你不需要花費太多力氣，就能將你的小說賣到全世界。

在本章中，我們假設你已經衡量過前兩章中提到的各項利弊，並且下定決心出版自己的小說。如果沒有這樣的打算，請一跳過本章。

你還在嗎？太好了！不過首先請閱讀以下的警告：本章所提及的事項，在你閱讀的當下可能早已過時。

幾乎不可能不是如此。出版的各方面都在改變，而且步調十分迅速，獨立製作的世界尤其明顯。（請注意，在此我會交替使用「自出版」與「獨立製作」。在其他的語境下，獨立書店也會以獨立製作稱之。這個用詞可能會與獨立作家混淆，他們看著所謂獨立製作暢銷榜，結果只找到傳統的商業出版社。）

一切改變都如此迅速，因此我在這章所寫的內容比較不會是告訴你該怎麼做，而是告訴你該如何找到該做什麼。你恐怕必須自行尋找最新資訊，不過我至少能替你指點方向。

讓我想想喔，你完成了書稿，接下來呢？

編輯你的稿件

你講完了故事。寫完全部內容並且潤飾了一番，你認為這樣的內容很不錯。如果你打算投稿商業出版社，這樣的內容就可以送出了。

（事實上你可能已經投搞，投過一次或兩次或者二十來次，而不停收到退稿也讓你決定自行出版。這樣很好。雖然目前只有你這麼想，不過無論如何你對這份手稿很滿意。）

如果你真的投稿到出版社，而出版社也真的翻過書稿並且決定簽約，這也不代表編務已經完成。編輯會讀過整個故事，並提

出好些建議：這裡刪掉，那邊多寫一點，這個字你用太多次了，這個對話很無聊，巴拉巴拉巴拉。有些你會照辦，有些你會拒絕，不過等到這個環節完成，你的手稿多少會有點不同。

很可能會變得更好。不過也不一定，有些編輯到頭來把一些書搞得更糟，不過經過編輯處理的書稿多半會變得更好。

但如果你打算自行出版，該怎麼想辦法修飾出最好的稿件呢？

這個嘛，你可以雇用編輯。

即便你打算投稿到傳統出版社，這也不見得是個壞主意。出版業曾經有過比較清閒的時代，編輯都有空處理書稿。這個動作稱為語句編輯（line editing），需要留意的是，大多數的人已經不再這麼編輯書稿了。編輯近日的工作在於找到適合出版的書，並且在行銷會議上推薦書籍，接著安排書本完成出版程序。

你知道麥斯威爾・柏金斯是怎麼帶著湯瑪斯・沃爾夫（Thomas Wolfe）在一大堆手稿中雕琢出《天使望鄉》（*Look Homeward, Angel*）以及《時光與河流》（*Of Time and the River*）？不過麥斯威爾・柏金斯早已辭世。現在已經沒人有這樣的時間，也沒有這樣的天份，可以大幅調整你的傑作。

也就是說，出版社裡沒人整天埋首案前。不過呢，因為出版社不停彼此併購，精簡人事，也由於近日的管理階層找來年輕人取代經驗豐富的資深員工，雖然後者能應付各式各樣的狀況，但前者願意接受比較低的薪水，於是許多優秀的編輯無法在業界找到工作。

很長一段時間以來，許多曾經擔任編輯工作的人成立了文學經紀公司。近期則有少數的編輯找到繼續進行編務的方式，他們

接案提供編輯服務。有些書稿需要先經過編輯審潤，出版社和經紀人會轉介給他們。

除此之外，越來越多作者認為他們的書需要專業的處理，於是自己找上門來。

我有個朋友擔任編輯許多年，在出版業界非常知名，他這十年來一直是自由接案的編輯。上次見面時，他透露自己目前有一半的客戶都是想要自出版的作家。

「起初，我以為他們在自己騙自己，」他這麼告訴我：「以為他們的簽約對象類似杜威夏夫曼與豪伊，就是新一代的作者自費出版社。不過我漸漸明白他們的決定很明智。而且天曉得這讓我的工作輕鬆多少，情感上也得到更多回饋。我全副的心力都能用來調整書稿，盡力做出最棒的書，不需要擔心自己會不小心惹到企鵝藍燈書屋某個正要升官的二十三歲編輯，戳到比方那個威爾斯利的敏感神經。因為這本書想當然爾會出版，我只需要做出能夠讓讀者開心的書就可以了。」

我怎麼知道自己需不需要編輯？又該怎麼找到他？

搜尋引擎會給你非常多提供這類服務的人名。在選擇合作對象之前，建議你從各方面檢視過去的紀錄與經驗。獨立出版擁有廣大的線上社群，至少可以先問問其中的作者。

事實上，你將一再地重複這個過程。這大概是你需要做的頭一件事，甚至在你確切決定自出版個人的小說之前，就該加入這些社群的討論。這代表耗費大把時間追蹤並閱讀部落格文章，並且掛在主打自出版的線上咖啡館。

關於自出版，你將會有數不盡的問題，我這邊只能提到其中一小部分。好消息是，社群裡面有上百個人很高興能回答。某些

人的建議相對之下比較好，也就是說，你得篩選接收到的資訊，不過線上搜尋不就是這樣？

立刻將這些部落格加入訂閱：

喬‧卡拉斯（Joe Konrath）、被動語態（The Passive Voice）、狄恩‧衛斯理‧史密斯（Dean Wesley Smith）。克莉絲汀‧凱瑟琳‧魯斯（Kristine Kathryn Rusch）、貝瑞‧艾斯勒（Barry Eisler）、休‧豪伊（Hugh Howey）、李‧戈堡德（Lee Goldberg）。

上列這些部落格能帶你入門，而且會讓你一項接著一項研究下去。接著你會突然意識到，自己花太多時間研究網路上的次要資訊，於是你就知道何時該節制。你會在過程中學到很多，同樣花時間上網，這比觀賞貓咪影片或跟陌生人筆戰有意義得多。

呃，我是想問——

沒錯，讓我們回到這件事。你該怎麼知道自己需不需要編輯？

你得讓其他人讀過你的書，某個能夠辨別並且評估你所寫的內容，而且又不會和你太過親近的人，這樣才有辦法告訴你實情。對於新手作家來說，首先排除跟你有血緣關係或跟你睡同一張床的人。（或者既跟你有血緣關係又睡同一張床的——我憑什麼對你指指點點？）選擇某個閱讀量大的人，而且他喜歡的書目中有你想寫出來的那種。如果你有參加寫作團體，就挑選某個稱讚過你的作品，但評論並不濫情的人。

而且問題要問得明確，不是只問對方：「你認為這篇好看嗎？」而是：「你認為我需要找個編輯嗎？」

如果答案是肯定的，查看自行接案的編輯，並且搜尋線上自出版社團，看看其他人的經驗分享。找到你覺得可以試試看的對

象，寄給他／她一封電子郵件談談你的書。如果編輯表示有興趣，你可能就得付費請對方評估。只有好好讀過你的書，編輯才知道該給這本書什麼建議，這需要時間，所以應該付費。

審稿及校對

假定你想寫出一本不需要大量編輯的書，故事情節完整，角色令人感同身受，行文十分流暢，對話相當真實。

恭喜你！就快大功告成了。

不過還沒，因為你可能需要審稿服務，審稿人會確保無論是實體書或電子書，書頁呈現的內容都是文法正確且風格一致。這真的是一門專業。

由我來鼓勵你找個審稿人有點好笑，畢竟我多年來經常和他們吵架。在我的想法中，審稿人像愛默森說過的那樣，就像沒腦袋的妖怪，堅持愚蠢的一致性，或者在對話中時時糾正文法錯誤的傻瓜，或者肛門期的寄生蟲，把我精心安排的逗號移到我不希望出現的位置。

我在一九八六年自行出版《為自己的生命而寫》，製作人要我留美金三百元的預算聘請審稿人。「等等。」我說：「你是說我可以不用和審稿人大吵一架，而且還能順便省下美金三百元？」

後來我就決定不請人審稿，那本書的文法當然可能並不一致，有些字前一章使用連字號，後面的章節卻沒有，我得說我不在乎。

不過只因為我自己任性妄為，不代表就會建議各位跟我用同

樣的方式。線上的自出版社群中有人能幫你找到一個收費合理的審稿人，或者願意接受交換服務的對象。

校對是拼字錯誤或事實錯誤的最後一道防線，這一項比較容易找到其他人交換服務。

某些愚蠢的錯誤真的太容易逃過數雙仔細檢視的眼睛。我自己就搞錯過《蓬萊仙島》和《窈窕淑女》，而幾天前有個人問起唐諾‧威斯雷克的多特蒙德系列，書中多特蒙德和他的小偷夥伴從中央車站出發，搭乘前往長島方向的地鐵，可是目前的長島線全都從賓州車站發車。雖然你得住在紐約才會知道這一點，不過唐諾是紐約人，我是紐約人，這系列的編輯和出版社員工也都住在紐約，但是二十年過去了，沒有人注意到這個錯誤。

（在我們收到這封電子郵件的一週內，《紐約時報》就報導了最近正在進行中的十一英里隧道，將長島鐵路連接至中央車站。這個建案預計於二〇二二年完工。）

書本出版前你當然會讀過許多次，很可能會發現一大堆需要修正的地方。不過你不可能發現全部的錯誤，這是你的作品，所以你不可能成為好的校對者。這些是你寫的，你知道自己本來打算說什麼，所以你的眼睛只會看到該有的樣子。

拼字檢查程式非常有用，拼字檢查能抓到語句中驚人的錯誤，比方「仄樣的具子」。不過沒有任何拼字檢查能辨識「斜坡（cant）」和「無法（can't）」，「黴菌（mold）」和「模具（mould）」，或者把貓寫成狗。

你可能認識樂意替你校稿的人，而且接受你將他們列在致謝詞取代現金酬勞。或者你可以和另外一位自出版的作家互相校對，你們兩個將能提供對方自己無法有效辦到的校稿正確性。

（如果你們兩個都沒有誦讀困難的話，這很有幫助……）

將小說排版以發行電子書

市面上有許多電子書銷售平台：亞馬遜的Kindle、邦諾（Barnes & Noble）的Nook、蘋果、樂天的Kobo、Smashwords、Draft2Digital 等等。銷售平台提供方便使用者操作的網頁，任何人只需要費點心思，動動大拇指就能發行電子書。這些平台多半設計成能接受任何你上傳的檔案格式，並且將這些檔案轉換成指定的 EPUB 或 .mobi 檔案。

但這樣還不夠好。

如果要好好閱讀一本電子書，內文必須經過恰當排版。只可惜許多人並不清楚該怎麼準備轉檔用的書稿，結果許多電子書最後被爛排版搞到面目全非，其中甚至包含傳統的一流出版商，數量多到令人沮喪。

（我明白。他們的電子書的開價太高，而且還藉口自己提供專業服務，所以只分給作者很少的版稅。結果甚至沒辦法交出任何人都能讀的電子書。我之前看過一本，前後段落之間設定成雙倍行距。整本書都這樣。你可以想像整頁的對話看起來是什麼樣子。我還讀過另一本全都是斜體的電子書。）

我該怎麼確保這種事不會發生？

方法有兩種。你可以雇人排版，或者你自己來。

學會排版並非天方夜譚。喬爾・佛里蘭德（Joel Friedlander）提供一系列自出版的參考書籍，囊括書籍設計的所有面向，也包含排版。問答製作的潔伊・曼紐斯（Jaye W. Manus）就是個屬

害的排版與製作者，她自學排版，並且不停改善流程。更令人震驚的一點是她定期更新部落格，免費提供訣竅給部落格的追蹤者。

我建議你至少試試自己排版。你可能會發現這個過程很引人入勝也很有趣，如此不僅能節省時間與金錢，甚至可能開創副業，替其他的自出版者提供排版服務。

或者你可能沒過多久就發現這件事太麻煩，寧可交給其他人，因為你永遠不可能像他們做得那麼好。

我就是這樣。那該怎麼找人協助排版呢？

如同在自出版這個美麗新世界中，你尋找所需資訊的方式。你詢問朋友，新朋友和老朋友，搜尋論壇留言板，翻過部落格和網站，比較服務提供者的價格和明細，接著做出決定。

有件事情要注意：

選擇收費提供服務的對象

收費提供服務代表他們針對服務開價，而你支付款項買下成品。創作者最不希望碰到的情況，就是收費後將自己的成果賣掉。你寫了就是你的東西，而你希望永遠都能分到銷售的利潤。

不過提到排版、行銷與出版，你不會想要合夥人。

我知道你可能想這麼做。要是這些人願意用未來的利潤接下委託，你就不需要先付錢。他們因為擁有這本書的股份，所以更有動力做出最好的作品不是嗎？

算了吧。值得一同工作的對象無論如何都會提供最好的作品。而你會支付對方合理的費用。你的書則百分之百屬於自己。

弄張書封

書封要價可能在幾美元（如果買張現成照片，並且自行製作的話）到數百美元（如果你請來藝術家替你的書製作全新封面）。總的來看，我認為這是個可以省錢的項目。

封面的重要性有多高？如同前面提過的，對於擺在實體書店架上或平台的書而言，書封非常重要。客人如果拿起一本書仔細端詳，之前有人研究過最後結帳的比例有多高。我記得那個比例很高，這份研究令人印象深刻，不過反過來講更有說服力：不會把書拿起來的人，完全不會貢獻銷量。

逛書店的人絕對不會只憑書封就挑中你的書。你的名字是原因之一，書本的宣傳和口碑也是。不過只要有人拿起一本書，書封就發揮了作用。

那是在書店的情境下。不過你一旦選擇自行出版，基本上就是放棄了書店銷售。你的書之後會在線上商店上架，書封在此的重要性有多高呢？

顯然沒那麼重要。一方面來說，書封在電腦螢幕並不會以書本的大小呈現。而電子書的話，要能清楚看見書名和作者，此外也要讓人立刻明白書的類別。封面如果很有吸引力是很加分，不過我不認為美麗的封面會讓人渴望立刻擁有電子書。

至於接單即印（POD）的平裝書，書封的重要性稍微高一點，畢竟書最後會以實體的狀態存在。那或許是潛在購買者看見的同一張小小縮圖，不過等到他打開包裹拿出書本，就會看到實際尺寸的封面。他錢已經付了，不太可能因為對實際尺寸的書封失望就退貨，不過優秀的封面可能會提高他對這本書的滿意度。

我在疑難犯罪出版社（Hard Case Crime）出過許多本書，他們精采的書封肯定提升了銷量，實體書店不用說，網路書店也有一樣的效果。對封面反應最熱烈的消費者會購入實體書，不過疑難出版社的封面對於增加電子書銷售量真的也很有幫助。

三管齊下：電子書、平裝書、有聲書

出版電子書

一切都準備好之後（稿件經過編輯、排版與校對，並且完成書封），你的書就可以出版了。

你很可能會選擇提供接單即印的平裝書。不過你肯定會想出版電子書。電子書開創了這個時代的自出版產業，不需要花費太多力氣，就能將你的小說賣到全世界。

各種電子書上架平台讓整個過程變得相當容易。亞馬遜的 Kindle 和邦諾的 Nook，這兩個平台雖然不太一樣，不過操作說明非常簡單。樂天的 Kobo 也算直觀。蘋果電子書可能比較有挑戰性，然後我目前還是沒搞懂 Google Plus。

我會建議你直接在 Kindle 上出版，並且使用類似Smashwords 或 Draft2Digital 的平台將書上架到 Nook、Kobo、蘋果電子書等其他較為小型的平台。

你也可能會決定在 Kindle 上獨家販售。亞馬遜肯定希望你這麼做，因此他們針對勾選 Kindle 特選的自出版作者增加特定收益，那個選項能讓亞馬遜在指定期間獨占書本的銷售管道。

真是越聽越亂。你認為我該怎麼做呢？

我也不知道。

你說什麼？

我懂我懂。不過這一段我是在二〇一五年十一月寫的，除非你那時就站在我椅子後面，不然總會有點時間差。等到你拿起這本書讀到這一章，我還真猜不出來到時候的自出版會是什麼樣子。

讓我跟你分享一段個人的小故事：

二〇〇九年間，我開始使用Kindle自出版平台（Kindle Direct Publishing）推出電子書，讓庫存舊書還有早已絕版的書能以新型態重新發行。我的排版功力和封面設計只能勉強說是簡單天然，銷售量當然也還好，不過舊書能與新的讀者相遇，光想到這一點就非常開心，而且我每個月還能換到一點錢。

隔年，開路整合傳播公司這間新公司找上我。珍·傅利曼（Jane Friedman）這位出版專業人士創立開路整合，並且提案處理我出版過的好些書籍以及其他庫存書。從掃描到校稿，一切都可以交給他們。他們設計書封，並且上傳所有電子書平台，還會精心製作影片行銷這些電子書，作為報酬，他們和我平分收入（扣除所有必要成本）。

這筆交易感覺很划算。事實證明確實如此，我精明的經紀人堅持只簽五年期的合約，而二〇一五年底合約到期之後，我很清楚自己不想續約。因為市場已經不同，開路之前為了出版我的電子書做的那些工作，現在自己來已經很容易，而且不算太貴。（其實沒有委託給開路的書我也一直在做，對於成果相當滿意。）我寧可擁有控制權，使用自己的書封，而不是他們用的普通封面，還希望能夠隨時調整價格。

再說了，我當然想要拿到全部而不只是一半的收入。

一切都在改變。尤其在這個劇烈變化的領域。我推薦給你的公司，等你讀到的時候或許已經歇業。或許還存在，但處理的已經是不同的業務。

似乎越聽越混亂。

你才知道。

不過你遲早會搞懂這回事，所以就讓我們先說清楚：即使沒有我的任何幫助，你也能寫完自己的小說，而且也不需要我牽著你的手，才有辦法渡過自出版這篇洶湧的惡水。你會知道該如何出版電子書，即使出了什麼錯，你也能找到解決之道。

接單即印的平裝書這部分你應該也不會有問題。

出版平裝書

如果你決定只出版電子書，不一併出版接單即印的平裝書，我會很驚訝。實體書會讓整個出版的過程顯得真實許多。你可以拿在手上，你可以往這個方向轉或往那邊擺，你可以放在書架或茶几上，接著滿心讚賞地盯著它。

你還可以給朋友和親戚幾本書。（沒錯，電子書也可以當作禮物，正如可以在媽媽生日時送她電子卡片。不過感覺就是不太一樣對吧？）

而且，電子書就不能簽名了。

電子書開創這個時代的自出版產業，讓你能夠出版自己的作品，讓你的書能接觸到更多讀者，不只簡單，花費也不貴。接著就是接單即印服務，讓你能輕輕鬆鬆地以可負擔的價格產出平裝書。

我在一九八六年出版《為自己的生命而寫》，向印刷廠訂了五千本，並且開了張支票付清款項。幾個月前我透過亞馬遜的創意空間（CreateSpace）出版《生活中的罪行》（*The Crime of Our Lives*），唯一的成本就是付給我的排版人員，然後產出 PDF 檔案，還有封面與內頁設計。（相較於電子書排版，這稍微複雜一點，雖然創意空間和英格朗集團閃電之源都提供很棒的指南，但我不想自己來。）

你一本書都沒印，所以不需支付印刷費。有人下單才會印製書籍，這正是接單即印的意思，印刷成本部分由消費者支付。

接單即印平裝書只要上架，就跟出版的電子書一樣，不需要任何維護費用。每個月收到一次報表和款項，線上書店就像銷售電子書一樣，不會再發生沒有庫存的情況。一方面來說，這由紙和墨構成，具備實體而不只是電波。不過從另方面來看又非常相似，書稿以休眠中的種子型態存在乾燥的土地中，有人點擊購買鍵就像澆了水，讓荒漠開出花來。

出版有聲書

在本書的初版中我完全沒提到有聲書，有個很好的理由：有聲書在當時幾乎不存在。除了可透過美國國會圖書館借到盲人圖書計畫（Talking Books for the Blind），閱讀不是透過耳朵進行的事。

這部分的改變幅度非常大，有聲書成了小說市場重要的一部分，有聲書發行商如雨後春筍般出現，而且正如他們在出版界的親戚那樣，不停彼此併購，整個業界不斷改變——聽起來是不是很熟悉呢？新的科技產品不斷出現，從卡帶到CD，再到MP3

下載。

聽眾也持續成長。

我在前面的章節沒有提到有聲書，主要是因為無論有聲書變得如何重要，仍舊是實體書的附帶版權。你和傳統出版社簽訂的合約，多半也會提供有聲書的權利，並且對分有聲書的收入。你的那份收入起初會先從你的預付款中扣除，等到書開始賺錢，有聲書的版稅會和其他的收入一起給你，通常每六個月結算一次。

如果打算自出版有聲書，理論上你可以試著將有聲版權賣給有聲書發行商，不過我認為在南極賣冰可能還比較容易。就算背後有大型出版社，頭一本小說還是很難賣，不過採購編輯至少會瞄上一眼。獨立出版的第一本小說則不會有這種機會。

所以我該放棄有聲書嗎？

你大概可以放棄賣版權給有聲書發行商。不過這讓你有個選擇，就如同之前選擇電子書和印刷平裝本：你可以自己來。

目前我只知道一種方式可以處理這類壯舉，兩、三年前連這都沒有。ACX 是亞馬遜有聲書公司 Audible 的自出版部門，目前在可下載的有聲書這塊，Audible 是領導品牌。ACX 之於 Audible 正如 Kindle 自出版之於亞馬遜和 Kindle，他們的網站很容易上手，而且對於運作方式的解釋會比我好得多。

ACX 提供兩個選項：你可以在家佈置錄音間，然後自行錄製有聲書，或者你可以與 ACX 合作，朗讀者將會朗讀並製作有聲書，要不是直接付錢買斷，就是對分版稅。

除非你真的很擅長大聲朗誦自己的書，除非你很懂得如何錄音和剪輯，建議你還是跟朗讀者／製作人合作。如果你能找到願意接受版稅分紅收入的人，可以省下幾千元。至於長遠來看哪個

選擇比較好，這取決於有聲書的銷量，而很難預測。

如果你打算出版自己的小說，電子書是一定要的，大部分也會加上接單即印平裝書，但有聲書的部分可能會緩一緩。如果你的書真的賣得很好，有聲版本可能也有市場，將來還是可以出有聲書。

總而言之，自出版小說就是這麼回事。

或者這不該說得這麼簡單，即便自出版的過程還是讓人感覺如蛋殼般脆弱，因為無論前幾章怎麼寫，我仍然受限於自己脆弱的文字和語句。冒著被嫌撈叨的風險，要再次強調這個世界變化的速度有多迅速。

本書前十四章，主要是關於如何將你的渴望轉變為六萬多字的小說及對話，這部分和一九七八年的狀況沒什麼不同。出版業在這段期間發生許多變化，所以我才需要增補內容。不過用電腦取代打字機不並不影響寫作的本質。關鍵仍然在於：思考接下來會發生什麼事，搞清楚該怎麼表達最好，並且堅持下去，直到完成預計的計畫。一九七八年以來這一點沒有多少改變，我也不覺得接下來的二十、三十或四十年會有所不同。

前一章和再前面一章的內容我就不敢說了。電子書的讀者會越來越多嗎？還是越來越少呢？某天有位早早投入的電子書愛用者告訴我，最近越來越常買實體書，並且把閱讀電子書比喻為收聽CD，印刷完成的黑膠唱片好比實體書。我懂他的意思，不過還沒辦法解釋。我也注意到關於出版的一切並未就此結束。

如果這幾章能給你什麼收穫的話，那一定就是你必須自己親身了解整件事的運作方式。這不只適用於出版界。就算你下定決

心將書稿提供給傳統出版社，就算你的書銷量很好，你還是會希望出版社投注資金來行銷。

自出版的資源

部落格：

喬‧卡拉斯（Joe Konrath）｜自出版的新手指南（Newbie's to Self Publishing）[jakonrath.blogspot.com]

被動語態（The Passive Voice）[www.thepassivevoice.com]

狄恩‧衛斯理‧史密斯（Dean Wesley Smith）[www.deanwesleysmith.com]

克莉絲汀‧凱瑟琳‧魯斯（Kristine Kathryn Rusch）｜魯斯生意（The Business Rusch）[kriswrites.com／category／business]

貝瑞‧艾斯勒（Barry Eisler）[barryeisler.blogspot.com]

休‧豪伊（Hugh Howey）[www.hughhowey.com／blog]

李‧戈堡德（Lee Goldberg）[www.leegoldberg.com／blog]

杰伊‧曼紐斯（JW Manus）｜問答製作（QA Productions）[jwmanus.wordpress.com]

喬爾‧佛里蘭德（Joe Friedlander）｜書本設計師（The Book Designer）[www.thebookdesigner.com]

線上書店：

亞馬遜（Amazon）｜Kindle自出版（Kindle Direct Publishing）[www.amazonkdp.com]

邦諾（Barnes & Noble）[www.nookpress.com]

Kobo [www.kobo.com／writinglife]

蘋果（Apple）｜iBooks

[www.apple.com／itunes／working-itunes／sell-content／books／

book-faq.html]

電子書發行：

Smashwords [www.smashwords.com]

Draft2Digital [www.draft2digital.com]

接單即印服務（POD）：

Createspace [www.createspace.com]

Lightning Source／Ingrams [www.lightningsource.com]

有聲書：

ACX／Audible [www.acx.com]

18 再來一遍
Doing It Again

　　你寫第二本書的方法，就跟寫第一本書的方法一樣：準備一個點子，為它形塑情節，照自己的喜好選擇是否寫大綱，一天寫一次書。就某種意義說來，每一本小說都是第一本小說。因為你以前沒寫過它。第二次寫，你會非常悠閒，跟初次的奮鬥相比，可能還會展現不少可觀的技巧，但這不代表它對你來說就是小事一椿。聽著，寫小說永遠不會是小事一椿，不管你寫過多少作品都一樣。

　　此外，要消滅小說沿路累積的退稿之痛，只能全力以赴地投入你的第二本小說。

前一版中，第十四章收在這裡，接下來可想而知，就是討論寫第二本小說的章節。

這一次呢，前三章先討論了以自行出版為主題的問題。現在是時候繼續前進，不過首先我應該先詳述一段對話。這段對話距今大概十幾年，對象是大型有聲書發行商的採購編輯，我和對方一起吃飯。他憤憤不平地提到那陣子計算出來的統計數字。「我剛剛才知道，」他說：「那些出版過一本小說的人中，百分之九十五從沒出過第二本書。」

「那個啊，」我說：「搞不好是我這幾年來聽過最充滿希望的新聞。只要有辦法讓那個數字稍微有點起色，就真的可以歡呼了。」

他過了好一陣子才意識到我在開玩笑。

不過我們來看看我打算說什麼吧……

著手寫下一本

如果你的第一本小說離開打字機十分鐘後，就有出版社搶著要，那開始寫第二本書就簡單多了。可是這種事不常發生。就像我稍早的建議，許多作家寫的第一本小說，最後都賣不出去。許多人繼續寫真正能賣的第二本書，但前提是我們必須要寫完第二本書。

你沒理由假設自己的第一本小說最後會無法出版，不過你可以想像世界上有充分的理由，會讓它過很久才進到某個出版商的心裡，以及他的春季出版清單。如果你將這段時間花在寫下一本書，時間會過得快很多，也有用得多。

投入下一本書，可能還會幫助你處理老套的「我的小說寫完了而我希望我死掉」的憂鬱。

　　我幾乎不想提經常出現在小說完成後的這股低潮，因為我害怕一旦提起就會讓它成為一種預言。我不願想到你興致高昂地寫完書以後就跑去角落坐著不爽，好讓自己可以跟那些專業人士一樣。不過我認為就整體而言，比較好的是可以考慮到這種事。我們作家容易自認是獨特的人，所以如果知道自己不是世上第一個完成小說就想吐的人，可能會令你安心。

　　這個狀況的確發生在大多數作家身上。我確定不是只有作家會這樣，這種工作後倦怠，似乎是在創意領域長期做任何困難的奮鬥會有的典型餘波。沒錯，它很明顯地相當於產後憂鬱症候群，許多母親一生完小孩，就有這種空虛及無目標的感覺。她們有九個月的時間，以在體內孕育生命的角度來看自己，這段時間的目標就是生下小孩。現在小孩生了，母親的勞務完成了，她要再來一遍的話，該怎麼做？

　　聽起來耳熟吧？

　　對作家來說，這個狀況比較慘。母親會得到可以一起玩的可愛小寶寶；即使寶寶是一個討厭鬼，有個寶寶在家裡到處跑，還是能為人帶來一定程度的滿足。別的不說，看見寶寶的人，至少都會發出讚賞的聲音。即使那個小孩看起來像猴子，也沒人會遞香蕉給他，大家都會向母親保證她的小孩帥得要命。

　　可憐可憐不幸的小說家吧。沒人會帶嘎吱作響的玩具或可愛的填充玩偶來拜訪他的書。朋友們是出於責任感而讀它，提出的讚美語氣聽來也有一種可疑的空洞。同時經紀人和編輯厚著臉皮跟他說：「不用了，謝謝」，讓他明白自己的小孩在此時不符他

們的需求，雖然這不代表這個小王八蛋沒有優點。

我的書不好，小說家下了結論。所以我也不好。所以我是一個失敗者，所以我會永遠失敗，如果我有腦袋的話，我要打破它自殺。不過我要有種那樣做才行，但我沒種，因為我沒用。所以我想我就把自己灌酒灌到死，或是去吃蟲，或是認真收看白天的電視節目。

拿邏輯來攻擊這個立場沒有什麼意義，邏輯跟這個狀態沒有什麼關聯。「小說完稿後憂鬱」在作品暢銷的時候，一樣可能爆發；在小說真的獲得可觀成功時，這種憂鬱也絕對強烈。

聽起來很怪嗎？作家心裡是這樣將這一切合理化的：

這本書成功了。天啊，棒呆了。不過，等等，它不可能真的那麼好啊。我知道它不可能那麼好，因為寫的人是我，我沒有那麼好，所以它怎麼可能多好？現在他們遲早會發現它沒有他們原本以為的那麼好，到時候我會是什麼下場？而且不管怎樣，它好不好有什麼差別？因為有一件事是肯定的，那就是我不可能再寫得出這麼好的東西。這是事實，我不覺得自己之後寫得出有它一半體面的東西。仔細思考一下，我很確定自己再也寫不出任何東西來了，不管是體不體面的作品都一樣。我想我要把打字機從窗戶扔下去。我想把自己從窗戶扔下去。我想……

我想你懂意思了。

真的會有這種事嗎？當然有。我寫的小說，不是每一本都讓

我可以大罵——雖然有幾本是欠罵沒錯——但我仍然會在完成一本書之後，經歷上述許多念頭組成的消沉感。過了這麼久以後，我認清自己的感覺是「小說完稿後憂鬱」的症候。你可能認為這份領悟會帶來幫助，答案是偶爾會，但常常不會。

幾年以前，完成一本書，對我來說就是要喝酒的信號。我在工作時，讓自己承擔了相當大的壓力，因此認為工作結束後，酒精能好好放鬆這份壓力。痛飲的效果當然沒怎麼放開遮掩那些症候的緊繃感。「小說完稿後憂鬱」產生之後，我會為了減輕這份憂鬱而喝個不停。

這不聰明啊。酒精就臨床說來是鎮靜劑，灌進憂鬱的作家體內，就像往混亂的火焰澆油。它的效果完全跟預期的相反，加深又惡化那股潛在的憂鬱。興高采烈的「哇我把書寫完了」的痛飲，來幾次或許是一個好主意，但我們有些人陷入的治療式飲酒，可能會帶來毀滅性的影響。

我再也不喝酒了，這有所幫助。讓我能比較容易承擔「小說完稿後憂鬱」的另一件事，是我從那時候就開始，就不再進入那麼高昂的興奮狀態。我寫作時不再像以前那麼緊繃，而是平靜下來，進入穩定及舒適的步調，每天寫五頁左右。抵達終點線的時候，不會氣喘吁吁，這件事似乎影響甚巨。

現在，完成一本書以後，我會好好照顧自己。我會好好地休息幾週。我會讀小說——寫小說的時候，常常無法做這件事——我會探險般地花很多時間散步，為下一本書充電。我會買一個禮物送給自己。如果我負擔得起，我會外出度假一週。

在這段期間，我認清自己情感的脆弱。我在看演員瑪麗・泰勒・摩爾（Mary Tyler Moore）的電視節目重播時，如果眼眶開

始泛淚，我學會不要為此驚訝；我一定會吃東西，大量運動，維持相當規律的作息。有時候我甚至會斷食幾天。

沒多久之後，我的腦袋就開始記得自己是作家了，開始送出訊號，玩「如果……？」的遊戲，像巧手的女人做小衣服一樣編織著小小的情節片段。我不可能不明白這件事，硬用比喻來說的話，就是蜜月結束了，該回去展開下一本書的工作了。

第二本書……該怎麼寫？

寫第二本書的方法，就跟寫第一本書的方法一樣：準備一個點子，為它形塑情節，照自己的喜好選擇是否寫大綱，一天寫一次書。**就某種意義說來，每一本小說都是第一本小說。因為你以前沒寫過它。**第二次寫，你會非常悠閒，跟初次的奮鬥相比，可能還會展現不少可觀的技巧，但這不代表它對你來說就是小事一樁。聽著，寫小說永遠不會是小事一樁，不管你寫過多少作品都一樣。

你的第二本書應該要跟第一本書屬於同一個類型嗎？你寫過《特瑞菲利安之屋》，溫波小姐仍在讀你這本處女作，這時你開始寫另一本哥德小說，這樣做明智嗎？

這是你自己要做的決定，你可能無意識間已有了答案。我寫完自己的第一本小說後，再寫下一本女同性戀小說，已經是很多年以後的事。不是因為不樂於做這件事，而是因為我的大腦沒有製造出相關的點子。如果我當時不是天殺的又年輕又蠢，我可能會絞盡腦汁想出幾個，但我猜我就是認為自己在這個題目上枯竭了，應該去做其他事情。就當時而言，這對我來說可能是正確的

決定。

　你可能覺得《特瑞菲利安之屋》是你在哥德小說世界的終極宣言。或者你打定主意，認為自己確實準備好要去做其他事了。雖然你寫那本書的過程很開心，你現在認為它是熱身運動，讓你準備好迎接更有野心、藝術面更令人滿足的作品。另一方面，你可能找到自己的專長，大腦可能充滿寫同一本書的不同方式，而且這次會寫得更好。

　記得，決定在你，這件事不代表簽任何長期合約。你可以在第二本書做一點新嘗試，之後再回來寫哥德小說。反過來說，就算你寫第二本哥德小說，也不必將自己不可逆轉地完全定位為哥德小說家。你的第二本書就是第二本書而已，不是一份履歷。

系列人物

　即使你真的寫了第二本哥德小說，我們也不太可能繼續看到《特瑞菲利安之屋》那位年輕寡婦。哥德小說不走系列主角的路線，它們的主要人物來到書中結尾時，通常都已經得到房子跟老公了。

　然而你常常會在其他小說類型遇見系列人物。最容易聯想與最大宗的是懸疑小說，但西部故事和科幻小說也有。

　這些年來，我寫了三個系列人物——伊凡·譚納、馬修·史卡德和柏尼·羅登拔。我顯然喜歡做這種事。在好幾本書中發展同一個人物，隨著他在一個個情節中前進，我也更加了解這個人物。一旦把握住真的很吸引我的人物，我就不願放開他。

　你的第二本小說，應該由第一本小說的人物主演嗎？一樣，

決定權在你。如果你覺得第一本書的主角充分有力地抓住你的想像力，以至於你想寫關於他的第二本書，請你務必放手去寫。不過要記住一點：你永遠可以在第二本書寫別的人物，再在下一本書回來寫第一本書的主角，畢竟你可能需要改變步調。

如果你真的開始寫一個系列，也不該預設讀者看過你之前任何一本書，這件事很重要。你的第二本書——其實系列小說的每一本都是如此——應該本身就有完整性。**你寫的是關於某個人物的第二本書，不是三部曲的「第二卷」，讀者不該為了欣賞你的第二本書就非看過第一本書不可。**

同時，第二本書也不該有太高的重複性，否則讀過第一本的人會覺得無聊。然而不要過度擔心最後這一點。就我的觀察，喜歡系列作品的讀者，不會介意作者提醒他某些事情。密友的感覺顯然吸引這種讀者，這讓他覺得自己是局內人，已經認識那些得再次為局外人描述的故事人物。

寫系列的問題之一，在於你得記得誰是誰、什麼是什麼。最喜歡系列小說的讀者，也是最固執於作者不能寫得不一致的人。要記得你的主角有藍眼睛，這可能沒有什麼特殊問題，但他女朋友的眼睛是什麼顏色？我曾提過史卡德的小孩是幾歲，叫什麼名字？

犯罪及驚悚小說家亞瑟・梅林在這方面也陷入兩難，他的話正可以說明寫系列小說多麼複雜：

波萊斯、波特與波塔克事務所系列（*The Price, Potter and Petacque*）的書特別給我找麻煩。我不是只有一個系列人物，而是有一字排開十五到十六個主角及配角，穿梭在各

本書，這些人包括主角布洛克・波特與這家公司的每個人。我花了超多時間在記每個人眼睛的顏色，每個人小孩的名字和年紀⋯⋯等等。我有一個朋友是寫懸疑小說的同行，叫詹姆斯・麥克盧爾（James McClure），他幫我做了一張表，列出波萊斯、波特與波塔克事務所的每個人與他們的關係，很有幫助；但我一直忘記將相關細節加進去，所以我就常常必須去翻查好幾本已經完成的書，或幾百頁稿子，就為了找到我一、兩年或四年前對某個人物的描述。

寫系列作品會有「無聊」的問題，即使你不太可能在第二本書就面對到，大多數系列作家遲早會遇上這個問題。偵探小說家桃樂絲・榭爾絲（Dorothy Sayers）應該對阿嘉莎・克莉絲蒂說過，自己寫彼德・溫西爵爺的時候多麼厭倦而疲憊，然後輪到克莉絲蒂承認自己老是想除掉赫丘勒・白羅。而且她真的這麼做了，就在「最後一本」的白羅系列小說裡，這部作品寫於四〇年代，作家自己過世之後才出版。

我停止寫譚納系列，不是因為我對這個人物變得倦怠，而是因為這些書本身似乎有令人麻木的相似性。在我看來，譚納老是去同樣幾種地方，見同樣幾種人，聊同樣幾種話，處理同樣幾種情節問題。我之後才漸漸了解，這樣做沒有絕對的錯誤之處，我對這種相似性的自覺，必然地會比讀者的覺察更敏銳，因為我寫了好幾個月的作品，讀者只花幾個小時來看。另外，讀者會希望系列作品的每本都跟上一本差不多，所以如果他們一開始就不喜歡上一本，就不會買第二本、第三本或第四本。

你創造一個動人的人物之後，其實不代表你就該寫關於他的

第二本書。有些作家好像天生適合寫系列作品，有些則不然。成功有時容易驅使一個作家寫系列作品。這種事一開始是發生在伊莉莎白女皇想再看一齣寫丑角法斯塔夫（Falstaff）的戲，所以莎士比亞寫了《溫莎的風流婦人》（*The Merry Wives of Windsor*）。然而在這個階段，你不太可能有機會為皇室寫御前演出的系列作品。名下帶著一本未出版小說的你，依然能自由做決定。

啊，系列小說。讓我花點時間說個故事。無關小說，也無關作家，而是關於幾頭大象。

兩個人在路上遇見。「我正想見你呢。」維吉爾說道：「我有東西要賣，而你就是最適合的買主。」

「喔？」賀拉斯說：「你手上有什麼？」

「一頭大象。」

「一頭大象？你打算賣我一頭大象？你瘋了嗎？我住在皮克金路上的兩房公寓，連個後院都沒有。我該把那頭大象放哪？我該拿什麼餵大象？我又該怎麼清理。維吉爾，說真的，我要那頭見鬼的大象做什麼？」

「我懂你意思了。」維吉爾說：「我真的很抱歉還得讓你講這麼白。其實呢，我手上有兩頭大象，一起帶的話，我可以算個好價錢給你。」

「啊。」賀拉斯說：「這才像話！」

我們業界一天到晚都發生類似的事。經紀人投了本書稿給出版商，然後接到類似這樣的訊息或電話：「我真的很喜歡這本

書，不過在我交給編委之前，能不能先透露，你的客戶是否有意寫作更多關於這個角色的故事，這一點對我們的決策有很大的影響。如果這是系列作的第一本，我們會更有興趣。」

一頭大象？啐。兩頭大象？嗯⋯⋯

在虛構小說這個類別，系列作長久以來廣受讀者及出版社的歡迎。現在更是如此。

對讀者而言，系列作提供確定感（「我喜歡那個圖書館員席芳・葛羅科斯基系列的前兩本，所以我有把握自己會喜歡第三集。」），與老朋友碰面的放鬆感（「我根本不在意席芳有沒有找到那本過期的書。光是聽她和伊拉斯謨・戴考特米的對話就夠有趣了。哪天他們兩個總算有點進展的話，我會想看！」）

對出版社來說，系列作代表將來出的書會有現成的讀者。讓人接觸新事物很難，嘗試「幾乎一樣的」事物則簡單得多。系列作是一種保證，只要嘗試這麼一次，將來就能再次擁有快樂的體驗。

我也該讓各位知道，系列作在某些類型較為常見。古典羅曼史小說不太容易出現續集，西部小說則通常發展成系列。瘦巴巴的牛仔可以騎著馬一路奔向夕陽，在下個城鎮碰上令人激動的冒險，至於羅曼史中，終於在最後一章找到真愛的年輕女子，讀者通常不會想看見她在續集愛上另外一名英俊的公爵。

電子書以及線上交易顯然也讓閱讀、寫作與出版系列作的風氣更盛。系列作特別適合馬拉松式閱讀，對於想要一本接一本看下去的讀者來說，電子書和線上書店讓一切變得更加容易。實體書店幾乎不見平裝本，線上商店可以供應未絕版的任何書籍（目前多數如此），而且幾天內就能出貨。

要出續集嗎？

你的第二本書應該是前作續集的四個理由。

1. 可以回答「我接下來該寫什麼」這個問題。
2. 系列作比較容易引起出版社和讀者的關注。
3. 這些角色你寫得很開心，想知道他們接下來發生了什麼事。
4. 你知道自己寫得出這樣角色，還有這類的書，自然有信心可以再寫一本。

你的第二本書不該是前本續集的四個理由。

1. 你才剛起步。如果這麼早就開始重複自己走過的路，身為作家怎麼能夠成長呢？
2. 你在寫作第一本書時想到了絕妙的點子，不過實在沒辦法寫成系列作。為什麼要放棄真正想寫的故事呢？
3. 你的角色在最後一章死掉了。你當然可以隨手讓他復活，不過以故事的發展來說，死亡是最適合的結局。此外，老實說你對那屁孩有點膩了。事到如今，你真的想讓那角色復活嗎？
4. 你踏進寫作這個行業到底為什麼？只為了迎合出版商和讀者低俗的閱讀動力嗎？還是想要拓展自己眼界，好好享受創作的過程？

我不知道該怎麼辦。

我就希望有這樣的效果。只要記得這都是個人選擇，不適用於每個人。畢竟情境各有不同，標準也不一致。唯一的建議就是老生常談：請你隨心之所欲。

我頭一次見到蘇‧葛拉芙（Sue Grafton），她才剛出版私家偵探金絲‧梅芳探案系列（Kinsey Millhone）的第二集《瞞天過海》（*"B" is for Burglar*），而她已經知道自己之後會寫出什麼樣的書。她打算按照字母順序，從 A 到 Z 寫完所有的字母，出完這二十六本書後她就會停筆。

我非常震撼。她怎能如此堅定，還看得這麼遠？她怎麼知道自己**有辦法**繼續創作金絲的故事，更別提**想要**繼續寫下去？

不過她辦到了。我上次查了一下，她已經出到第二十四本，《X》這本的書名稍稍打破以往的慣例。（沒有寫成 X 是木琴，或X 光，或限制級這種 X 開頭的英文單字，就只有一個英文字。各位就接受吧。）

她的書銷量很好，那可不是什麼無關緊要的小事，但是蘇最在意的顯然不是金錢。這個系列也滿足了她在文學藝術創作方面的追求，而且這部分其實表現得非常好。彷彿不知怎地，她打從一開始就知道自己該這麼做。

唐諾‧E‧威斯雷克寫了個名叫派克的持槍小偷，這位非正統派主角初次登場就死在結尾。口袋圖書的編輯巴克林‧沐恩（Bucklin Moon）打給阿唐問：派克有沒有可能活下來，然後至少再寫個兩本呢？

「你也知道，那人動過置換手術（cast-iron constitution）。」阿唐這麼告訴他。「就連我們講話的當下，我都可以感覺得到他

的身體在恢復。」派克的故事繼續進行，阿唐後來寫了二十幾本以他為主角的書。許多人認為那個系列是阿唐最好的作品。

更多書籍種類

優秀又經驗豐富的小說家，偶爾會有機會寫我們尚未討論過的書籍種類：外傳（tie-in）、影視小說（novelization），或參與他人的系列作品。

我之前沒提到它們，是因為出版社傾向以指派來分配這種工作，你的第一本書不太可能是交派而來。不過，等出版社熟悉你和你的風格，或是等你有了經紀人，可以推薦你去接這種工作，有些案子可能就會來找你。

這種書寫起來不太有趣，你既沒辦法展現大量創意，也不太可能從中賺到一大筆錢。寫電視情境喜劇《脫線家族》（*Brady Bunch*）的平裝小說，可不會讓你發財；將 B 級片劇本寫成 C 級小說，也不會讓你成為家喻戶曉的人物。而且要你成為共用筆名「尼克‧卡特」的五十個人之一，這樣寫作，你能得到的成就感很有限。

儘管如此，任何指派工作，能讓新小說家因為寫小說而賺到錢，就不是一無可取。不管你的作品最終評價為何，寫這些書可以大大磨練你的技巧。但到了一個階段之後，你就應該停止接受這種指派工作，改為專注在自己的作品，時機來臨的時候，你可以直接切斷這種指派關係。

「外傳」是指一本書的故事，衍生於別人寫的人物。你通常會安排自己的情節，雖然出版社或廣播電視網的某個人可能會有

一些建議，但這可能就是他們該做的事。

　　我的第一本偵探小說就是這樣寫的。貝爾蒙出版社（Belmont Books）有許多外傳小說，設定以「馬卡姆」（Markham）為出發點，那是雷・米蘭德（Ray Milland）主演的影集。我寫的那本書，成品相當不錯，我的經紀人同意它當外傳是浪費了，太可惜，所以將它拿給編輯諾克斯・柏格（Knox Burger）看，然後給金牌出版社。諾克斯喜歡這本書，於是我得重寫這本書，將羅伊・馬卡姆（Roy Markham）改成艾德・倫敦，並在其他方面改變這個人物。完成之後，還得去寫另一本講馬卡姆的小說，後來貝爾蒙也的確出版了這一本。

　　影視小說比較好寫，因為整個情節都逐景為你安排好了。你面前擺著電影劇本，工作就是把它寫成文章。這種東西極少不是純粹機械化的工作，也就因此說明見識多的讀者何以知道避開這種劇本改編書，這些書往往毫無生氣。

　　實際上這些書依然賣得非常好，顯示見識豐富的讀者極少，或是，敏銳察覺寫作品質的讀者極少。說起來很遺憾。

　　有些作家在寫影視小說方面出群拔萃。能定期寫出扎實、站得住腳的影視小說，這樣的專業者就可以期待自己收到不錯又穩定的收入。少數的人隨之獲得名聲，舉例來說：李歐娜・佛莉契（Leonore Fleischer）就能要求高額預付款與優惠版稅，因為她以寫出品質優良的作品著稱。

　　外傳（tie-in）和影視小說（novelization）本質上都是改編，正如同編劇將小說改寫成電影或電視劇本，小說家偶爾也會接到類似的工作，將電影或電視影集寫成一般小說。這樣的工作

機會常透過經紀人找上門。

　　你可能覺得這類工作只是混口飯吃，又很麻煩，不值得耗費時間和創作能量，或者你會找到比較有趣的角度，發現這是個可以增進寫作品質又能拿到錢的挑戰。

　　李・戈堡德（Lee Goldberg）是個能幹的小說家，也是電視編劇以及節目統籌。他替電視影集《神經妙探》（Monk）寫過非常好的外傳小說。

　　近年來圖像小說興起，將漫畫做成一般書籍的形式，似乎是小說中有望成功的類別。圖像小說的繪者很重要，撰寫對話與敘述的人也同樣重要。杜安・史維欽斯基（Duane Swierczynski）和格雷・盧卡（Greg Rucka）就是在一般小說和圖像小說都發展得很好的作家。講到改編，小說可能會改編成圖像小說，相反過來的狀況比較少，不過往後可能會出現不同的風潮，而且對於成長中的小說家來說，或許會是個好機會。

　　參與他人的系列作品，就是字面上看起來的意思。我不確定有多少人是以「尼克・卡特」這個身分寫了幾本書進入文學這一行。這個工作一樣既吃力不討好，酬勞也很糟糕，但這是一邊學習技巧一邊領錢的方法，所以還不算作家身上所能發生最慘的事。

　　看起來出也出不完的西方男性冒險系列，比方毀滅者系列（The Destroyer）、行刑者系列（The Executioner）、法網（Longarm）等等，通常最開始都是由一位作家撰寫，寫了好幾本之後對於重複的例行工作感到厭煩，於是便雇用影子寫手繼續這些系列作。系列作有時由製作人發想，因此沒有所謂的原作者，製作人會在

封面擺上筆名，然後一開始就雇用影子寫手。無論哪種方式，不掛名的報酬幾乎都是買斷制。

　　近期有個現象，讓影子寫手的案例變得更常見，更有利可圖。這很明顯是市場造成的結果，尤其現在出版業也意識到品牌的重要性。暢銷作家就是個品牌，數十年來，出版業理所當然地認為市場一年只需要作家產出一本書，然而出版社發現他們大錯特錯。要是讀者真的喜歡特定作家，無論作家寫得多快，他們都買單。

　　搞不好買得比作家寫得還快，前提是找得到別人分攤寫作的重擔。

　　市場上已經悄悄地用幾種方式進行了一陣子。已故作家新發現的書稿，或者以「身後留下的大量筆記與大綱」寫成的書，每個例子的荒謬程度不一，不過無論如何都意味著同一件事，那本書真的是由該名大作家所寫，或者那本書原本會被寫出來，只可惜他就這麼死了，一點都不為其他人著想。

　　比較不一樣的是，現在也會提到匿名影子寫手，並且掛名合寫。「作者：詹姆斯·布蘭諾[21]和安德魯·厄普安康莫[22]」，以這樣的方式聯合署名，要是那位作家的名字比較大，而且蝴蝶頁只放他的照片，嗯，你說呢？說得直白一點，安德魯·厄普安康莫接受雇用，他就有錢付房租。而且這筆收入可能達到六位數之譜，這可比任何替唐·彭爾德寫行刑者系列的作家拿到的多得多了，

21　譯注：原文 BrandName 即品牌之意。

22　譯注：原文 UpAndComer 直譯來來去去。

不過收完這一筆錢就結束，知名作家則得到國內與海外的版權收入，附帶其他改編電視劇、電影、有聲書或周邊商品上衣的進帳。

有些系列作的運作方式是，知名作家負責系列作的前一、兩本，接下來則審定合寫者的大綱和書稿，必要時請對方修改。詹姆斯・派特森與其他作者合作，每年出版的小說比許多人每年能讀得還多，據說他會提供合寫者逐章大綱，有時多達六十到八十頁。配合過的作家常常會提到他們一起工作的經驗，表示自己從中學到非常多。

得到這類機會並不容易。這不是剛入行就能挑戰的任務，有些掛名合寫的作家也出版過許多本小說，才得以和明星作家聯名合寫。不過市面上存在這樣的工作需求，而且就目前的狀況看來，短期內應該不可能有所改變。如果你出版過一兩本小說，關鍵人物看過之後覺得不錯，那麼你可能就會得到這樣的工作機會。

完成第一本小說之後，最棒的下一件事就是寫第二本書，無論你選擇寫的第二本書是什麼種類。你會從中學習，儘管你已經從第一本書學到一些事。你得以看見自己增長的本領。對於小說完稿後的鳥氣，寫第二本書就是你所能找到最棒的療法。而且你一旦寫完第二本書，就有兩份稿子可以拿去賣，雖然這可能會使你得到兩倍的拒絕，但最終被接納的機會也成了兩倍以上。

最後，關於寫第二本小說，我還有另一個支持的理由：**如果你不寫，評論者要怎麼才能抱怨它沒有實現你第一本小說帶來的期待？**

19 現在就看你的了

Now It's Up to You

　　你不可能透過讀使用手冊學會騎腳踏車。你唯一真正學會此事的方法，就是親身上陣。寫作也是如此。

好啦，我說完了。

這本書是否幫上了忙？

我瀏覽了自己寫的東西，好奇自己是否達成了一開始想做的事情。我寫完小說的最後幾個字，敲幾下空白鍵，在頁中央打上「完」之後，也常常有同樣的不確定感。這個故事經得起檢驗嗎？人物有趣嗎？我寫的這本書，是我一開始想寫的樣子嗎？它從來不完全是，或許是因為人總是做超出自己掌握的事。不過它至少是一本好書吧？

也許你從中獲得一些收穫，我不知道。最後一個分析，就是關於小說寫作這門費心的技藝，你不可能透過讀使用手冊學會騎腳踏車。你唯一真正學會此事的方法，就是親身上陣。寫作也是如此。在你掌握竅門之前，你可能會常常跌倒。

祝你好運。

我不會讀你的稿子，或是推薦經紀人給你，或是幫你跟出版社牽線。在一九七八年，我保證自己會回信──如果我有空的話，而且你得附上貼郵票的回郵信封。現在我保證自己**不會**回信，而且我也相信你不會寫信給我。在時間容許的範圍內，我會回電子郵件，而且我很高興能告訴你們我的信箱：lawbloc@gmail.com

不過我會做的就只有這些了。其他的，你得自己來，恐怕做這行就是這樣的。

我希望你寫自己的小說。我希望你寫大量小說，也希望它們的確是非常棒的小說。這不是因為我認為你的作品是我可愛的孫子之類的──無論你是否讀過這本書，你都會寫小說，這是事實。

原因單純在於世界上有太多書，好書卻太少了。

而且我永遠都不希望自己沒東西讀。

致謝，當年與現在

當年的致謝（初版）

　　我計畫寫這本書之前，曾發過一份調查寫作方法的問卷，打算就這個主題寫一篇雜誌文章。許多小說及非小說作家慷慨地以頗具分量的篇幅回覆了那份問卷，雖然那篇文章最終沒有發表，在我寫有關小說的本書時，這些問卷的回覆對我而言珍貴至極。我因為寫這本書，有機會引用其中幾份問卷，它們以各種方式拓展了我對於作家的認識。

　　本書的瑕疵完全來自我，至於本書的優點，我想感謝以下所有回覆問卷者的協助：

　　瑪莉・恩姆洛（Mary Amlaw）、保羅・安德森（Poul Anderson）、梅爾・阿瑞基（Mel Arrighi）、以撒・艾西莫夫（Isaac Asimov）、麥可・阿瓦隆（Michael Avallone）、琴・L・巴柯斯（Jean L. Backus）、尤金・法蘭克林・班迪（Eugene Franklin Bandy）、D・R・班森（D.R. Benson）、羅伯特・布勒奇（Robert Bloch）、默瑞・泰格・布隆（Murray Teigh Bloom）、芭芭拉・伯納姆（Barbara Bonham）、強・L・布林（Jon L. Breen）、威廉・布里坦（William Brittain）、芭芭拉・卡拉漢（Barbara Callahan）、威廉・E・錢伯斯（William

E. Chambers）、湯瑪士・查斯汀（Thomas Chastain）、約翰・奇弗（John Cheever）、瑪莉・希金斯・克拉克（Mary Higgins Clark）、維吉尼亞・考夫曼（Virginia Coffman）、喬治・哈蒙・考克斯（George Harmon Coxe）、琳達・克勞福德（Linda Crawford）、克萊夫・卡斯勒（Clive Cussler）、桃樂絲・索爾茲柏里・戴維斯（Dorothy Salisbury Davis）、理查・戴明（Richard Deming）、F・M・伊斯凡迪亞利（F.M. Esfandiary）、史丹利・艾林（Stanley Ellin）、哈蘭・艾利森（Harlan Ellison）、羅伯特・L・費許（Robert L. Fish）、派翠西亞・佛克斯—閃伍德（Patricia Fox-Sheinwold）、露西・費里曼（Lucy Freeman）、安妮・費里曼托（Anne Freemantle）、東尼塔・S・賈德納（Tonita S. Gardner）、布萊恩・加菲爾德（Brian Garfield）、赫伯特・勾德（Herbert Gold）、亞瑟・勾德斯坦（Arthur Goldstein）、喬・勾爾斯（Joe Gores）、瑪莉琳・格蘭—貝克（Marilyn Gran-beck）、羅素・H・吉倫（Russell H. Girran）、厄文・A・格林菲爾德（Irving A. Greenfield）、依西多爾・哈布倫（Isidore Haiblum）、約瑟夫・韓森（Joseph Hansen）、喬伊斯・哈靈頓（Joyce Harrington）、東尼・席勒曼（Tony Hillerman）、愛德華・D・霍克（Edward D. Hoch）、彼得・霍克斯坦（Peter Hochstein）、詹姆斯・霍丁（James Holding）、漢斯・霍爾澤（Hans Holzer）、桃樂絲・B・休斯（Dorothy B. Hughes）、碧翠絲・特魯姆・杭特（Beatrice Trum Hunter）、貝爾・考夫曼（Bel Kaufman）、理查・柯斯特拉尼茲（Richard Kostelanetz）、伊達・J・樂杉（Eda J. LeShan）、伊莉莎白・李維（Elizabeth Levy）、羅

勃·陸德倫（Robert Ludlum）、約翰·盧茲（John Lutz）、亞瑟·萊昂斯（Arthur Lyons）、亞瑟·梅林（Arthur Maling）、哈洛·Q·馬蘇爾（Harold Q. Masur）、約翰·D·麥克唐諾（John D. MacDonald）、羅斯·麥克唐諾（Ross Macdonald）、格雷戈里·麥克唐諾（Gregory McDonald）、湯瑪士·M·麥克戴德（Thomas M. McDade）、派翠西亞·麥克吉爾（Patricia McGerr）、威廉·P·麥克吉文（William P. McGivern）、詹姆斯·麥克基梅（James McKimmey）、法蘭西斯·M·內文斯（Francis M. Nevins）、唐諾·紐勒夫（Donald Newlove）、史蒂芬·R·諾瓦克（Stephen R. Novak）、阿爾·訥斯鮑姆（Al Nussbaum）、丹尼斯·歐尼爾（Dennis O'Neil）、羅伯特·B·帕克（Robert B. Parker）、唐·彭德爾頓（Don Pendleton）、賈德森·菲利普斯（Judson Philips）、理查·S·普拉瑟（Richard S. Prather）、比爾·普隆利尼（Bill Pronzini）、湯姆·珀德姆（Tom Purdom）、羅伯特·J·倫帝西（Robert J. Randisi）、馬爾康·羅賓森（Malcolm Robinson）、威洛·戴維斯·羅伯斯（Willo Davis Roberts）、山姆·羅斯（Sam Ross）、珊卓·史可佩頓（Sandra Scoppettone）、賈斯汀·史考特（Justin Scott）、亨利·史雷塞（Henry Slesar）、馬丁·克魯茲·史密斯（Martin Cruz Smith）、傑瑞·索爾（Jerry Sohl）、珍·斯畢德（Jane Speed）、亞倫·馬克·史坦（Aaron Marc Stein）、理查·馬汀·史登（Richard Martin Stern）、羅斯·湯瑪士（Ross Thomas）、勞倫斯·崔特（Lawrence Treat）、路易斯·特林博（Louis Trimble）、湯瑪士·瓦爾許（Thomas Walsh）、史蒂芬·瓦思力克（Stephen Wasylyk）、希拉蕊·瓦（Hillary

Waugh）、索爾・韋恩史坦（Sol Weinstein）、愛德華・維倫（Edward Wellen）、海倫・韋爾斯（Helen Wells）、大衛・韋斯特海默（David Westheimer）、唐諾・E・威斯雷克（Donald E. Westlake）、柯林・威爾柯克斯（Collin Wilcox），以及雀兒喜・昆恩・亞布洛（Chelsea Quinn Yarbro）。

新版的致謝

重新檢視上述名單令人痛心，那麼多作者已不在人世。我是可以重複那些無聊的句子，說他們還活在自己的作品裡。有些人確實如此，但說這些也於事無補。

我可能還收藏著他們回覆的問卷，但也可能已經找不到。送到我手上的信件通常比寫信者還短命。我最喜歡的一封來自約翰・奇弗（John Cheever），信紙印著奇弗的專屬信頭，裝在我提供的回郵信封裡。上頭寫著：「親愛的卜洛克先生，我覺得自己無法回答你的問題，但也不想浪費你提供的郵票。」

而這次我該向誰致上謝意呢？感謝《作家期刊》的編輯約翰・布萊迪（John Brady）與比爾・布羅豪（Bill Brohaugh）十四年來的鼓勵。故事創作是個有趣的產業，感謝兩位鼓勵我花時間思考並撰寫關於這個業界的主題。同時感謝已故的唐諾・芬恩（Donald I. Fine），阿唐出版了我的第二本寫作工具書：《卜洛克的小說學堂》（*Telling Lies for Fun & Profit*），而且還想辦法說服每月之書俱樂部[23]列為延伸書單。

---

23 Book-of-the-Month Club，美國歷史悠久的訂閱服務，每月提供訂購者五本精裝書。

　　我也不能忘記傑羅德·蒙蒂斯（Jerrold Mundis）、派翠克·特雷斯（Patrick Trese）、諾娜·克里蘭（Nona Cleland）、芭芭拉·莫里斯（Barbara Morris）、謝拉·瓦爾許（Sheila Walsh）、艾力克斯·塞古拉（Alex Segura）、丹尼斯·布羅（Dennis Broe）、珍奈·卡普隆（Janet Capron）、艾琳·米契爾（Erin Mitchell）、黛安娜·葛勞德（Diana Gould）、布提斯·馬汀尼茲（Bootsie Martinez）、桑莫·秀菲（Summer Shohfi）、丹·史旺森（Dan Swanson）、大衛·特列曉克（David Tereshchuk）、保羅·維拉克斯（Paul Vlachos）、南西·奧哈拉（Nancy O'Hara）、琳達·納森（Linda Nathan）、麥可·西蒙（Michael Simon）、雪兒·莫瑞森（Cheryl Morrison）、昆西·隆恩（Quincy Long）、凱特·拉德納（Kate Lardner）、崔寶·強森（Trebbe Johnson）、比爾·霍夫曼（Bill Hoffman）、亞歷山卓·波芬奈—華倫（Alexandra Bonfante-Warren）、尼克·布萊恩（Nick Bryant）、安妮·佛洛羅伊（Anne Flournoy）。以上多為週四午後查德與馬辛協會固定班底，有些則不時提供協助。（還有後來參與其他聚會的愛德華·漢尼拔和查爾斯·楊）。

　　我的好友布萊恩·考波曼和大衛·萊溫（David Levien），感謝兩位出借辦公室，我需要離開我家，但又不希望離得太遠。我習慣越寫越長，而且不停更正，結果占用辦公室的時間比原本的預計多了兩倍。

　　不過要不是杰伊·曼紐斯（Jaye Manus），這本書，還有後來的許多本書就只會是我電腦中的文字檔案，在不毛之地浪費掉的電子資料。

而且要不是艾莉克絲・庫羅弗（Alex Kourvo）適時的催促，我根本不會有增訂這本書的衝動。她在沒有忙著寫小說的時候，是個對寫作工具書很有熱情的敏銳書評人。她發信告訴我《小說的八百萬種寫法》是她的最愛之一，但也點出這本書需要更新修訂。

　　不知怎地她的意見打動了我。如果你認為本書有所助益，你該謝謝艾莉克絲。

卜洛克給寫作者的工具書

1. 《小說的八百萬種寫法》。正是本書，書名說明了一切。

2. 《卜洛克的小說學堂》（臉譜出版）。卜洛克最受歡迎的小說教學書，或許得歸功於超棒的書名。節選自卜洛克在《作家期刊》的專欄中頭幾年的文章，包含小說所有面向的討論。

3. 《蜘蛛與蛛網：卜洛克的小說學堂之二》（*Spider, Spin Me a Web: a handbook for fiction writers*）。小說學堂的續作。這些年來讀過這一本的人越來越少，或許是因為「蜘蛛與蛛網」沒有「樂趣與收穫」吸引人。噴——你怎麼**現在**才講！

4. 《為自己的生命而寫：寫作者的居家研討會》（*Write For Your Life: a home seminar for writers*）。這本應該也可以叫做《寫作的內心戲》（*The Inner Game of Writing*），內容來自八〇年代中期，卜洛克在全國各地舉辦的研討會。這些為期一天的互動式研討會，主要是辦給寫作者。主題圍繞參與的寫作者，旨在幫助你跳脫過去的習慣，並且在紙上呈現出最好的文字。

5. 《謊言聖經：小說家的大綱手冊》（*The Liar's Bible: a compendium for fiction writers*）。本書四十個章節包含：別犯錯（Make No Misteak）、靠寫作的收入過活（Getting By on a Writer's Income）、小說家的膽量（The Guts of the Fiction Writer）、克

服終極寫作障礙（Overcoming the Ultimate Writer's Block）以及瑣碎的線索不要用（Pieces of String Too Small to Save）

6. **《謊言夥伴：小說家的實地指南》**（*The Liar's Companion: a compendium for fiction writers*）。包含以下章節：沒有，但我看過改編電影（No, but I Saw the Movie）、沒有比現在式更令人緊張的時態（No Tense Like the Present）、越過第四道牆（Bouncing One Off the Fourth Wall）、你確定錢德勒開頭會這樣寫嗎？（Are You Sure Chandler Started This Way?）還有別淨想著合理性（Stop Making Sense）。[24]

7. **《生活中的罪行》**（*The Crime of Our Lives*）。這本書與作者比較相關，尤其是寫犯罪小說的作者。收錄了多名作家的散文與回憶，德力克·布朗（Fredric Brown）、唐諾·E·威斯雷克（Donald E. Westlake）、羅伯·派克（Robert B. Parker）、雷蒙·錢德勒（Raymond Chandler）、達許·漢密特（Dashiell Hammett）、查爾斯·韋勒福（Charles Willeford）、伊凡·杭特（Evan Hunter）、艾爾·努斯鮑姆（Al Nussbaum）等等。

---

24 原書勘誤：卜洛克在《作家期刊》上的專欄停刊後過了幾年，泰瑞·佐貝克（Terry Zobeck）指出《小說學堂》和《小說學堂之二》只收錄專欄早年內容，寫作相關主題還有許多精采文章沒有集結成書。泰瑞還是個收藏家，他手上有卜洛克找不到的那幾期雜誌，於是有足夠的內容可以出版《謊言聖經》以及《謊言夥伴》。（經過蜘蛛的教訓，卜洛克這次很快就想好書名。不過他的確記錯了副標，《謊言聖經》最初的副標是「小說家的寫作手冊」，《蜘蛛與蛛網》已經用過了。）

與卜洛克保持聯繫

電子郵件

我很喜歡收到讀者來信，因此決定公開我的電子信箱：lawbloc@gmail.com，隨時歡迎各位來信。回信的機率很高，大多來自我本人，偶爾則是我不可或缺的助理。不過我沒辦法寫得太長，也沒辦法回答複雜的問題，還請見諒。

我絕對**不會**這麼做：

——閱讀你正在寫的東西，無論是否發表過。

——給你的書一句推薦語。（**任何人**的書我都不寫推薦語，就這樣。）

——同意為你寄過來的書簽名，然後再回寄給你。（我是會在卜洛克的eBay書店上架幾本簽名書，不過多半出貨給一些實體書店，例如推理小說書店、VJ書店，還有西雅圖的推理小說書店，這些書店常會販售我的簽名書。）

——和你碰面喝個咖啡。

——提供你自己一定也找得到的資訊。你想要依時間序排列的馬修・史卡德小說清單？雖然我很高興你打算按照順序閱讀那個系列，不過你在網路上就能找到這份清單，Google搜尋引擎能給你一大堆包含這份清單的網站，不然至少也能找到我的網站。

我的網站

網址是：www.lawrenceblock.com，就算忘了網址，大概也不太難找。網站的各個頁面提供許多資訊，包括各系列作的順序，如果打算添加藏書，網站提供訂購選項。

此外還有部落格，我或我的行銷女神或我不可或缺的助理會在此發文，發文的頻率不固定。部落格設了個裝置（專業術語喔），只要填寫就能透過電子郵件收到部落格文章。

我的電子報

我的電子報發刊期間不一定，不過間隔很少超過兩週。如果你能訂閱，我會很開心。發一封空白郵件到 lawbloc@gmail.com，並且在主旨欄輸入「newsletter」就能訂閱，如果你之後覺得不要收到電子報比較開心，只要點擊「取消訂閱」的連結就能取消。

我的書店

多年來我囤了許多自己的書。以前的年代沒那麼方便，我們需要供應商處理國際訂購等等事宜，不過在今天的世界中，幾乎所有訂購都可透過線上進行，無須仰仗海外供應商。歡迎光臨卜洛克的 eBay 書店，在此可用合理的價格買到我的簽名書。（有幾本書只要9.99元，而且免運費。相較之下，收藏家的開價會高到100元。此外定期推出拍賣品，提供特別少見的書目，或者偶爾會出現的原始書稿。）網址是：store.ebay.com/LBs-Bookstore/

社群網站

我的推特帳號 @LawrenceBlock

我的臉書粉絲專頁 www.facebook.com/LawrenceBlockOfficialFanPage

再見囉！

RG8011X

小說的八百萬種寫法

從自我定位、撰寫大綱、發展人物情節，到電子書與自出版等最新出版趨勢，愛倫坡獎終身大師獎得主卜洛克的60年寫作技藝（全新增訂版）

Writing the Novel From Plot to Print to Pixel

• 原著書名：Writing the Novel From Plot to Print to Pixel • 作者：勞倫斯・卜洛克（Lawrence Block）• 翻譯：傅凱羚、新新 • 美術設計：海流設計 • 主編：徐凡 • 責任編輯：李培瑜 • 國際版權：吳玲緯、楊靜 • 行銷：闕志勳、吳宇軒、余一霞 • 業務：李再星、李振東、陳美燕 • 總編輯：巫維珍 • 編輯總監：劉麗真 • 發行人：涂玉雲 • 出版社：麥田出版／城邦文化事業股份有限公司／104台北市中山區民生東路二段141號5樓／電話：(02) 25007696／傳真：(02) 25001966、發行：英屬蓋曼群島商家庭傳媒股份有限公司城邦分公司／台北市中山區民生東路二段141號11樓／書虫客戶服務專線：(02) 25007718；25007719／24小時傳真服務：(02) 25001990；25001991／讀者服務信箱：service@readingclub.com.tw／劃撥帳號：19863813／戶名：書虫股份有限公司・香港發行所：城邦（香港）出版集團有限公司／香港灣仔駱克道193號東超商業中心1樓／電話：(852) 25086231／傳真：(852) 25789337・馬新發行所／城邦（馬新）出版集團【Cite(M) Sdn. Bhd.】／41-3, Jalan Radin Anum, Bandar Baru Sri Petaling, 57000 Kuala Lumpur, Malaysia.／電話：+603-9056-3833／傳真：+603-9057-6622／讀者服務信箱：services@cite.my・印刷：前進彩藝有限公司 • 2021年9月二版一刷 • 2023年11月二版二刷・定價399元

國家圖書館出版品預行編目資料

小說的八百萬種寫法：從自我定位、撰寫大綱、發展人物情節，到電子書與自出版等最新出版趨勢，愛倫坡獎終身大師獎得主卜洛克的60年寫作技藝（全新增訂版）／勞倫斯・卜洛克（Lawrence Block）著；傅凱羚、新新譯. -- 二版. -- 臺北市：麥田出版：家庭傳媒城邦分公司發行, 2021.9
面；　公分. --（不歸類；011）
譯自：Writing Novel From Plot to Print to Pixel
ISBN 978-626-310-042-8（平裝）

1.小說　2.寫作法

812.71　　　　　　　　　　　110009356

城邦讀書花園
www.cite.com.tw